分身

BUNSHIN

〔日〕东野圭吾 著

王维幸 译

南海出版公司

新经典文化股份有限公司
www.readinglife.com
出 品

分身

鞠子之章　一

或许，我正遭到母亲的厌弃吧。

这种感觉是在我升入小学高年级时产生的。

虽说是厌弃，我却没有像灰姑娘受继母恶毒虐待般的经历，也从未受过任何冷遇。毋宁说，在我的记忆里，母亲的慈爱倒更多一些。

我家有三本相册，里面几乎全是我一个人的照片。有一些是在学校拍的，或者是朋友拍的，但至少有九成出自父母之手。

第二本相册的第三页上，贴的是一家人去函馆山时的照片。上面只有我和母亲，那么按下相机快门的自然就是父亲了。地点似乎是一个展望台。从背景中绚丽的红叶不难推测，拍摄的时间大抵是十月中旬。

照片中的我四五岁的样子，身穿带风帽的上衣，瑟瑟地站着。母亲则只拍了半身，双手做出环抱着我的样子。但不可思议的是，母亲的视线并非正对镜头，而是有些偏右。后来，当我追问母亲在看什么时，她竟有些不好意思地回答："这个嘛，当时妈妈看见稍远的地方有一只蜂子在飞。我怕它飞过来，哪里还顾得上照相哟。"

怎么会有蜂子呢？父亲表示怀疑，可母亲仍坚持说有。我一点也不记得当时的情形了，大概是有吧。照片中母亲做出的庇护动作便是证据。她不安的神情分明在诉说，她不是在担心蜂子蜇到自己，而是担心幼小的我。在众多照片中，我对这一张最为中意，便是因为能够回忆起这段小插曲。但如今，这本相册已经不在了。

母亲对我的爱总是细致、自然而妥帖。只要在她身边，我就不需要担心任何事情。我还曾毫不怀疑地坚信，这种爱会永远持续下去。

究竟从何时起，一抹阴影悄悄爬上了这份本该永恒的爱，我已经说不清楚了。因为我的日常生活并未出现任何变化。

只是，若一定要搜寻遥远的记忆，倒勉强能搜出几幕景象来——在孩子的眼里，母亲的确有些异常。吃饭的时候，不经意间一抬头，经常会发现母亲正呆呆地望着我出神。有时，母亲会在梳妆台前枯坐半天，一动也不动。当然，即使在这样的时候，一旦发现我在注意她，她便会如往常一样对我微笑起来，眼里充满慈爱。

其实，这一切根本不算什么，但儿童的直觉让我开始意识到，母亲的态度中似乎蕴含着一种不祥之兆。并且随着我的成长，这种不安日益显著。

身为大学教授的父亲热心于研究，纵然在家，也多半躲在书房里忙于工作。因而于我来说，父亲似乎变得愈发难以接近。渐渐地，在我的眼里，他与其说是一个父亲，毋宁说更像一个管理者。我能感觉到父亲其实也溺爱着我，可这并没有使我忘却对母亲的不安。

到了五年级，模糊的感觉似乎变得稍稍具体而明朗了。母亲是不是在有意躲避着我呢？从前，我经常跑进厨房，一面看着母亲准备饭菜,一面诉说学校里发生的事情。可不知从什么时候起,母亲原本兴致盎然的脸上逐渐流露出心不在焉。不只如此,她甚至还嫌我妨碍她做饭,将我赶到一边。还有,星期天购物的时候,我一提出也要去,她便以"今天只是给你爸爸买东西,不好玩"之类的理由把我打发掉。这在以前绝不会有。

而最令我不安的,是母亲已不再看着我的脸说话,即便正对着我,眼睛也总是游移在我身体之外的某个地方。

为什么会这样?曾经那么慈爱的母亲为什么会忽然间离我远去?我无法想象。

我忽然想起了一件事,那是在五年级快要结束的时候。我就读的小学每个期末都要举行一种叫"亲子恳谈"的活动,班主任与学生及家长面谈。那次活动结束后,母亲和我与同班的小奈母女一起去喝咖啡。两位母亲闲谈了一会儿,不知怎的,小奈的母亲竟忽然说:"鞠子到底长得像谁呢?比起母亲来,还是更像父亲吧?"

"是不像阿姨呢,"一旁的小奈也打量着我和母亲的脸,说道,"眼睛不像,鼻子也一点不像。"

"或许吧。"我答道。

"不像我好啊,可千万别像你的丑妈妈。"母亲笑答道,可后来她竟莫名地噘起嘴,几次三番地打量起我,最后,竟突兀地冒出这么一句:"是啊,的确一点都不像……"

我正是在这一瞬间发现了母亲内心的秘密。当时,母亲眼睛的深处没有笑容,仿佛正看着一只恐怖生物般的视线落在我身上。

母亲变得不再慈爱,完全是因为我长得一点都不像她。这便是此时我得出的答案。为什么长得不像就不行呢?对此我从未思考过。

3

或许，我漠视了"人都喜欢长相酷似自己的孩子"这一自然法则。

的确，从没有人说起过我们母女俩相像，但我也从未认真考虑过此事。去外婆家玩的时候，外婆常常看着我说："啊呀，这孩子，真是越长越好看了。究竟像谁呢？静惠也能生出这么好的孩子，这可真是鸡窝里飞出金凤凰了。"

每当此时，母亲总会心地跟着笑。这是我幼儿时期的事情。

那天以后，我独自躲在房间里对着镜子端详的时候就多了起来，总想找出自己与母亲的相同之处。可我越是看，日子过得越久，容貌似乎就离母亲的越远。并且，我有了一个新发现——我也全然不像父亲。

一股不祥的预感渐渐攫住了我的心。或许，我根本就不是他们亲生的孩子！倘若我真的是长女，父母的年龄也太大了，而我也绝不可能会这么小。无法生育的夫妇从别处领来一个孩子做养女，这种事情完全有可能。

我陷入了烦恼，仅凭一个人无法解决的烦恼，而且无法与任何人商量。无奈，我只好为自己编织起一个壳，痛苦地躲在里面。

恰好，当时学校里正在学习有关户籍的知识。我举手提问，年轻的男班主任十分自信地回答："户籍上是不会撒谎的。如果是养子，上面一定会清清楚楚地写明。"

两天之后，我决定去一趟市政府。接待我的是一名女子。看到一个还在上小学的女孩竟独自来取户籍副本，她明显面露诧异，但也没有询问理由。其实我早已想好，若她询问，我就谎称是报考中学需要。

几分钟后，一张户籍副本的复印件便交到我手中。本打算回家后再看，可我终究忍耐不住，当场便确认起来。

父母一栏里写的是"氏家清""静惠"。再往下，那里分明用极具说服力的宋体字写着"长女"。

那一瞬间，长期以来一直积压在心头的异物顿时消散。我从未感觉到"长女"这两个字竟如此温暖。安心感蔓延开来，我反反复复将副本看了好几遍，一种成功的喜悦爬上心头。原来竟这么简单。这么容易就得到了确认。

不知什么时候，外婆曾这么对我说："你出生的时候啊，那可叫难产哟，可把人给担心死了。家人亲戚全跑到了医院，一直等了八个多小时呢。后来，到了凌晨一点左右，雪忽然下得大了，我们正议论着明天除雪的事呢，忽然就传来了哭声。"

确认户籍副本时，我想起了这段往事。看来这应该是实情，不会是为骗我而故意编造的。

那为什么——我的疑问又回来了——我的容貌和父母的会相差这么大呢？每当照镜子的时候，我就不由得思索起这个问题。

我升入六年级之后，母亲对我的态度越发冷淡。我确信这绝非胡乱猜疑。正是在这一年冬天，父母说要把我送进一所私立中学。那是一所天主教大学的附属中学，学生须全部住校。

"本地没什么有名气的中学。爸爸自然也会很寂寞，但休息日倒也能回来，这对你的将来有好处。"

父亲以辩解般的口吻劝说我的时候，母亲已在水槽边洗起餐具。我想象着他们的谈话内容——女儿一在身边我就心烦意乱，快把她支得远远的吧……

我沉默不语。大概是以为我不愿意，父亲慌忙补允道："当然，如果你实在不愿意,我们也不会强求。跟天天相处的老朋友们分别也的确痛苦。我们没有别的意思,无非是想告诉你还有这样一种选择。如果你想上本地的中学,直说就是。"

思考了一会儿,我冲着母亲的后背喊道:"妈,您说我应该怎么办?"

"这个嘛……"母亲并没有停下洗碗的手,也没有转过脸来,"在本地上学也不是不好,可过着集体生活学习也不错,肯定能够接触到更多的新鲜事呢。"

发现母亲也赞成我离开家门,我下了决心。

"嗯,那我就去吧,跟大家一起生活似乎也不错。"我对父亲说道。

"是吗?好,那就这样吧。"父亲频频点头,收起学校简介。只是,这样会很寂寞——父亲心底一定这样想。

我望了望母亲的背影。她什么也没有说。

在上中学之前的这段时间里,我和母亲常常一起去购物,替换的衣服、日常用品、简单的家具等都需要购买。母亲充满温情,殷勤地帮我选择,对我也有了笑容。面对这种情形,我甚至觉得认为她对我疏远完全是多疑了。但我也会想,或许因为我马上就走了,今后再也无从得见,才让她如此高兴吧。

"妈,我走后您会寂寞吗?"有一次,买完东西,在冷饮摊喝果汁时,我这么问道。我装得若无其事,但事实上犹豫良久方问出口。

"当然会了。"母亲立刻回答,但之后,她眼底就闪烁起微妙的光芒。这一点完全没有逃脱我的眼睛。

三月小学毕业,二十九日,我拎着一个小书包与母亲一起出了门。大件行李早已寄送过去。

走到附近的电车站，迎接的客车早已抵达。我一个人上了车，母亲则绕到窗下。

"要注意身体哟。有事打电话。"

"嗯。"我点了点头。

客车开动后，母亲长时间地目送我离去。一瞬间，她那一直朝我挥着的手向眼角擦去，大概是哭了。我正要确认，她的身影已变得极小了。

我去的学校建在一个平缓的山丘上，里面有牧场、教堂，还有宿舍。宿舍是木建筑，里面却没有想象般古旧，甚至还装了空调。四人一个房间，室内由一种风琴帘子状的东西隔开，多少能保护一下个人隐私。我的室友只有三年级的春子和二年级的铃江二人。这两个高年级的学生看上去都很和气，我安下心来。

于是，中学生活开始了。六点钟起床，六点半做体操，七点钟做祈祷，然后吃早餐，八点钟去学校。同宿舍的学姐风趣幽默，每天的生活就像是修学旅行，还有，作为教育一环进行的牧场劳作和圣歌队的排练，也让我乐此不疲。每名新生都发了一本名为"教育日志"的本子，就寝前要把当天的事情全写在上面，次日早晨交给舍监细野修女，可由于白天折腾得厉害，写着写着就睡着的事时有发生。每当出现这种情况，体形与名字截然相反的细野修女总是双手叉腰，目光锐利地俯视着我，然后用极其威严的声音说一句："以后要多加注意。"细野的恐怖恐怕有一半出于讹传，真正见过她发火的人，我身边从未有过。

适应了宿舍生活之后，我就被春子和铃江问起家里的情况，如父亲的职业、家里的样子之类。得知我父亲是大学教授，铃江顿时像做祈祷时一样，双手并在胸前。

"太厉害了！你父亲太聪明了。大学老师！嗯，好崇拜哦。"

"教什么的？"春子问道。

我略微迟疑了一下。"不大清楚。生物，或者是医学吧，反正就是这一类。"

听了我敷衍的说明，铃江又迸出一句"太棒了"。

之后就说到母亲的话题。最初自然还是那些再平常不过的内容，如是什么类型、擅长的菜品之类。后来，铃江不经意间忽然问了一句："长得一定和你很像吧？"

没想到，这无意中的一句话竟严重刺伤了我的心，甚至连我自己都感到有些意外。我蓦地大哭起来。铃江惊慌失措，春子则连忙把我领到床上休息。她们一定认为我想家了。

次日晚上，我决定向她们和盘托出真相。我不想让人觉得自己是一个麻烦的学妹。她们认真地倾听了我的故事，齐说不可思议。

"可她毕竟是你的生母啊。母亲居然会嫌弃自己的女儿，不可能会有这种事的。"铃江语气坚决地说道。

"我也希望如此……"我点头附和。

"别瞎猜了，鞠子，就算是亲母女，长得一点不像的也大有人在啊。"春子以三年级学生的镇定口吻劝我，"如果因为这点小事，你母亲就嫌弃你，这也太不可思议了。如果说你的母亲真的很奇怪，一定是有别的理由，但绝对、绝对与你没有任何关系。"

"没错。我也这么认为。"铃江也深表同意。

"暑假时要回家，对吧？"春子微笑道，"到时候，你母亲一定会高高兴兴地迎接你的。我敢保证。"

"嗯。"我低声答应。

果然如春子所言，暑假回家探亲时，父母都非常高兴。第一天，父亲一直待在客厅想听我的故事。而且，整个假期，他都没有把工作带回家来。

母亲每天都带我上街购物，为我买一些衣服和小首饰什么的，晚上还特意为我做我最喜欢的菜肴，暑假期间一直非常慈爱。

但我仍没有释然的感觉。虽不能说这一切都是母亲在演戏，我却觉得并非出自她的真心。我甚至觉得，我似乎就是一个别人寄养在这里的小姑娘。

暑假结束，回到宿舍，春子率先问道："怎么样，你母亲他们对你一定很好吧？"

"是啊。"我只能如此回答。

往返于宿舍和学校的生活再度开始。我对此很满意，体育节、文化节等各种传统文化活动都在这个季节里举行。每天都有新的发现，时间在喜怒哀乐中悄然流逝。心里虽一直放不下母亲的事情，却连认真思考的闲暇都没有，这反倒成了好事。

不久，冬天匆匆而至。夏天短了，冬天自然漫长。从年末到一月末是寒假，之后三年级的学生就要毕业了。因而，对于我们即将回家过新年的一二年级的学生来说，最重要的话题莫过于何时以何种形式举行欢送会。

"欢送会什么的也用不着太当回事了。"春子笑道，"反正你们也会上高中，到时候还会见面。"

"这根本就是两码事嘛。"铃江一面捆行李一面说道，"不过，怎么说也得到二月份之后了。希望此前你们俩都健健康康的。"她用力点头。

"到了二月份,一定要笑着再见哦。"春子对我说道。

"好,笑着再见。"我语气坚决地说。

可我没能兑现诺言。因为,这年冬天,我家发生了一件噩梦般的事情。

那天是十二月二十九日。这个日子我一辈子也无法忘记。幸福的团聚一夜之间跌入深渊。

很久没有看到女儿了,父母看上去都很高兴。跟往常一样,父亲一见面就问个不休:学习怎样、宿舍生活如何、朋友好不好、老师如何,等等。

"还可以吧。"尽管有些过分,我还是这样简单地回答。

父亲还是眯起眼睛,说着"是吗是吗",一个劲地点头。

母亲一如既往,没怎么说话,可还是处处为我着想。这一切究竟算什么呢?是对心爱的女儿的真心付出,还是她心目中有一个完美母亲的样板,她只是机械地照着来做呢?我无法判断。只记得当时曾有一件事让我大吃一惊,唯一的一件。我想帮母亲做饭,刚要走进厨房,看到母亲正站在洗碗池前,什么也没有做,只是呆呆伫立。我正要出声,可话刚到嗓子眼又咽了回去。因为我发现她的脚下有些异常。

地板上有几滴水,是从母亲的下颌滴下来的。我发现她正在哭泣。大人如此哭泣的情形,此前我从未见过。不仅如此,她背上还笼罩着一种难以接近的危险气息。妈妈,您怎么了——我终究没能说出这句话,踮起脚悄悄走了回去。

吃晚饭时，母亲又恢复了往常完美的笑容，将亲手做的菜摆在桌上，食材是在附近海域捕获的海鲜。

饭后，母亲又为我端出苹果茶。我一面喝茶，一面讲述自己来年的目标和将来的抱负之类。父亲和母亲都露出十分满意的表情。至少，在我看来是那样。

不久，浓浓的睡意阵阵袭来。

我坐在客厅的沙发上看着电视。父亲大概躲进了书房，不见踪影。我忽然记起父亲也说过觉得很困之类的话。

母亲在厨房收拾碗筷。我提出帮忙，母亲却说不用，让我回去休息。

电视里在演两小时短剧。有我喜欢的演员，我本想坚持看完，可才看到一半时意识就逐渐模糊起来，这一点我自己也能感觉到。看看钟，已是晚上九点半。依照我宿舍生活的习惯，这个时候有睡意毫不奇怪，但这种感觉稍有异样，仿佛被吸到某种东西里似的。

那就喝杯水吧——想到这里，我正待起身，却已动弹不得，只觉得脑袋里面有一样东西猛地一转，然后就失去了意识。

我只觉得身体轻飘飘地浮着，大概是被人抱了起来。我仍处于半梦半醒的状态，究竟是真的被抱了起来，还是仅仅做了一个梦，连自己都弄不清了。

醒过来，是因为感到脸上有一种冰冷的东西，冷得发疼。我扭动身子，想换个方向，这才发现，不只脸庞，全身都感到寒气逼人。我睁开了眼睛。

最先映入眼帘的是夜空。昏暗的天空中挂着几颗星星。接着，随着视野不断扩大，我终于意识到这里是家里的庭院。我正躺在积雪上面。

我怎么会在这里？刚想到这儿，身体就猛地一阵颤抖。我穿着毛衣和牛仔裤，没有穿鞋。

接下来的一瞬间，巨大的声响从一旁传来。

不，似乎远不止声响那么简单。伴随着爆炸声，大地震动起来，身体也晃动不已。

一团火焰从头顶落下。我不禁抱住头，蜷缩起身子。一股热浪掠过后背。

我战战兢兢地抬起头，看到了难以置信的一幕。

我的家正在燃烧！刚才还见证了一家人团聚的家此刻已卷入一片火海。

我坚持着爬到门口，再次回头。凶猛的烈焰让我目眩，但熊熊烈火中摇曳的影子分明就是我的家。

有人跑了过来，对我喊了一声"危险"，然后用力拉起我的手臂。事后我才被告知那是附近的一个叔叔。此时已经有很多人赶了过来，却没有一个进入我的视野。

究竟发生了什么？我全然不知，只是呆呆地望着生我养我的家渐渐成为灰烬。火焰以远远超过我此前认知的速度吞噬了整个家。我喜欢的露台坍塌了，奶油色的墙壁眼看着变得焦黑，熊熊烈焰从我房间的窗户里喷出来。

我恢复意识是在听到消防车警笛之后的事了。很奇怪，在那之前我竟全未意识到，原来这就是所谓的火灾。

我放声大哭，呼喊着父亲和母亲。"没事的，没事的……"我隐约感到有人在旁边安慰着我。但我并没有停下,依旧大哭不已。

随着消防员灭火作业的进展,不久,父亲被救了出来,躺上担架。他的头发和衣服都烧焦了,脸上也有一些擦伤。

我一下扑到父亲面前,在问他的情况之前,先问了这样一句:"妈妈呢?"

担架上的父亲望着我的脸。他神志非常清醒,伤势也不像看上去那么严重。

"是鞠子啊。"父亲呻吟道,"你妈妈她……"他没有说下去。直到被抬进救护车,他仍是仅以一种悲凉的眼神望着我。

仿佛在嘲笑人类的无力一样,之后,火魔仍在肆虐。我被迟一些赶来的警官扶上警车,从里面观看了消防作业的情形。我明白了,灭火不单单是为了我家,也是为了防止火势蔓延到其他建筑。

警官似乎做了工作,要安排我住进附近的一户人家。可我无论如何也不去,只想知道母亲的安危。那家的阿姨一个劲地说不会有事,让我不要担心,可我知道,那只是毫无根据的安慰。我彻夜难眠。

第二天一早,舅舅开车来接我。

"去哪里啊?"我对着坐在驾驶席上的舅舅的侧脸问道。喜欢滑雪的舅舅平时总是充满活力,这天却像老了十岁一样,一脸无精打采。

"去你爸就诊的医院。"

"妈妈呢?"

舅舅停顿了一会儿,说:"你妈妈的事,到了那里再告诉你。"他连看都没看我一眼。

已经去世了吧?我真想这么问。我一夜没睡,一直在思考这件事，早已做好思想准备，可终究没有说出口。

途中经过废墟的前面。舅舅恐怕已无心留意这些，我却凝眸注视着家的断壁残垣。不，连断壁残垣都称不上了，那里已经没有任何东西，除了一堆黑色的瓦砾。灭火用的水一夜之间已经冻结，在朝阳的映照下熠熠生辉。

父亲的头部、左臂和左腿都缠着绷带，可精神仍很好，能进行一般的对话。全都是轻度烧伤，他本人也这么说。

不知是因为识趣，还是父亲请求的结果，舅舅立刻就离开了。父亲马上盯着我说道："你妈妈没能救出来。逃晚了。"

大概是害怕如果稍加停顿就会说不出来，父亲一口气快速说完。然后，仿佛一直积压在心口的东西被拿掉一样，他轻轻舒了口气。

我没有说话，点了下头。早就想到了，我这样告诉自己。所以，昨夜我已经提前哭过了。

可是，我仍没能抑制住涌上胸口的情感。一滴泪水涌出眼眶，顺脸颊滑落，我失声痛哭。

那天，警察和消防局的人早早便赶来询问父亲。我从他们的谈话中得知，母亲被从废墟中发现时已成焦炭。

父亲的证言大致如下：

当晚他在一楼的书房一直工作到约十一点，因喉咙干渴，就去厨房喝了一杯水。进入客厅的时候觉得有些异常，嗅到一股奇怪的气味。他立刻意识到是煤气，急忙打开朝向院子的玻璃窗。发现在沙发上熟睡的女儿，他放心不下。先是抱起女儿让其躺在院子里，然后再次返回房内寻找燃气阀门。客厅和厨房的阀门都关着。

他跑上楼梯，以为妻子可能正在卧室使用煤气炉。然而，就在他刚爬完楼梯的一刹那,爆炸发生了。

他被爆炸的冲击波抛出数米,从楼梯上滚落。一瞬间,周围变成了一片火海。他刚回过神来,衣服就燃烧起来。

他呼喊着妻子的名字站了起来,可腿似乎受伤了,每挪动一步都痛苦不堪。他拼死爬上楼梯,努力向卧室靠近,火焰却从毁坏的门口喷出来,根本无法进去。

"静惠,从露台上跳下来!"他大声喊着,妻子却没有回应。

他拖着疼痛的腿下了楼。没有时间了。他只能祈祷着妻子已经逃出。

火势已蔓延到楼下。再走一点点就能出去了——他心里这样想,可跑出去似乎已不可能,更何况左腿几乎已失去知觉。

正当他孤立无援、陷入绝望时,烈焰对面出现了身穿防火服的消防员的身影……

警方的初步结论,是由于母亲在密闭的房间内使用煤气炉,导致炉子不完全燃烧,火熄灭后煤气释放到室内。母亲未能逃出,可以解释为是因一氧化碳中毒而失去意识所致。

但是,有几个疑点引起了警察的注意。

一个是煤气泄漏报警器。家里在一楼和二楼安装了两个报警器。两处都有插头被从插座上拔下的痕迹。

对此,父亲这样回答:"说起来有些丢人,拔下来的情形时有发生。家电不断增加,插座经常不够用,于是……"

这种情形怎么会经常有呢?但警察们也只是面露不满而已。

问题是剩下的两个疑问。一是起火的原因究竟是什么。母亲不吸烟，即使吸烟，当时也应该已经因中毒而失去了意识。

另一个便是关于卧室密闭状态的问题。煤气炉不完全燃烧，那么卧室的出入口就应该呈完全密闭的状态。可事实恰恰相反，大量煤气从房间内泄露出来，甚至让一楼的父亲都觉察到了。

对于这一点，父亲只能回答不清楚。当然，他也没有回答的义务。对于起火原因之类，一个外行说不清楚是理所当然的。

可是，当晚警察再次来到父亲的病房。是一个脸像岩石一样凹凸不平的男子，具体年龄我无法判断。

"小姑娘，能不能到外面待一会儿？"警察用令人不快的声音说道。他似乎嫌我碍事，这令我很不愉快，但我也不想和他们一起待在里面，便默默地走了出去。

来到走廊，我靠着房门一侧站立。我知道，这样可以清楚地听到里面的对话。

"您太太当时在卧室里做什么？"警察再度向父亲抛出已重复多次的问话，接着又说，"绝对不可能是在休息。把先生和女儿丢下不管，自己一个人去睡觉，这根本难以想象。"

"是啊，所以，我想大概是在卸妆。入浴前必须要这么做。"

"啊，有道理。"警察点头的样子浮现在我的眼前。"煤气炉经常使用吗？"

"嗯，每天都用。"

"平时都放在卧室的什么位置？"

"房间内放着两张床，就在床脚，正好对着露台。"

"软管的长度呢？"

"三米左右……"

警察又针对煤气炉和使用习惯详细询问，全都是白天时父亲已经解释过的情况。他大概是存有怀疑，期待着通过这种反复询问的方式令父亲在回答的过程中露出马脚吧。但父亲并没有显得不快，坚持回答着同样的答案。

询问告一段落后，警察忽然问起这样一个问题。

"最近这段时间，您太太的状态如何？"

回答之前父亲稍微停顿了一下，或许因为这是个唐突的问题。

"状态？您的意思是……"

"钻牛角尖或是有什么苦恼之类，有没有这种事？"

"您是说这次的火灾是我妻子自杀造成的？"父亲的声音尖厉起来。

"我只是认为是可能性之一。"

"绝对不可能！"父亲断然道，"昨天对我们家来说是一个愉快无比的日子。女儿寄宿在学校，好久才回来这么一次。我妻子非常高兴，一大早就出去购物，为女儿做好吃的，像孩子一样兴高采烈。这样的人居然会自杀？不可能，绝不可能！"

面对父亲的反击，警察沉默了一会儿。他究竟是在点头，还是仍一脸无法释然的表情，我无法想象。

沉默了良久，警察忽然开口了。

"您当时没有吸烟吧？"

"我？是的，我不吸烟。"

"您太太也……"

"嗯。"

"但是有打火机。"

"啊?"

"一百元一个的打火机。在遗体旁边找到的。"

"不可能……啊,不,不过……"父亲一直完美流畅的语调开始混乱起来,"有打火机并不奇怪。烧垃圾和树叶,还有点燃篝火的时候会用到。"

"但入浴之前该不会使用吧?"

"或许,是放在梳妆台上吧?"

"您说得没错,梳妆台的残块也在遗体旁边找到了。"

"对吧。"父亲的声音里又恢复了自信,"偶然,纯属偶然。"

"或许。"

听见椅子吱吱嘎嘎响动的声音,我便离开了那里。不久,警察走出了病房。他一看见我,便堆出笑容,靠了过来。

"我有些话想问你。"

我找不到拒绝的理由,只好点点头。

我在候诊室接受了询问,内容与刚才询问父亲时一样。如果我把母亲在厨房哭泣的情形说出来,警察不知会有多高兴,这一点我完全能想象。但我当然不会那么回答。由于我回来了,母亲显得很高兴——我这般回答。

警察露出难以捉摸的笑容,拍了拍我的肩膀,便离去了。

后来似乎又调查了好几次,但我不太清楚,因为那时我已经被寄养在外婆家。

但正如警方最初得出的结论那样,我似乎也能猜测出,火灾似乎是因炉子不完全燃烧引发的。

父亲出院后,母亲徒具形式的葬礼只在家人内部草草举行。那是在一月末的一个异常寒冷的日子。

二月份，我回到了学校。每个人都对我很和善。细野修女还专门为我在教会祈祷，希望我今后不要再品味如此的苦痛。

父亲租了公寓，开始了一个人孤独的生活。虽说左腿在火灾中受伤变得有些不便，可他坚称自己的困难必须自己设法克服，做饭、扫除、洗衣服全都独立解决。学校休假时，我回到的已不再是原来那个住惯了的家，而是父亲那狭小又略显脏乱的公寓。

我偶尔仍去那个曾发生火灾的地方看看。开始时那里什么也没有，到我上高中时，那里变成了一个停车场。

无论岁月如何流逝，我都无法忘却那一夜。

几件挥之不去的事情在我心里凝结成一个巨大的疑问，附着在我脑海深处——

母亲为什么要自杀？

用不着倾听警方和消防局的分析。

母亲绝不会在一个密闭的房间里点着煤气炉任其燃烧，也绝不会切断煤气泄漏报警器的电源。

母亲是自杀的，并且还要把我和父亲一起带走。那一夜突然袭来的困意，还有晚饭后母亲端出来的苹果茶，谁敢说里面就绝对没有放安眠药？母亲一定是先让我和父亲睡着，满屋里放满煤气，然后纵火。

问题是动机。

关于这点我无法猜测，母亲躲避我的原因也不明。

但我确信，只有父亲一人知道全部答案，所以他才故意隐瞒了母亲自杀的真相。

但父亲没有向我透露丝毫信息。有时，我提起母亲的话题，他总是面无表情地说："那些不愉快的事情就让它永远藏在心底吧，绝不要再打开那扇门。"

就这样，五年多的时间过去了。

双叶之章　一

　　休息室里的时钟是那种从前挂在小学教室墙壁上的圆时钟。唯独今夜，时针的移动似乎十分反常。若一直盯着它看，就会感觉它走得不能再慢了，简直如老人上楼梯一般的节奏。而一旦把视线移开，它却又快得惊人，眨眼工夫就前进了一大块，甚至让我以为，是不是有人趁我没注意时做了手脚。

　　当然，我眼前这三个男孩子绝无余暇来做手脚。吉他手阿裕不停地往洗手间跑，鼓手宽太摇晃着二郎腿陷入了冥想，贝斯手智博则一面打着哈欠一面看着与自己毫无关系的剧本。乍一看似乎都是一副无所谓的样子，可我心里清楚，事实上，为能在这次演出中让别人刮目相看，他们全都进入了最紧张的状态。总之，三个人都是那种可爱的普通男孩子。

　　我又看了时钟一眼。距离出场只剩二十分钟了。

　　"用不着那么慌。"智博似乎注意到了我的举动，说道，"紧张又有什么用？放松点，像平常那样就行了。"

　　我不禁微微一笑。这番话可不像由白　向振振有词的他之口。

我知道男人都爱面子，便随声附和。

"放轻松点，就不那么累了。"毫不掩饰紧张情绪的阿裕说道，"啊，我总觉得要出错。"

"拜托！喂，"宽太发出与身体极不协调的细声，"只要首席吉他能稳住阵脚，我这边就算出点差错也不会有人注意。"

"哎，可别指望我。要指望，我看全靠双叶了。"

"啊，对啊。"听到阿裕的提议，智博也把视线投向我这边。

"外行人能懂什么演奏？正式演出能否成功，全靠双叶了。"

"打住！你什么意思？紧要关头给我施加压力，你什么居心啊？"我狠狠地跺了下脚。

"没那种意思。好了好了，放松，放松。"智博把剧本当成团扇，一面给我扇一面说道，生怕我紧张了影响唱腔。

"是不是只要照着平常那样来，今天就能过关？"宽太不放心似的自言自语。

"没错，导演早就说了。"阿裕答道，"短时间内肯定不会有大牌乐队来。不过，一旦我们演奏得太烂，那可就完了，所以一定不能掉以轻心。"

"那可是现场直播啊！"

"可别搞砸了！"

就在宽太和阿裕齐声叹息的时候，个子矮小、满脸痤疮的助理导演走了过来。

"请马上准备。"

他语气轻松随和，可这句话却让我们更加紧张。

"终于来了。"宽太首先站了起来。

"我又想去小便了。"阿裕一脸可怜的表情。

"弄完再去，反正你一滴也尿不出来。又想耍滑头，真服你了，臭小子。"智博一面说，一面不住地舔着嘴唇。

我也站了起来。既然已来到这里，逃也逃不掉了。我现在需要考虑的，是如何一面督促三人，一面完全发挥出自己的唱功，争取拿到合格的分数。

出了休息室，做了个深呼吸，我沿走廊前行。走在前面的三人，脚步像没擦油的镀锡铁皮玩偶一样生硬。望着他们的背影，我想，若能像他们一样，只是在电视出演之前的那一小会儿感到紧张该有多好。但我现在满脑子装的，却是直播结束之后的事情。

"不行。你不用说了！"

不出所料，妈妈如此说道。我早就知道会遭到反对，所以丝毫不觉意外，但仍有些失落。

这是我快要上电视时的事。

跟往常一样，我们母女二人正在餐厅的饭桌旁面对面地吃着晚餐。那天轮到我做家务，我特意做了烧茄子、蛤蜊汤等妈妈喜欢的菜肴。

"咦，今天是怎么了？真奇怪，一定是另有企图吧？"一看桌子上丰盛的饭菜，妈妈就敏锐地看穿了我的心思。

"没有的事。"我不住地搪塞。当然，如果真的没什么事，我不会如此大献殷勤。估计妈妈的心情进入最佳状态时，我提出了上电视的事情。

妈妈刚才还圣母一般的脸，此刻立时变成了般若鬼面，接着便说出上述台词。

"为什么就不行呢？"我把筷子狠狠地摔在桌子上。

"不行就是不行！"妈妈又换上毫无表情的铁面，默默地往口中送着我做的烧茄子。

"哪有这样不讲理的！为什么不告诉我理由？"

妈妈放下筷子，把眼前的饭菜推到一边，双肘支在桌子上，探过身来。"双叶。"

"说吧。"我稍稍朝后缩了缩身子。

"你刚开始要在学校乐队演唱的时候，妈妈曾说过一件事。当时是怎么说的来着？"

"学习和家务都要好好做……"

"还有呢？"

"不要轻易和乐队的男人厮混到一起……"

"还有一件吧？"妈妈用锐利的眼神盯着我。

我叹了口气。"不当职业歌手，也不上电视。"

"没错。这不记得很清楚嘛。既然这样，我就没必要再解释了。"

"等等。"妈妈正要恢复碗碟的位置，我阻止了她，"虽然是有那样的约定，可情况不是变化了嘛。如果只是一个高中生，刚在乐队里混了两天，就嚷着要做职业歌手什么的，把别的事情都丢在一边，这当然不像话。可我现在已经是大学生，二十岁了，能判断自己的事情，也知道职业歌手能不能做下去。"

"哼！"妈妈反复打量着我，"就凭你那样的歌，也能成为职业歌手？"

"我有这个自信。"

"好，那可恭喜了。我看环境厅马上就会发火，控告你到处制造噪音。"

"哼！您连听都没听过，凭什么就这么说！"

"不用听我也知道，你终归是我的女儿。"

"我和妈妈可不像。您平时不是总这么说吗？"

"可是，你爸爸也是五音不全。哎，可怜的双叶，只有遗传这一点是让人无能为力的。"妈妈咯吱咯吱地嚼着凉拌芹菜，吃完后又严厉地盯着我，"反正就是不行。"

"妈，求您了！"我只好死缠烂打起来，"这一次就先让我去吧，就这一次！光是为了拿到节目的出场资格，人家就费了九牛二虎之力才通过预选呢。"

"就连参加预选赛，我都不记得曾答应过你。"

"所以啊，我也没想到能进入下一轮不是？可好不容易抓住的机会，也不能白白这样浪费了啊。行不行，妈，就一回！如果我真的像妈说的那样没有职业歌手的实力，第一周肯定就被刷下来了。"

"你肯定会被刷下来。"妈妈冷冷地说道，让人难以相信她竟会对自己的女儿说这种话，"我是不会让你在全国观众面前丢丑的。"

"不就是上上电视，有那么严重吗？"我提高了嗓门。

妈妈闭上了眼睛，瞬间过后再次睁开时，眼神已变得咄咄逼人。

"我一直那么迁就你，你想做什么我都没管过。今后也一样，只要不太出格，我都会睁一只眼闭一只眼。就算你领一个来历不明的男人回家，只要你喜欢，想结婚也行，怎么都行。所以，你能不能就听妈妈这一回？我不是在逼你，只是想让你过普通人的生活。唱摇滚并非不好，只是，我只希望你能当成一种爱好，不要抛头露面。"

"难道我抛头露面就会出事?"我半开玩笑半认真地问道。

"如果我回答是,你就会答应放弃?"妈妈放下了筷子。看上去,她倒是没有一丝开玩笑的样子。

"就您这点理由,我没法放弃。"

"别做梦了!"妈妈站起身,说了一句"吃完了",就进了隔壁房间。之后,无论我再说什么,她都如铁石一般沉默不语。

唱歌的时间也就三分钟左右,前后自然还有一些早就与主持人商量好的对话,都是彩排时演练过多次的内容,因此我几乎不假思索,只需动动嘴唇就行了。无论是谈话的时候,还是唱歌的时候,究竟是哪一台摄像机在对着自己,我到最后都没能把握好。但结束以后谁也没抱怨,所以大体上应该还过得去。

评委给出了评定,第一周我们通过了。在导演的授意下,我们欢呼起来,同时我也在侧视着荧屏上自己的特写镜头,心里一个劲地祈祷别让妈妈看到这个节目。她今天应该值夜班,但仍不能让人完全放心。医院的护士室里只怕也有电视,再说,就算是护士,或许也会看夜间的音乐节目。

节目结束之后,又同导演略一商量下次的节目,我们终于解脱了。此时已凌晨一点。乘坐着宽太驾驶的客货两用车,我们打道回府。

"成功喽!"过了一会儿,阿裕感慨地说道,仿佛喜悦这才融入身心似的。

"我早就觉得没问题,但还是很高兴。"副驾驶座上的智博从容地说道,接着扭过头来,"这都是双叶的功劳。"

"不全是我一个人的。大家都很棒,棒极了!"

"倒是没出什么大的差错。"阿裕满意地说道，"但就我们几个的演奏水平还远远不够。双叶，今晚你的声音发挥得太棒了，就连评委都连连夸赞呢！"

"多亏了双叶，全是双叶的功劳。"手握方向盘的宽太也通过后视镜投来视线。

"谢谢。"我轻轻一笑，将身子埋进座位。

最终决定要上电视，仅仅是在三天前。与其说是下了决心，不如说是没有了退路。其他成员都不知道我和母亲之间的约定。既然参加了乐队，就要努力成为职业歌手。并且，我也真的如同所下的决心那样，非常渴望能梦想成真。我绝不会放弃眼前这个大好机会。

尽管如此，我心里依然阴沉沉的。妈妈严厉的眼神一刻也没离开过我的脑海。为什么妈妈就那么讨厌我抛头露面呢？

事实上，为上电视的事情发生争执，这已不是头一次了。初中三年级时，我和班里的朋友要去参加一个团体智力竞赛节目。当时母亲也强烈反对，理由是那样会妨碍我考试复习。我说想要那个奖品 CD 机，很想出场，结果第二天妈妈就带我去了秋叶原，为我买了一台 CD 机。妈妈大概以为这样我就不会有怨言了。虽然没有了怨言，我心中却留下了疑问：难道 CD 机就不会影响我的学习吗？

抛头露面就会出事？我不相信，但从母亲认真的神态来看，似乎并不像在开玩笑。挥之不去的疑虑，和打破与妈妈的约定的后怕，让我今天一直忧郁不已。为吹散这种阴霾，我索性在正式演出时纵情歌唱起来，没想到竟然成功了，真是讽刺。

宽太一直把我送到位于石神井公园的公寓。其他伙伴也全住在沿线。我们是高中同学。

我在智博的邀请下加入这个乐队是在高二的时候。没错，就是它！最初排练的时候，我就忽然感觉到，自己终于找到了长期以来一直追求的东西。当时我还加入了排球社，但总觉得缺少点什么。那缺憾居然就在这里。

"由于小林双叶的加入，我们已经变成了完美组合。"当日的排练结束，智博就在咖啡店如此宣称。

我们在确认了周围没有辅导员的监视之后，举杯畅饮起来。

就这样，我放弃了排球，一头扎进了乐队，但妈妈仍附加了从前的条件。这件事我也曾对同伴们提起过，他们并没怎么在意。

"以不当职业歌手为条件，哈哈，真不愧是双叶的老妈啊！幽默。"智博的一句话让阿裕和宽太都笑了。

的确，当时我做梦都没想到能成为职业歌手，顶多也就想在文化节之类的场合露露脸。可是，当我们全部进入大学之后，乐队活动也随之正规起来，自然而然就谈起具体的梦想：要是能靠这个混口饭吃就好了，倘若能办场音乐会该有多好啊，等等。

于是，梦想变成了这一次的挑战。

智博等人或许忘记了我与妈妈的约定。就算还记得，大概也会觉得无关紧要。也难怪，因为就连我也这么想。

倘若我提出放弃乐队，他们究竟会作何反应呢？这实在是一个令人深感兴趣的实验，但我终究没有开口。

我和妈妈住在一幢二层公寓的二〇一室，从电车站步行只需十几分钟。家中没有像样的家具，也没有来客，所以两居室已经够宽敞了，南向的阳台可以望见绿茵萋萋的石神井公园，舒适极了。

打开门，看到玄关处放着妈妈的深棕色皮鞋，我心里不禁咯噔一下。不是说上夜班吗？应该早上才回来啊。

我蹑手蹑脚地经过妈妈的房间，到厨房喝了杯水，之后再次返回，轻轻打开妈妈房间的拉门。妈妈正盖着被子，脸朝着里面睡觉。宽宽的肩膀从被子里露了出来，仿佛在向我展示着愤怒。

既然睡了就不用再叫起来了，我小心地关上拉门。可刚挪动了约五厘米，妈妈的声音忽然响了起来："回来了？"

我顿时如遭电击，身体颤抖起来。"啊，吓死我了！还没睡啊，不是说上夜班吗？"

"变动了。"

"啊，是这样……"

我很想知道妈妈究竟有没有看电视，可一时想不起确认的办法，便默默地望着妈妈的后背。对面又传来声音。

"你打算下周还去吗？"

我立刻明白了是上电视的事。终究还是看了。可是，听上去似乎也不那么生气啊。不不不，暴风雨前的平静，这种情况极有可能发生。

"是想……"我战战兢兢地说着，眼睛注视着盖在妈妈身上的被子。只觉得她会一下子跳起来，气势汹汹地扭过头。

可我想象中的情形并没有发生，妈妈只是冷哼了一声，然后说道："没事的话，帮我关上吧，冷。"

"啊，对不起。"尽管并不觉得这个季节会寒冷，我还是准备照做。还没等我的手碰到门，妈妈就叫住了我。

"双叶。"

"啊？"

"你的歌，不一般。我改变对你的看法了。"

这太意外了，一时间我竟说不出话来。

"谢谢。"尽管觉得这样有些滑稽，我还是边说边朝背对着我的妈妈鞠了一躬，然后才把拉门关严。

回到自己的房间，换上睡衣，我忐忑不安地钻进被窝。妈妈看起来没有生气，我开始推测起理由。说了多次仍然不听，终于对女儿厌弃了？抑或是我的歌好得远远超过了预期，妈妈甚至不忍心再阻止我成为职业歌手？

什么结论都还没出来，我已被睡魔攫走。在进入梦乡之前，我还在模模糊糊地想，妈妈似乎也没有想象中那样强烈地反对。

但一小时之后，这天真的想法便崩塌了。

嗓子渴得厉害，我醒了过来。爬起床，手刚碰到门把手，立刻又缩了回来。从几厘米的门缝中可以看到餐厅的一部分。

妈妈呆呆地坐在椅子上，望着餐桌，却什么都没在看。我凝视着她的脸，顿时怔住了。那里分明挂着泪痕。她一脸虚脱的表情，如人偶般一动不动。

我还没有乐观到认为妈妈之所以这样和自己毫无关系。我连喉咙的干渴都忘记了，又回到床上。

我做的事情究竟能有多糟呢？只是上了一下电视，大声唱了回歌而已。

为什么会让妈妈如此痛苦呢？

不可思议的感觉在脑海里萌生。以前也曾有过这种感觉。这绝不单单是一种幻觉，我还有更清晰的记忆。思考了一会儿，我忽然想了起来。对,就是那时的一件事。

很久以前,有一次妈妈也曾流露出如此悲切的表情。那是在我刚上小学的时候,似乎是我们刚搬到这条街上不久。

有一天,我在学校受到了同学的欺侮。带头的是一个住在附近的女孩。她领着一群同班的伙伴从两侧围过来,用手指着我。

"大人不让我们和你玩,要我们不许接近小林阿姨和你,这可是我妈说的。我说得对不对,嗯?"

周围几个人点头附和。她们都是住在同一町内的孩子。

"为什么就不行呢?"我反问道。

那个女孩获胜般挺起胸,骄傲地说道:"因为,你没有爸爸。不是说你爸爸死了,而是从一开始压根儿就没有。这都是我妈说的。所以不能和你玩,说是你不正经。"

"不正经"的意思,一个刚入小学不久的孩子能理解多少,我实在怀疑。大概是在家里时,他们的母亲说过那样的话吧。这段对话我至今仍记得清清楚楚。那个小林,听说根本就没有正式结过婚。嗯,没错,一个未婚的母亲,虽然不知道是干什么的,但肯定不正经。风尘女子?或许吧,佔计就连自己都不知道孩子的父亲是谁。真讨厌,附近竟住着这么一户不正经的人家——恐怕大致是这种情形。

那天,我哭着回到家,一看见妈妈就迫不及待地问:"妈妈,我不正经吗?难道不像其他孩子那样有爸爸就不行吗?"

妈妈听后沉思了一会儿,然后抬起脸端详着我,爽朗地笑了。"双叶,这样的坏话别去理它。因为大家都在羡慕你。"

"羡慕我?为什么?"

"那还用说,自由呗。要是有爸爸,可就 点都不自由了。什么举止要端庄、要像个女孩子样之类的,烦死了。这么烦人的事妈妈说过一次没有?"

"没有。"

"对吧。没有男人最好了。他们忌妒这一点,所以就老是找碴。明白了吗?"

我似懂非懂地点了点头。"明白了。"

"好。明白了就好。"妈妈两手捏起我的脸颊,骨碌碌地摇晃着,"下次让人欺负了再哭着回家,妈妈就不让你进门了。不管对方是谁,都要和他战斗。没事,受了伤妈妈给你治。对你的朋友们也要这么说,就说妈妈是护士,会治伤,用不着手下留情。"

妈妈以惊人的魄力为我鼓起了勇气。

可是,那一夜我却看到,铺被褥的时候,妈妈双膝跪在榻榻米上发呆,连我从浴室里出来都没有注意到,只顾凝望着远方。她在流泪。看到这种情形,我不禁退回到浴室。伫立在洗衣机旁,我稚嫩的心中已经确信——关于我的身世,妈妈一定有着不可告人的秘密。究竟是不是关于父亲的事呢,我倒没有想到这一步。

刚才妈妈的样子和那一夜的情形一模一样。

那么,难道今夜的事情同样关系到我的身世,是它让妈妈痛苦吗?莫非因为我上了电视,潘多拉的魔盒就会被打开?

鞠子之章　二

　　七月十日下午三点五分，我乘坐的飞机抵达羽田机场。领取行李之后，从机场乘坐单轨电车去滨松町。这是我第三次来东京，可前两次都是只要跟在朋友们身后就万事大吉，这次却一切事情都需要独自判断。

　　从滨松町经山手线去涩谷。至于去帝都大学的先后顺序，北海道大学的学生横井都告诉我了。他的说明深得要领，我几乎没有迷路。无论走到哪里都是人，多得令札幌和函馆那边没法与之相比，这使我很迷惑，甚至连买票都颇费时间。虽说是周六白天，可人潮就像工作日早高峰时一样多。

　　乘坐山手线电车的主要是年轻人。至于他们与北海道的年轻人比较起来如何，我不甚清楚，顶多觉得服装和发型方面有些不一样。原本就与时装无缘的我，就连札幌现在流行什么都不清楚。我对他们有一种莫名的畏惧感，倒是不争的事实。当然，这种事情在北海道绝不会有。或许，是心目中东京的印象让我有些神经质了。

涩谷的人更多，车站就像《玫瑰的名字》中的立体迷宫一样复杂。我拿着横井写的纸条，循着指示牌东奔西走，好不容易摸索到了井之头线的检票口。再加把劲就到目的地了。

"在东京问路，千万别找站务员以外的人。"

这是横井给我的建议。他的理由是，普通人只是每天机械地按固有方式走着固有路线，从来都意识不到自己究竟身处何方。如果找这些人问路，只是徒然给他们增添麻烦，纵使得到回答，也不敢保证就完全正确。的确，既然电车行驶在这纵横交错的线路网上，而且站内本身就像一座立体迷宫，出现这种情况也不足为奇。

坐了约十分钟，电车抵达了目的地车站。车站周围大厦林立，道路上的车辆陷入了交通停滞。在我眼里，就连这条街都堪称大都会。我不得不再次认识到，这大概就是东京的了得之处。在札幌，如果坐上十分钟的电车，都市的氛围早就淡漠了。

一家全国各地都有的汉堡店映入眼帘。确认它便是被指定的地点后，我走了进去，要了普通的汉堡和可乐。看看手表，再过十分钟就四点了。

汉堡与平常吃的一样，味道并无不同。吃完已过四点，可约好见面的人仍没有出现。我端起所剩不多的可乐杯，眼望入口，觉得自己仿佛变成了正在布莱特河车站等待马修·卡斯伯特前来迎接的安妮·雪莉。真的会来迎接吗？就算真的来了，大概也不会注意到我。即使顺利相会了，也会由于一个阴差阳错铸成的事实——对方坚信自己是一个男孩，而徒让对方感到沮丧吧？红发安妮不就有这样的遭遇吗？①

---

① 在加拿大作家 L.M. 蒙哥马利的名著《红发安妮》中，爱德华王子岛的马修和马丽拉兄妹想收养一个男孩，不料迎来了古灵精怪的少女安妮·雪莉。

四点十二分，一名身穿蓝色衬衫配奶油色西裤的女子走了进来。身材高挑的她飞快地环视店内一圈，视线停在了我的脸上，然后两手插在裤兜里，径直朝我走来。

"你是氏家鞠子小姐吧？"她声音沙哑。

"下条小姐？"

"嗯。"她点点头，"我来迟了，抱歉。教授忽然找我有事。"

"没关系，我也没等多久。"

"那好。那么，我们走吧。"下条小姐利落地转过身子。

"啊，好。"我慌忙拿起行李。

距离大学步行只需几分钟，我们并肩走在人行道上。

"听说你正在为父亲写传记？"下条小姐问道，看来是从横井那里听来的。

"是的。"我答道。

"并且是用英文？真了不起！就算是英语系的学生，也才读了不过一年吧？"

"这也……算不上什么。"

"了不起啊。真令人羡慕，有那样一个好父亲能让你愿意写下去。我父亲只是一个游手好闲的牙医，脑子里只想着如何赚钱。真羡慕！"她又一次重复道。

"不好意思……"我说道，"刚才，您是如何一下子就认出我的？"

"刚才？啊，一个女孩子抱着个大旅行箱走进麦当劳，这情形可不多见。"下条小姐若无其事地答道。

不久，前方右侧现出一堵长长的围墙，青翠的树木从里面伸出树枝。原来东京竟然也有绿色。

"你最想先了解什么？"进门的时候下条小姐问道。

"这……只要是父亲学生时代的事情，我全都……"

"那么，就先从在哪个教室上课开始吧。由于是三十年前的事，肯定发生了很多变化……你知道你父亲的专业是什么吗？"

"现在是在大学教发育生物学。"

"发生学……"下条小姐停下脚步，飞快地往上拢了拢短发，"学生时代的研究课题未必相同啊。既然这样，或许问问梅津老师就知道了。他是我所在小组的教授。"

"梅津老师？是梅津正芳老师？"

下条小姐的一条眉毛忽地颤动了一下。"你认识他？"

"也谈不上认识。"说着，我从手提包里取出一张贺年卡。寄卡人正是梅津正芳。"与帝都大学有关的人当中，现在能够联系上的，似乎就只有他一个了。"

"哦。不错，的确是梅津老师。嗯，真巧。"下条小姐再度前行。我抱着包紧随其后。

一幢白色的四层楼房出现在眼前，下条小姐让我稍等，自己走了进去。我孤零零地站在那里，注视着穿梭在校园中的学生。身穿白色衣服的他们个个都显得那么英姿飒爽，神情中充满自信。三十年前的父亲也一定是这种风采吧，我想。

所谓的为父亲写传记，自然全是谎言。

我的目的只有一个——解开数年前母亲离奇死亡之谜。

在事件结束后，确信母亲死于自杀的我，仍在继续思索查出真相的方法。只是，由于唯一可能知道真相的父亲一直讳莫如深，揭开真相的机会绝不会青睐我这个一直过着宿舍生活的人。我只有在郁闷中消磨着时间。

最初抓住线索,是在事情已过去五年多的今年春天。

今年四月,我进入了札幌的女子大学,寄宿在舅舅家中,也就是外婆的旧居。

舅舅有一个刚上高中的女儿,叫阿香。对我来说,她自然如同妹妹一般。寄宿生活刚开始,阿香便向我展示了一册东京地图和旧时刻表,说是改建这所房子的时候,整理去世的外婆的遗物,从佛坛的抽屉中发现的。

"东京地图,似乎挺好看的。我问爸爸能不能给我,他答应了,就放在我的房间里了。对了,电视剧里不是经常会出现一些地名吗?什么六本木啦,原宿啦,我就在地图上找着玩,看看这些地方究竟在哪里。"

听到这番话时,我忍不住笑了出来。我也有过这样的记忆。初中三年级时,室友曾从家里带来地球仪。我们探寻着《红发安妮》中的爱德华王子岛和《音乐之声》中的萨尔茨堡、茵斯布鲁克等地的位置。对于阿香来说,这些自然就变成六本木和原宿了。

阿香并非单纯只为了讲这些。她认为这地图和时刻表很可能是她姑妈——我母亲的。

阿香打开时刻表中登载着国内航班的那一页,向我指出用蓝色圆珠笔圈起来的东京至函馆的时刻表,以及东京至札幌航班中几处用同一种颜色的圆珠笔做了记号的地方,然后又打开函馆干线那页。

"你看,这里也有做着记号的列车吧?和飞机的时刻表对照一下就不难明白,这个,是从东京抵达千岁机场,能够去函馆的列车,换乘很方便。所以，使用这个时刻表的人，自然就是想往返于函馆与东京之间了。万一订不上从羽田直接回函馆的机票，就经千岁空港回去，使用者甚至连这一点都考虑到了。"

我不禁为刚上高中一年级的表妹的慧眼咋舌。听到这里，剩下的连我都明白了。她说的这个进出于外祖母家而居住在函馆的人，自然只能是母亲了。

"太了不起了！阿香，你简直就是马普尔小姐①啊。"我夸赞道。

这种嬉闹的氛围立刻就被阿香接下来的话驱散了。她有些不好意思地继续说道："奶奶把这个放进佛坛，或许是想作为一件怀念姑妈的纪念品吧。可时间正好是发生那次事故的时候。"

我心里顿时咯噔一下。再看看时刻表的封面，我猛地意识到，我遗漏了重要的一点。

时刻表是五年半前十二月份的东西。这不是一个普通的月份，它正是母亲去世的那个噩梦般的十二月。由此可见，母亲在出事之前曾去过东京。

我直接找父亲确认此事。面对我的质问，父亲明显动摇了。当我向他展示时刻表和东京地图，并陈述着照搬自阿香的推理时，他的脸显得异常苍白。

但他如此回答："你母亲根本就没去什么东京。那次火灾的事，你快忘掉吧。"

之后，父亲就冷淡得再也无法接近了。

但他的态度反倒令我更加确信：母亲在自杀之前曾去过东京，

---

① 英国作家阿加莎·克里斯蒂笔下的名侦探。

这是事实。母亲的东京之行一定隐藏着某种真相。

提起东京,我又想起另外一件事。去年年底,当我说起想去东京上大学时,父亲狼狈不堪。"只有东京不行,年轻的女孩子一个人生活在那种城市可没好事。"如此情绪化而欠缺理性的话语,让人很难相信竟出自一个大学教授之口。

父亲终究是怕寂寞,这是我当时的解释,因为想不出其他理由。但既然我已知道母亲去东京的事情,就不能不怀疑了。父亲阻止我去东京,一定另有隐情。

从此,只要有时间,我就着手调查母亲和东京之间的关系。我若无其事地询问舅舅等人,调查母亲的经历。结果发现母亲在东京并无知己,对她来说,东京完全是一片陌生的土地。由此,可能性就只有一个——母亲去东京,一定与曾为帝都大学学生的父亲的过去有关联。

能够暗示母亲去向的材料,事实上只发现了一个。阿香发现的东京地图上有部分做着记号,即登载着世田谷区的一页,地图中"祖师谷一丁目"几个字用铅笔圈了起来。为谨慎起见,我把其他页面也都仔细查看一遍,再没发现做这种记号的地方。

世田谷区祖师谷一丁目——这或许就是母亲的目的地。从地图上看,这里似乎没有什么特别大的设施,理解为寻访个人住宅似乎更为妥当。

我在函馆的老家中对通讯录和信件等展开了地毯式的调查,没有发现一处地址是世田谷区祖师谷。

或许,父亲帝都大学时代的朋友中,有人住在这里。我立刻产生了想去东京的冲动,但此时线索太少了。很显然,即使去了东京,我恐怕也只能在街头彷徨，无从着手。

发现重大线索，是在暑假前夕我开始感到焦虑的时候。那是一张照片。看到那照片的一瞬间，我就下定决心要调查父亲的帝都大学时代。我确信，这个方向一定没错。

去东京之前，我找到一个与帝都大学医学院有关系的人。在同一志愿者小组的北海道大学学生横井告诉我，他高中的学姐中有一个正在那里上学。我求他将此人介绍给我，这便是下条小姐。

"让你久等了。"

背后传来的声音让我回过神来。下条小姐正从楼里走出。一看到我，她就用双手做了一个×形的手势。"梅津老师正在上讨论课，咱们待会儿再来吧。可能会很晚，你没问题吧？"

"没问题。我已经预约好宾馆了。"

"回北海道那边，是明天晚上？"

"是的。我已订了明晚的票。只要在六点前赶到羽田机场就行。"

"哦？这样就从容多了。"她微微一笑，抱起了胳膊，"那么现在该做些什么呢？关于你父亲，你有没有其他需要调查的？"

"名册能看一下吗？"

"什么名册？"

"医学院的名册。如果有那种记录着毕业生的名字和联系方式的东西……"

"啊，这个啊。"她弹了一下响指，"这得去图书馆。走吧。"话音未落，她已迈开脚步。

图书馆雄伟庄严，若是在我上的大学，看起来简直就是大礼堂了。里面像博物馆一样幽静。我把行李寄存在一楼,在下条小姐的引领下,进入了二楼一个叫特别阅览室的房间。那里一册书也没有,只摆着一些桌椅。房间的一角有一个工作人员模样的年轻男子,没有其他阅览者。

下条小姐一面掏出貌似学生证的东西,一面朝那人走去。他们似乎很熟,一面办理着手续,一面还聊了两三句足球之类的话题。那人微笑着望着我,接着便面露惊讶。

"这位就是你的朋友?"他问道。

"朋友的朋友。"下条小姐答道,"漂亮吧?"

"漂亮。似乎在哪里见过。对了,是哪里来着?"

"啧啧,又在撒这种拙劣的谎了。想靠这种话来勾引女孩子,别做白日梦了。"

"不,不是,真的很眼熟啊。"

"我倒是不记得。"我说道。

"咦,真的吗……"工作人员端详着我,小声念叨着。

"先别弄这些没头没脑的事,快去拿名册。否则我告你偷懒——"下条小姐正如此说着,那人忽然啪的一下拍起手来。

"想起来了。是昨晚的电视上。"

"电视?什么啊?"下条小姐问道。

"她上过电视。对,就是周五晚上十一点开始的音乐节目。"

我不清楚他所说的电视节目名,似乎不是在北海道播放的节目。

"里面有一个业余乐队出演的板块,对,昨晚出演的乐队里那个主唱和你长得一模一样,那不是你吗?"他一本正经地问道,让人琢磨不透究竟是开玩笑还是认真的。

我摇摇头。"你弄错了。"

"咦,真的?"

"你在胡说些什么啊。这个女孩子,人家才刚从北海道那边过来。别拿人家开心了,好好干你的活吧。"

"我没有开玩笑啊。"那人咕哝着走进里面的房间。

房门关上后,下条小姐小声提醒我:"一定要当心。在东京这种地方,到处都是这种男人,一个劲地只想往女人身上贴。"

我笑着称是。

那人抱着厚厚一摞文件走了出来。

"请不要带出阅览室,请不要复印。"那人一面把文件交给下条小姐,一面叮嘱。说这两句话时,他用了敬语,或许是出于职业习惯。他又飞快地瞅了我一眼。"的确很像。但凡我看上的女人的脸蛋,绝对过目不忘。"他仍在喃喃自语。

"你烦不烦啊!"下条小姐忍不住堵了他一句。

我们在窗边的一张桌子旁坐下。

"这就是医学院毕业生的名册。你先找找你父亲的名字吧,应该会有的。我再去确认一下梅津老师的时间。"

"不好意思,拜托您了。"

目送着下条小姐消失在房间外面,我打开那本旧名册。这不是那种在某个时期整理过的东西,只是把每年毕业的部分连缀在一起而已,所以最初的页面已严重变色,况且印刷也不好。这样一所有七十余年历史的大学的毕业生名册,自然也历经了相当久远的岁月。

根据父亲的年龄就能算出他毕业的年份,所以从名册中找到名字并不困难,就在四十三期第九研究室毕业生一栏中,下面就写着

"梅津正芳"。每个名字的旁边记录着毕业后的去向。父亲的名字旁边记着北斗医科大学研究生院，那是一所位于旭川的大学。选择同样前途的人在他的同学中并没有找到。去其他大学继续深造的人本就不多，大多数人还是以成为医生为目的，在帝都大学毕业后一般都会以各种形式开始行医生涯。

父亲为什么会选择旭川的大学呢？这个疑问忽然浮现出来。难道是因为距离老家苫小牧很近？不，不可能。如果是这样，他一开始就不会来帝都大学。

此前我从未思考过这个问题，但疑问终究还是疑问。

我尝试着调查了一下比父亲稍早毕业的学生的去向。或许，在父亲之前也有考入北斗医科大学的吧。可无论我怎么往前搜寻，也没有找到这样的人。父亲的去向问题越发显得不可思议。

我有些灰心，打算再次翻回父亲名字所在的那一页。就在翻动的过程中，一瞬间，"北斗"二字映入了眼帘。我的心咯噔一下，手不禁停了下来。

这一页并不是毕业生的专栏，而是医学研究室人事一栏，在那里我找到了"北斗医科大学"几个字：

久能俊晴　昭和××年三月十五日由第九研究室教授调任北斗医科大学教授。

第九研究室……原来父亲就在这位久能教授门下。如此说来，难道是由于久能教授被调到北斗医科大学，所以父亲也追随而去？教授调出一年之后，父亲就考入了北斗医科大学研究生院。

可是，仍然无法理解。既然父亲师从于这位久能教授，那么身边应该留下更多痕迹才是，但通讯录和信件中都没有发现"久能"二字。

关于这一点，希望现在就想出答案显然不现实。于是我改变思维方式，以父亲的毕业年份为中心再次调查起毕业生的地址，看看能否找到契合"世田谷区祖师谷一丁目"这个已经烂熟于胸的住址的人。

可是，不久这一工作又陷入停滞，无论如何也查不到与该住址相关的人。勉强找到了一个祖师谷四丁目的人，却比父亲晚了十年，看来与父亲扯不上关系。

我将胳膊支在桌上，托着腮陷入了沉思。我没指望进展会非常顺利，但失望仍不小。莫非这个"世田谷区祖师谷一丁目"没有丝毫意义？在东京地图上做出的记号也完全是出于别的理由？

传来房门开闭的声音。我抬头一看，下条小姐微笑着走了过来。

"有收获吗？"

"嗯，找到很多有参考价值的东西。"给人家添了这么多麻烦，我当然无法说所获甚少。

"那就好。"说完，下条小姐有些难为情地闭上一只眼睛，挠了挠鬓角，"那个，梅津老师今天怎么也抽不出空来。他说若是明天，倒是可以。那就明天白天吧。"

"没关系，反正明天是星期天。"

"那就好。梅津老师还说，既然是氏家先生的女儿，怎么也要见一见呢。"

"那太好了。"

我们从一楼取出行李，出了图书馆。一个半小时过去了。虽是七月，四下也已经昏暗起来。

"好不容易来一趟，简单地参观一下校园怎么样？我给你做向导。"

"那就拜托了。"

"行李重不重？"

"没事。可是，您不嫌麻烦吗？连这种事都让您陪着……"我终于表达出心中的歉意。

下条小姐闭上眼睛，轻轻地摇摇头。"如果觉得麻烦，我从一开始就不会答应你了。其实横井只是一个学弟，我也根本没有帮他的义务。"

"可您对我如此照顾……"

"我不是也没做什么大事嘛。相比起来，我倒是更希望你这样的人好好努力。一个女孩子，就算进了大学，也多数是以玩乐或者谈恋爱等为目的。现在社会上大力倡导女性步入社会，可很多女孩子仍觉得一旦上完女子大学，人生似乎就结束了。这些人就是这样在拖着我们的后腿。我也是个女人，所以也一直深受其害。现在也是如此。我不是开玩笑。我实在不愿意与这些人为伍，但我想，今后我恐怕要一直深受其害。所以我希望你也要好好努力。只要能对你有帮助，我什么都愿做。"

听了下条小姐这番热情洋溢的话语，我只觉得身体像泄了气的皮球一样蔫了下来，恨不得钻进旅行箱。如果知道我根本丝毫没有为父亲写传记的想法，她一定会气疯。我默默地在心里祈祷：要想查出母亲去世的真相，只有这样了。我再没有别的办法，请原谅我吧。这样致歉同时也安慰了我的良心。

我们从图书馆出来,绕了一大圈之后折向医学院。一路上有大大小小各式建筑,既有让人联想起明治时代的古楼,也有那种硬质且略带冷意的现代建筑。

"这是从前的学生会馆。听说曾一直使用到二十多年前呢,现在已经严重老化成了危房,禁止出入了。但还是有些氛围吧?"

下条小姐边说边指给我的,是一座四方形的砖砌建筑,看上去似乎与雪景很相称,倘若再加上根烟囱,仿佛圣诞老人就要下来了似的。

看到嵌在墙上的百叶窗,我止住脚步。

"怎么了?"下条小姐问道。

"没什么……真是一座不错的建筑。"

"是吧?还是那个时代的建筑家们有感觉啊,绝对的。"

我们在这里伫立了一会儿。

在下条小姐的建议下,我们到车站附近的一家意式餐厅一起用餐。一大堆食物眨眼间便被她轻松征服,而且她还在吃饭的空隙里对我讲了很多,诸如大学的事、研究的事和将来要在掌握了所有医术后周游世界的梦想等。我一面笨拙地吃着意大利面,一面出神地聆听。

"连男人听了都会汗颜啊。"

"这只是在工作方面,但我并非放弃了身为一个女人的权利。女人具有母性。若无母性,女人既无法生存下去,也无法战斗。这不单单是生不生孩子的问题。母性囊括了宇宙。"说着,下条小姐将白葡萄酒倒入玻璃杯。酒瓶正好倒空。她向我晃了晃瓶子。"有点醉了。"她笑道。

"我能明白。"我说道。我也觉得"母性"是一个好词。只是,不经意间又回忆起母亲的事情,泪腺又要开闸,我慌忙喝了口水勉强忍住。

出了餐厅,与下条小姐约好明天的计划后,我们分了手。乘上电车之后,我又一次觉得,下条小姐真不错。那就给介绍人横井买点礼物吧。

预订的宾馆在滨松町。一进房间,我首先从包里取出一张照片。促使我此次决意来东京的正是它。

给我看这张照片的是舅舅。他说在找东西的时候偶然发现了这张奇怪的照片,就给我拿到了房间。我首先关心的还是发现的地点。据说是在外婆的物品中,而且原先放在佛坛的抽屉里。那正是阿香发现时刻表和东京地图的地方。莫非这张照片也是母亲去东京时携带的东西?

照片只有掌心大小,黑白的,上面有两个人,似乎是在一栋建筑前面,后面是砖砌的墙壁,上面嵌着百叶窗。两个身影从背景中清楚地凸显出来。

右侧带笑的青年毫无疑问便是父亲。头发乌黑,脸上充满朝气,大概还不到二十五岁,从翻领衬衫的衣袖中伸出的手臂修长白皙。

可是,舅舅所说的奇怪并非指父亲。他说的显然是另外那个人。

与父亲相比,那人很矮,穿着长长的紧身裙加白衬衫,一看就知是个女子。反过来说,如果隐去衣服部分,就不辨性别了。

因为,不知为何,那个人的脸部被黑色油墨涂掉了。

次日,将行李存放在滨松町的投币式储物柜之后,我赶往帝都大学。我们约好和昨日一样正午时分在同一家汉堡店会面。今天下条小姐提前五分钟就出现了。

"睡得好吗?"

"嗯,睡得很香。"

"是吗,那太好了。"

"真不好意思。好容易等到一个休息日却……"

"我这边你不用太在意,并不是说星期天我就有约会。"她洁白的牙齿闪烁着光辉。

因为是星期天,大学校园中的人影显得格外少。喧闹声从远处传来。大概是运动社团,下条解释道。看来体育场就在附近。

我决定求下条小姐带我去那所昨天参观过的旧学生会馆再转一下。"你似乎很喜欢那幢建筑啊。"她笑道。我只好默默地讪笑。

我一面在古砖建筑前面悠然地散步,一面暗暗与脑海中那张照片中的建筑做着比较。墙壁的形式和百叶窗都一致。不错,那张照片就是在这里拍摄的。

我确信,母亲去东京一定与这张照片有关。如此一来,那个脸部被涂掉的女子的身份就成了最关键的线索。如果能弄清这一点,所有谜团似乎都可迎刃而解。

与梅津教授的会面是在他的办公室进行的。走过充满药物气息的木地板走廊,来到一个门牌上写有"第十研究室教授室"的门前,下条敲了敲门。

"哎呀哎呀,好,欢迎欢迎啊。"

教授长着一副圆脸,仿佛由圆规绘制出来的一样。他已经谢了顶,眉毛也很稀疏,眉毛下面是一双へ形的眼睛。

在教授的催促下，我们在待客沙发上坐下。首先，下条小姐再度说明了我的来意。一听到要为父亲写传记，我就不由得低下头来。

"哦，好啊好啊。能有这么一个给父亲写点东西的女儿，真令人羡慕！"教授摇晃着圆滚滚的身子频频点头。

"那么，我到隔壁等着，你们慢慢聊吧。"下条小姐冲我微微一笑，出了房间。

"她很干练吧？"房门闭上之后，教授说道。

"是，非常干练。我很崇拜这种人。"

"男学生全被她压倒了。先不说这些了，你父亲还好吧？"

"还好，托您的福。"

"哦？那就好，比什么都好。哎呀，有十年没和他见过面喽。他刚回到北海道时我们还经常联系呢。"说到这里，教授似乎忽然想起了什么，眉头一皱，重新坐进沙发，"那次的火灾可真不幸！我本想去参加你母亲的葬礼，可怎么也抽不出时间。"

"没关系。"我轻轻摇头。

"我一直很过意不去。请向氏家先生转达我的问候。听下条小姐说，你父亲不知道你来这里，这可不好啊。"

"不好意思。"

"不不，你不需要道歉。那么，我说些什么好呢？"

"什么都行。请您稍微介绍一下我父亲学生时代的事吧……"

"嗯。我对他记得还挺清楚的。要说他这个人啊，一句话，优秀。我绝不是在你面前夸他。如此能干的人真是少见，而且付出的努力也超出常人一倍以上。还深得教授的信赖，甚至从学生时代起就被委以重任。"

"您说的教授,是久能老师吗?"

梅津教授再次用力点头。"对,是久能老师,发生学的先驱。氏家先生非常尊敬久能老师,老师也视他为继承人。"

"可久能老师后来去了北斗医科大学吧?"

教授的眼睛略为舒展开来。

"嗯,这里面有很多内情。怎么说呢,久能老师的研究太标新立异了……与其他教授的意见越来越不合。"

"对立?"

"不不,谈不上对立。学术层面的观点不合,这种事经常会有。"梅津教授的回答有些含混。

"但去了旭川那种地方……久能老师原籍在北海道那边吗?"

"不。是北斗那边主动邀请老师的。当时北斗医科大学刚设立不久,正拼命四处搜罗尖端技术的权威呢。"

"那么,第二年,父亲也追慕久能老师而去了?"

"更确切地说,是老师物色的氏家先生。光是一个人,很难推动研究。"

之后,梅津教授又给我讲了一些学生时代的回忆。虽然也有一些游玩的内容,但大多数还是与研究有关的辛酸经历,其中还有一些与父亲毫无关系,我有些急躁起来。

"当时的大学里有多少女生呢?"话题中断的时候,我不动声色地转移了方向。我这么问,自然还是因为脑海中那个脸部被抹去的女子。

"女学生?不,几乎没有女学生。嗯,确切地说,不是几乎,而是完全没有。"教授抚摩着下颌答道。

"一个也没有？"

"嗯，因为当时的大学还不适合女生。现在有了文学院和生活科学院等，可当时学校只有医学院、工学院和经济学院。对了，女生怎么了？"

"啊，不，我只是在想，父亲有没有与女生交往过什么的……"

我的话让教授展颜一笑。

"虽说他热衷研究，可也并非就是圣人啊。交际之类或许还是有的。"

"可如果没有女生……"

"不，与其他大学也有交流。这一点和现在一样。还曾经与帝都女子大学等学校共同创办过兴趣小组之类呢。啊，对了……"梅津教授忽然一拍膝盖，"氏家先生似乎也曾加入过什么兴趣小组。"

我不由得探出身子。"真的吗？"

"嗯。怎么说好呢？虽然没有山岳社之类那样唬人的称呼，称其为郊游协会之类应该还比较妥当。"

"郊游协会……"

父亲曾在学生时代参加过兴趣小组，此前从未听他提过。总之，关于帝都大学时代的事情，父亲一概三缄其口。

"加入这兴趣小组的人，您还知道有谁？"

"这个嘛，我就不知道了。氏家先生很少向我们提起兴趣小组的事情。"

"哦。"

最后，我试探着询问教授是否见过我母亲。我想知道母亲去世前来东京时，是否拜访过这里。

"只见过一面。那还是去北海道出差的时候,顺便去过一次。当时你父母新婚燕尔。她一看就是个温柔贤惠的好妻子。唉,真是太遗憾了。"说着,梅津教授的眉毛皱成了八字。

我道完谢,出了教授的房间,下条小姐似乎察觉到了动静,从隔壁房间走了出来。

"弄到参考资料了?"

"是的,很多。"

出了那栋楼,我说起郊游协会的事情。下条小姐忽然停下脚步,倏地转过身来。

"说不定,你运气不错呢。"

"为什么?"

"有一个人从前曾加入过郊游小组,似乎与你父亲年纪相仿。"

如果真是这样,实在太幸运了。

"在哪里呢?"

"你跟我来。"下条小姐两手插在裤兜里,轻轻地一甩头。

她领我去了运动场旁边的一个网球场。虽是休息日,这里仍很热闹,四面的球场全挤满了人。从打球者的年龄来看,他们似乎并不是网球社成员。

"你在这里稍等一下。"

下条小姐让我在铁丝网旁的长椅上坐下,然后朝最右端的球场走去。一个银发飘逸的男子正在和一个年轻女子练习发球。下条小姐正是朝那男子走去。那人大概五十多岁。倘若头发是黑色的,看起来也就刚四十出头,体形非常紧凑利落。

下条小姐与他略一交谈,便双双离开球场朝这边走来。我站起身来。

"这位是笠原老师。"下条小姐向我介绍道,"他可是经济学院的教授哦,也是我的网球对手。"

"我……我,我叫氏家鞠子。"我慌忙鞠躬。

"我姓笠原。幸会……"微微一笑之后,笠原老师忽然恢复了严肃,凝视着我。

"老师,怎么了?"

"啊,没,没什么。"笠原老师再度恢复了笑容,摆摆手,"哎,那么,究竟是什么事?"

"老师以前加入过郊游小组吧?"

"哟,是这么个古老的话题啊。"笠原老师苦笑一下,"啊,加入过。但说是郊游,充其量也就是自带盒饭在高原上唱唱歌之类,还没有到山岳社那样攀登险峰的程度。"

"那个兴趣小组里有没有一个姓氏家的人呢?就是她的父亲。"

"氏家?"笠原老师把粗壮的手臂抱在胸前,不断打量着我和下条小姐,"不,不记得了。是经济学院的?"

"不,是医学院的。"我说出父亲入学的年份。

笠原老师脸上浮现出柔和的微笑,摇了摇头。"似乎比我还高一届,但我的学长中也没有这个人。一般说来,医学院的学生不会加入我们的兴趣小组,大概是别的小组。"

"咦?还有别的郊游小组吗?"下条小姐追问道。

笠原老师点点头。"我想还是有几个的。那个时代物资匮乏,郊游小组是最不需要花钱,很容易就能组织起来的那种。"

"这么说,我父亲加入的是其他小组?"我一面尽力掩饰失望,一面对下条说道。

"大概是吧。"

"你正在探寻你父亲加入的兴趣小组？"笠原老师问我。

"是的。"

"既然这样，去图书馆调查调查看看。那里有一本叫什么帝都大学体育社团联合会活动记录的卷宗，或许会记载在上面。好像是纪念体育社团联合会创建五十周年的时候编制的，得有这么厚。"教授用拇指和食指向我比画出约十厘米的厚度。

"上面也记录着协会吗？"下条问道。

"聊胜于无吧，各协会制作的名册应该也被做成档案了，我还看过一次呢，什么保龄协会、皮艇爱好者协会之类的都有。"

"那就去查一下。谢谢老师，帮大忙了。"

"非常感谢。"我也致谢道。

"要是能帮上忙就更好了。"说完，笠原老师再次审视起我的脸，然后略显迟疑地开口道，"请恕我冒昧，你，是本地人吗？"

"不，我家住北海道。"

"北海道……那就是我多虑了。"

"您怎么了？"下条小姐问道。

"没，没什么，那个，我一看到她就觉得似乎曾在哪里见过。"

"啊，连您也……"下条小姐不禁笑了起来，看着我，"昨天在图书馆时也有人这么说呢，说是很像电视上的一个女孩子。老师也看音乐节目啊？"

"音乐节目？我不看那种东西。我总觉得似乎在很久以前曾见过她……"说到这里，老师笑着拍了拍脑袋，"不可能有这种荒唐事。

哎呀,失礼失礼。回北海道时可要多加小心啊。"

"非常感谢。"我再次低头致意。

由于是周日,图书馆闭馆。我正不知如何是好,下条小姐若无其事地说道:"抽空我给你查查吧。倘若能找到,我会和你联系。"

我吃了一惊,摇摇头。"那太麻烦您了。"

"没事,没事。不过,有一件事,我希望你能告诉我。"

"什么?"

"你说给父亲写传记,是在撒谎吧?"

"您怎么……知道?"

"那还用说?"下条小姐吐了口气,"你对你父亲了解的也太少了。就连我,都对自己游手好闲的父亲略知一二呢。"

"对不起。我本不想撒谎……"

下条小姐轻轻把手放在我肩上。

"我并不想询问理由。到了你想说的时候再告诉我就行。"说着,她递过一个小记事本,"留个联系方式吧。"

我强忍住眼泪,写下了札幌的住址和电话号码。

当晚,告别了前来送行的下条小姐,我离开了东京。

双叶之章 二

租赁的工作室位于西池袋。我想购物，排练结束后就在楼前与同伴道了别。

"正式表演时就拜托了，已经没有合练的时间了。"智博说道。今天他自始至终显得不快，因为我唱得有气无力。

"对不起，我绝对会努力的。"我双手合十致歉。

有气无力的原因明摆着——我一直在担心妈妈。电视出镜已过了五天，她却没有对此说一句话。她既没有与我怄气，也没有对我不理不睬，态度一如既往，有时甚至看起来比平时还柔和。她可以说是无精打采吧。至少，似乎并没有生我的气。

所以是我多虑了。如果她大发雷霆，倒也不难理解，因为我破坏了与她的约定，理当如此。她却一次都没有流露出愤怒的表情。与其这样，倒不如痛痛快快发一顿火，那样我反倒可以解脱。现在妈妈究竟在思考什么呢，我全然不知。

妈妈前几天的眼泪始终在我脑中挥之不去。我几度想问一句"妈妈您怎么了"，却始终没能开口。我觉得她身上有一种恐怖的气氛，使我难以开口。

买完东西回到公寓，已经九点多了。今晚轮到妈妈做饭。平时我若回来晚了，妈妈多半会不高兴。唯独今晚我倒希望妈妈能这样对我，希望她能够早日恢复从前的模样。

我刚踏上公寓的楼梯，楼上传来了声音。

"一旦您改变想法，请及时与我联系。"声音很陌生，似乎是一个陌生的年长男子。或许是谁家的客人，我一面想着，一面登上楼梯。然而，接下来的声音却让我止住了脚步。

"不会改变。所以，请务必……"

毫无疑问是妈妈的声音。我很久没有听到她用如此客气的语气说话了。发现情形异常，我连忙悄悄原路返回，藏在自行车棚里。

有下楼声传来，凭经验就知道只有一个人。我探出头，盯着马路。只见一名身穿深色西装的男子正手提一个小皮包走着。光线昏暗看不太清楚，但还是能辨出那是一个五十岁上下的小个子男人，但并不猥琐，而是气宇轩昂。西装的做工似乎不错，质地也有光泽。

等了五分钟，我才从那里出来，登上楼梯，刚进家门，妈妈就从厨房里投来十分诧异的目光。

"双叶，你刚回来？"她声音尖厉。

"是啊。"

"路上碰到人没有？"

"咦？没碰到什么人啊。"

"哦……那就好。"妈妈长舒了一口气，一瞬间身体似乎缩小了一圈。

"怎么,有人来了?"

"哎,嗯,倒是有一个,似乎是上门推销的。在这个时间来骚扰,真是烦透了。纠缠不休的,就像块橡皮糖一样黏在玄关上,真讨厌。"

"哦?"我侧目朝洗碗池中一瞥,里面分明有客人用过的茶碗。妈妈撒谎的水平也实在太拙劣了。

"吃晚饭了没有?"

"还没有。"

"哦。那你先等一下,我马上就好。"妈妈立刻转过身,点着燃气灶。这一刻,她的后背明显比平常瘦小得多。

妈妈似乎也没有吃晚饭,快十点时,餐桌上热闹起来。今晚的菜肴是炖牛肉。妈妈使出浑身解数,频频把汤勺和叉子送到嘴边,拿捏着味道和火候。她显得比昨日快活许多,话也很多,表情中却没有了以往的样子,总让我觉得有一种牵强感。所以,当对话中断的时候,冷淡的气氛便蓦地包围住我们母女。

"妈妈,"就在对话快要中断的时候,我试着说道,"上电视的事情,您不生气吗?"

这突如其来的一问似乎让妈妈有些措手不及。一瞬间,她颤抖了一下。

"当然生气了。"

"那为什么不骂我呢?"

妈妈停下手中盛肉片的汤勺,看着我。"你希望我骂你吗?"

"那倒不是。"我用叉子翻弄着胡萝卜,"总觉得有点不踏实。本以为您会骂我,可您却什么也没说。"

妈妈的表情忽然缓和下来,可眼神依旧那么严厉。她没有回答,默默地吃起自己做的菜肴。

快吃完饭时,妈妈问道:"是星期五吧?"

我知道她说的是上电视的事情,便答道:"是。"她点点头。

"如果你们忽然去不了,那个节目会怎样呢?"

我一愣。

"工作人员肯定会慌了。导演啦,制片啦,肯定会乱作一团。"

"嗯。不过,不过,你们终究是业余的,代替的人总能找到吧?"

"您到底想说什么啊?"我皱起眉头,"莫非您想在紧要关头阻止我们出场?"

"怎么会呢?只是随便问问。"说完,妈妈立刻麻利地收拾起餐桌。

这一夜,钻进被窝后,我怎么也无法入睡。关于妈妈的诸多疑问不断地在脑海里翻涌,在按照自己的逻辑不断推理的过程中,大脑兴奋起来。我再也无法忍受在床上辗转反侧,心一横,下床出了房间。

妈妈的房间里听不到一点声音。如果真睡着了,她一定会有鼾声,所以,她很可能还醒着。想到这里,我轻轻敲了两下拉门。立刻有了回应:"什么事?"

我打开拉门,在妈妈枕边坐下。"我只想问您一件事。"

"什么?"

"今天那位客人是谁?"

尽管不可能睡迷糊,妈妈还是费了点时间才明白过来。停顿了几秒,她才显出一愣的神情。

"其实我都看见了。"我挠了挠鼻翼,"一个气度不凡的中年男人,根本就不是什么上门推销的。"

妈妈一时紧张起来,但渐渐地,表情还是舒缓下来,最后终于恢复了笑容。她从鼻孔中喷出一口气。

"哦,你看见了?那我就不瞒你了。"

"是谁?他是谁?"我再次追问道。

"是一个以前曾照顾过妈妈的人。妈妈在大学里当助手时,他也是助手,现在却成了教授。真了不起!"

"他来干什么?"

"他……"妈妈刚一开口,似乎口中有种东西在阻止她似的,又闭上了,顿了顿才对我说,"他只是说,来到了附近,就顺便过来拜访一下。说是来东京办事。"

"为什么要撒谎,说是什么上门推销的?"

"哪有什么理由。无意中就这么说了。"

"可……"

"双叶,"妈妈竖起食指,"你刚才说了,只想问一件事。"

我一时语塞。

"既然都知道了,还不快去睡觉。你倒是没事,妈妈明天还要上早班呢。"

我慢吞吞地站起来,走出房间,关上拉门。"晚安。"

"晚安。"拉门后面传来同样的回答。

钻进被窝后,我再次回忆起那位绅士和妈妈的对话。

　　一旦您改变想法,请及时与我联系。
　　不会改变。

妈妈回答得如此坚决，可见对方绝非泛泛之辈。

"不会是父亲吧？"

一个一闪而过的念头让我愕然不已。这绝非不可能。妈妈因故与父亲分手，之后过着与父亲毫无联系的生活。可由于我上了电视，暴露了住址，他就来见妈妈，说"让我们重新开始吧"。

想到这里，我禁不住摇头。荒唐至极！如果父亲当真在寻找我们，若真是想找，其实很容易就能找到。并且，就算是生身父亲，仅凭在电视上看到我一次，怎么就能断定我一定是他女儿呢？

思来想去之间，睡意袭来。

第二天，我决定去一趟久未回去的大学。事实上，这是我电视出镜以来首次回校。

我就读的大学在高田马场。我走进上课的阶梯教室。一看见我，日文系的朋友立刻把我围住，尖叫起来。

"你怎么回事，小林？我们还以为你放弃这破大学了呢。"甚至有人如此说道。

她们围着我询问上电视的事情。这里的朋友大都支持我的乐队活动。

"啊，对了，这几天还有人打听你好多事呢。让我想想，对，好像是前天。"一个绰号"栗子"的女孩说道。

"打听我？谁？"

"他自称是电视台的，可我事后一想，觉得他似乎在撒谎。是个丑陋的瘦老头，看起来怎么也不像媒体人。"

"他怎么跟你搭话的？"

"我刚出门走了没几步,他就从后面跟过来,先问我是不是日文系的学生。我一说是,他就自称是电视台的,想就小林双叶的事采访我。"

真奇怪!电视台的人根本不会这样做。

"他还说会出酬金,我就答应了,到咖啡店聊了聊。结果,他净问一些奇怪的事。"

"都问了些什么?"其他女生在一旁催促道。

"他先是向我出示双叶的照片,问这个人是小林吧,我回答没错,但那张照片似乎有点奇怪。"

"奇怪?"我问道。

"照片上的人怎么看都是你,可总觉得有点不对劲。有点年幼,或者乖巧的感觉,总之不像你。"

"你到底在说什么?"

"所以连我自己都一头雾水啊,大概是你高中时的照片,就连头发都是长长的直发。"

"长直发?"我皱起眉头,"我从没留过那种发型。"

"所以连我都感到奇怪啊。"栗子噘起了嘴。

真奇怪!我在高中时一直留短发,进大学后才开始留长发,但早就烫成鬈发了。那人究竟是从哪里弄到那样一张照片的呢?

"算了算了。后来又谈了什么?"

"让我想想,对了,又问起你的性格啦,日常生活啦。我觉得不好好夸夸你怎么行,就有的没的说了一大堆。他甚至还问到你的成绩,可把我愁坏了。"

"还有没有其他的?"我抱起胳膊,强忍着怒火。

63

"后来他就问起一些奇怪的问题,什么迄今为止生过大病没有,有没有慢性病之类的。"栗子忽然放低了声音,说道,"还问怀过孕没有。"

"什么?!"周围响起了尖叫声。

"他怎么会这么问?"我说。

"不知道。我也觉得奇怪,就回答不知道,然后就站了起来。反正报酬已经预付了。"

"多少?"

在众人的一片追问声中,栗子嘿嘿一笑,吐了下舌头。"一万元。"

"什么!"起哄声比刚才更尖厉了。

迷惘的时候就做咖喱饭。从上小学起我就不得不帮着做晚饭,这一规矩至今未变,因而现在就算闭着眼睛也能做咖喱饭。虽然妈妈仍喋喋不休地数落我的手艺没有长进,可食客反正只有我们俩,我也从不在乎。

把炉火调到慢慢炖的状态后,我在餐厅的椅子上坐下来。紧挨微波炉的数字钟表已经指向八点三十分。根据妈妈的上班时间,她九点之前就会回来。

我左手支在餐桌上托着腮,右手翻着晚报。没有什么吸引人的报道。更确切地说,这些报道根本就没有进入我的大脑。我还在担心那件事。

根据今天的调查,得到一万元报酬的,算上栗子共有三人,全是日文系二年级的学生,时间都是前天,就连情形也十分相似。都是下课之后刚走出教室就被后面赶上来的男人拦住,并且首先确认她们是不是日文系的学生。

可以想象，那人一定事先调查了日文系二年级的课表，在教室外面蹲守，再随机跟踪上完课的学生，寻机搭讪。

询问的内容也与栗子所说的一致。令人不解的，是其中竟有很多涉及我的健康状况和身体方面。就连有无怀孕经历一项也都询问了所有人，真让人恶心。据说，一个同学甚至还坚信此人是我男友的父亲，正在调查我是否适合做他的儿媳妇。"所以就一个劲地往好里夸你。"友人说道。虽出于好意，可还是多管闲事。

究竟是什么人呢？调查我的情况干什么？甚至还不惜出一万元酬金，真是越来越奇怪了。就算是电视业界的大亨，也不至于为了这么几个小小的问题出这么多啊。

我立刻想起那位昨天出现在我家的绅士。但根据栗子等人的描述，情形似乎完全不对。那位绅士似乎没有拖着左腿走路的毛病。

怎么也理不出一点头绪。为放松情绪，我从架子上拿下一瓶四玫瑰威士忌，加上冰块慢慢地喝起来，又从冰箱里拿出一个柠檬，带皮啃着。妈妈经常说，这么吃看着都让人酸出口水。她不懂得这种快感，真是个不幸的人。

柠檬吃到一半时，微波炉旁的无绳电话响了。或许是妈妈，我拿起话筒。传来的却是一个陌生男子的声音。

"喂，是小林女士家吗？"

"是啊。"我顿时产生一种不祥的预感。男子的声音中充满急切。

"这里是石神井警察局交通科，您是小林志保女士的家人吗？"

警察！一听到这个词我就呆住了。预感应验了。我紧握听筒："我是她女儿。我妈出什么事了？"

"遇到交通事故了,现在已被送往谷原医院。"

我不禁啊了一声,然后就喘不过气,连话都说不出来了。心跳骤然加快,手中的柠檬也掉落在地。

"喂,小林小姐?"

"……我在。那,情况如何?"

"具体情况不明,据称很危急。您能立刻去医院吗?"

"好的,我去,马上就去!"

"您知道位置吧?"

"知道。"我自然知道,妈妈就在那里工作,"请问,您说的事故,是什么……"

警官稍顿了顿,答道:"肇事逃逸。现在,警方正在全力搜查,应该马上就能抓到嫌疑人。"

"肇事逃逸……"这几个字在我脑中嗡嗡回响。

挂断电话后,我连牛仔裤和短袖衬衫的打扮都没来得及换,仪容也没有整理,就从满是咖喱味的房间里冲了出去。

一到医院,我便冲进入口。候诊室有些昏暗,只亮着一盏荧光灯。

"有人吗?"我一面脱运动鞋一面大声喊道。一名护士从走廊的一角现出身来。她个头娇小,看样子年龄比妈妈略小。

"小林女士的……"她小声问道。

"是。"

护士点了点头,然后招手示意我过去。

我本以为她要带我去手术室什么的,她竟走向走廊最深处的房间。门牌上什么也没有写。

护士指了指门。"请进。"

"在这里……"妈妈怎么会在这里呢？话没有说完，我就沉默了，因为我看到护士的眼里噙着泪水，同时也听到一种声音，从房间内漏出的啜泣声。我全身发冷，鸡皮疙瘩跳了起来。尽管如此，还是有一行汗水从鬓角流了下来，流向脖子。

我颤抖着抓住把手打开房门。昏暗中，一个白色的身影浮现在眼前。白色的病床，前面有两名护士，还有白布。

我摇摇晃晃走到床边。两名护士注意到我，连忙退到左右两侧。我站在床边，低下头看着脸上盖着白布的妈妈。

开玩笑吧？我真想吐出这样一句台词，可还是说不出话来。我张不开口，就连想揭开白布都已不可能，因为手指没有一根能动弹。

"妈妈……我是双叶啊！"

我木然呆立，最终只说出这么一句话。

鞠子之章　三

从东京回来已有五天。上完星期五的第四堂课，我一个人出了门，从西十八丁目乘地铁赶往札幌，然后在札幌换乘JR列车。我又开始了往常的生活。

下条小姐还没有消息，但我还是很期待。这样未免有些失礼。她与我非亲非故，不能老是麻烦她。我一定要靠自己的力量揭开真相！

从千岁线新札幌站步行十多分钟，就到了寄宿的舅舅家。古老的木房子如今已变成贴着瓷砖的白色西式洋楼。大约是在两年前外祖母去世时改建的。

打开玄关的门时，一个熟悉的声音传入耳朵。是父亲。

父亲正在一楼的客厅与舅母及阿香交谈，舅舅似乎还没有回来。饭桌上放着花蛋糕，应该是父亲带来的礼物。但凡蛋糕之类，父亲就只知道这一种。

"去了一趟旭川，顺便过来看一下鞠子究竟有没有给你添麻烦。"父亲一看到我便说道。父亲说的旭川，应该是指北斗医科大学。

"哪有添麻烦啊，她还帮我做家务呢，可帮了我大忙了。要是阿香也能学她一星半点的就好了。"舅母侧着眼睛,轻轻瞪了阿香一眼。

阿香一面用叉子扎着花蛋糕,一面皱起眉毛。"姑父刚来,您就说这些,真烦人。"

看到舅母与阿香拌嘴,父亲笑了笑,从沙发上站了起来。

"那,我先看看鞠子的房间吧。"

"啊,那好啊。你们父女俩也好久没说过话了吧。"

既然舅母这么说了,我只好站起身来。

父亲走进我的房间,先来到窗边,向外望了望。这里地势微微有点高,视野很开阔,附近的一切尽收眼底。夕阳已落,家家都亮起了灯火。

"地方不错嘛,也没什么东西遮挡视线。"父亲感慨地说道。

我凝视着父亲的后背,竟忽然产生了一种想说出那张照片之事的冲动。倘若问问父亲照片中被抹去脸部的女人是谁,他会露出怎样的表情呢?我还是打消了这种念头。对母亲去世的真相只字不提的父亲,是不可能告诉我答案的。不仅如此,父亲还极可能因此夺走我获知真相的机会。

"大学生活怎么样?"

就在我精神恍惚时,父亲忽然问了起来。我一怔,抬起脸。父亲正望向我这边,背靠着窗框。

"在大学里愉快吗?"父亲再度问道。

"嗯,还可以。"我答道。

"既然是英语系,看来还是想学英语的人多吧?"

"那倒是。"

"那么，想去外国的人也一定很多吧，比如留学？"

我轻轻点了点下巴。"大家也都这么说。"

"是吧。也不只是为了掌握语言，因为如果不这么做，就无法了解该国的情况。"父亲抱起胳膊，频频点头，"鞠子，你呢？是不是也想去？"

"嗯，如果有可能的话。"若说这种梦想，都不知与大学的朋友们谈过多少次了。当然，她们甚至还附带着在那里结识一位金发男子，演绎一段浪漫爱情的梦想。

父亲又一次使劲点头。"那就索性去尝试一下如何？"

咦？我重新打量着父亲。

"我是说可以去。去美国。不，既然是英语系，最好还是去英国。"

"等一下。为什么？为什么忽然说起这种事情？"

"并不是忽然。你考入英语系时，爸爸就曾考虑过这个问题，觉得你早晚也要去。"

"此前您可从没提过啊！"

"我只是没说。怎么样，去吧？留学这种事情，短期的没有意义，你若是能在那边学习一年左右就好了。这边的大学只要休学就行。"父亲的语调格外热情。

"说起来容易……留学之类哪有那么简单啊，连接收的学校都还是问题呢。"

"这个容易。说实话，我今天还为这件事去见了一个内行，对方答应，只要是留学的事情，随时都会帮忙。于是我下了决心。"

"是吗？可对我来说，这事也太突然了，总得先让我考虑考虑。"

"嗯，那也是，好好考虑一下也行。"父亲移开视线，双手在膝盖上搓了一会儿，然后再次看着我，"是不是有什么不便之处妨碍你去留学？"

"那倒没有。"

"那就不要犹豫了。我若是你，一定二话不说就答应下来。"

"可我才刚入学呢。我想多学点东西，等基础打牢之后再去不是更好吗？"

"是吗？爸爸却不这么认为。这种事情，经历得越早越有好处。"

父亲的劝说甚至达到了顽固的地步，让我产生了强烈的疑问。他说很久以前就在考虑这件事，可我压根儿就没有感觉到他有这种想法。

"总之，先让我考虑一下。"我又重复了一遍。

"嗯，多往好处想想。"父亲点点头。

我站起来，重新坐在书桌前的椅子上。

"比起留学的事情，我更想加入某个兴趣小组呢。"

"兴趣小组？什么样的？"父亲的脸上阴沉起来。

"我还没完全想好，好多地方都在劝我。"

"这个嘛，兴趣小组的活动倒也不坏。"

"爸爸上学的时候没参加过这种活动吗？"我不动声色地试探。

"我……"父亲显然没有提防，慌忙眨眨眼睛，"没……没参加过什么，研究那么忙，哪有时间加入什么兴趣小组啊。"

"哦。"我一面附和，一面竭力控制表情，以免露出怀疑的神色。为什么要撒谎呢？或者，父亲加入郊游兴趣小组的事情是梅津教授弄错了？

不久，舅舅回来了，设宴款待父亲。父亲也对他们说了想让我留学的想法。舅舅和舅母也流露出一丝诧异的神色。

父亲谢绝了舅舅一家的盛情挽留,在八点多时离去。说是明天一早就要上班,今夜务必要乘列车返回函馆。

我和舅舅一家出门送走了父亲。虽然他说火灾造成的创伤已经彻底痊愈,可从后面一看便知,他的左腿依然有点行动不便。

"姐夫似乎下了很大的决心。"回到家,重新坐在餐桌前,舅舅说道,"说是想让鞠子去留学,这或许是真心吧。"

"是啊,也许是心境发生了变化吧。若是在以前,连鞠子说一句想去东京上大学,他都那样强烈地反对呢。"

"啊,是啊是啊。"舅舅端着茶碗,连连点头,"当时那架势可真是像凶神恶煞一样。"

"就连现在鞠子想去东京玩一趟,他都没有好脸色呢。所以,"说着,舅母转过头望着我,"前些日子,你去东京的事情我们都没有说出去,你就放心吧。"

"谢谢。"我说道。

"说起来,姐夫似乎在两三天前还去过东京呢。"

"什么?真的?"我不由得一下转向舅舅。

舅舅点点头。

"这事也没有跟我们提。"舅母说道。

"我想是真的。刚才姐夫拿手绢时,掉下一个纸片,我捡起来一看,竟是登机牌,由东京飞往札幌的,日期是前天。我问他,他含含糊糊地应了一声。"

"有这事吗……可他对我说,这一周他一直闷在大学里,哪里也没去。"

"咦，那就奇怪了。"

"奇怪。"

沉闷的空气弥漫开来。"恐怕有难言之隐吧。"舅舅干脆总结道。

次日星期六的早上，我装着平时去大学的样子出了门，乘上札幌开往函馆的列车。今天回函馆的事情我也瞒着父亲。我打算偷偷调查一番，然后再偷偷返回札幌。

所谓回函馆，也只是为了表述上的方便，事实上，我根本没有一个可回的地方。

生我养我的家已经消亡，而户籍上的老家——现在的公寓，我几乎没有在里边睡过一次。如果非要说出一个回归之处，也就是那间宿舍。可那里如今恐怕也已住进了新生，成了一个与我在的时候完全不同的世界。要好的朋友，还有善良的学姐，如今都不在那里了。

我感到喉咙干渴，便从包中取出用保鲜膜包好的柠檬，半个用菜刀切开的柠檬。直接啃带皮的柠檬是我一直以来的嗜好，母亲总是为我买没有农药的国产柠檬。

列车驶过长万部。左面能看见内浦湾，平静的水面沐浴着阳光，仿佛《红发安妮》中"闪耀的湖水"一样熠熠闪光。

安妮一定不会对自己的身世抱有疑问——啃着柠檬，我忽然想起这种事来。尽管出生后才三个月母亲就患热病死去，紧接着四天后父亲也因热病离世，可她仍无比热爱着连面孔都不记得的双亲。她为二人的名字而自豪，她珍视人们谈及的对他们的种种回忆。成为孤儿后，她先后被托马斯太太、哈蒙德太太等人收养，最终又被绿山墙农舍的老兄妹接手，可对父母的零星认识却一直激励着这个喜欢幻想的女孩,这是一个不争的事实。

索性像她那样成为一个孤儿会怎样呢?我甚至如此想象。那样,我就无须为母亲离奇的行为和死亡而苦恼了,也不会再为长相一点也不像父母而心烦。像安妮那样,只需展开幻想的翅膀就行了。虽然我非常怀疑自己是否也拥有忍耐作为一个孤儿的辛酸的能力。

上午就抵达了函馆。由于时间紧张,我直接从车站拦了一辆出租车,十分钟左右就到了父亲的公寓。

出于保护景观的理由,公寓都被限制建在三层之内。父亲租住的房间在顶层。只有一个男人居住,三居室未免太大了。据说家政女工每周要来两次,室内比想象中整洁得多。电灯一直亮着,或许是出于安全考虑。

一进门,左手便是父亲的卧室。直穿过走廊是餐厅兼厨房,再往里有两个房间。一个是父亲的书房,另一个则供我回来时使用,我宿舍时代使用的家具物品也放在这里。

我走进自己的房间,从壁橱中取出装着贺年片和暑期问候信等物品的箱子。这个原本装色拉油罐的箱子已被过去数年间收到的明信片挤得爆满,几乎都是寄给父亲的。我一张张地查看。

我的目的是找出在郊游兴趣小组时与父亲在一起的人。父亲声称没有加入过兴趣小组,可我还是想赌一次,相信梅津教授的记忆是正确的。

查找的要点便是上面有没有写着使人联想起郊游活动之类的内容。比如,"最近登山没有""真想像从前那样到山里走走"之类。

可是,多达几百张的明信片逐一看过,却没有发现一句类似的内容,连"山"和"郊游"之类的字眼都没有找到。

难道父亲果真没有加入过兴趣小组？不，未必。或许一过五十岁，学生时代的友情之类也会作为青涩的回忆而风化了吧。

此外，还有一种可能性。

倘若父亲有意隐瞒当年加入郊游兴趣小组的事情，他同样也会有意识地切断与当年的同伴的联系。

总之，在这种状态下无法做出任何判断。我照原样把明信片收了起来，出了房间，进入父亲的书房。我还有一件事想调查。

那便是前几天父亲为何要去东京。当然，父亲去东京也不是什么稀罕事。参加学会、研究会什么的，一年要去好几次。既然如此，没有必要向舅母等人隐瞒啊。

还有，父亲昨天忽然劝我留学，也让人觉得与这次东京之行有关。他声称是为了学习语言，可这也太唐突了。东京那边一定有事，并且与我不无关系。

尽管已经在这里租住了几年，可一进入书房仍能嗅到家具的异味，大概是因为不经常换气。眼睛发痛起来，我打开窗户。南向的露台前方便是津轻海峡。

除了窗子和入口，所有的墙边都放着书架。每个书架都挤得满满的，直到不能再挤下为止。书架上溢出来的书像山一样堆在地板上。难道必须这样才能找到想找的书？这情形不禁让人心生感慨。只有这个房间是不让家政工接触的，这或许是父亲自己的规矩吧。

窗边放着一张书桌，那里也已被文件和笔记占据。父亲究竟在从事什么研究我几乎全然不知，就从一旁试着读起标题：

关于哺乳类的核移植研究 I

受精卵的核除去法

核移植卵的发生分化停止的原因和解决

成体细胞的阶段性核移植克隆法

我全然不知这些究竟是什么。只是，由于里面混杂了一些受精卵、细胞之类的字眼，不由得使我不安起来。这似乎是与神圣的、人类不可接触的神的领域有关的内容。父亲该不会崇拜科学怪人弗兰肯斯坦博士吧？

我带着一丝罪恶感打开书桌的抽屉，希望找到一点能透露父亲东京之行的信息。可是，里面塞得满满的，竟全是些未写完的报告用纸和记满莫名其妙的数字和记号的笔记之类。

合上抽屉，我再次环视室内。房门边放着一个黑色四方皮包，看上去很眼熟。昨天父亲去札幌时也带着这个包。它被带到东京了？

我蹲在地板上打开皮包。洗漱用具、笔记用具和文库本时代小说等乱七八糟地放着，还有一把折叠伞。

包的内侧有一个装文件的地方。拉开拉链，里面装着折叠起来的白纸。是什么呢？我展开一看，有些失望，竟是打印的大学课程表。身为大学教授的父亲带这种东西再平常不过了。

我正要把它叠起，忽然停住了手。纸面右上角写着"东和大学文学院日文系二年级"。东和大学是东京有名的私立大学，而且文学院日文系也应该与父亲没有任何关系。

莫非父亲去了东和大学？难道这就是他去东京的目的？

我继续检查文件夹里面，结果一张照片显露出来，是我的肖像照。大概是报考大学时剩下来的。照片上的我和现在 样留着披肩长发，僵硬的表情连自己都不满意。

我陷入沉思。这张照片绝不是偶然放进去的，应该和东和大学的课程表存在某种关联。

我把目光投向书架，希望能发现一些与东和大学有关的东西。可是，数量庞大的书籍中似乎并没有我希望看到的东西。我忽然想起，书桌的抽屉里还有一个名片盒，于是一张一张地检查起来，但也没找到与东和大学有关的人。

我把照片和课程表放回原处，把包也重新放好。父亲观察力敏锐，哪怕位置稍有变动或许就会被他察觉，让他意识到有人闯入。所以我尽量不碰其他地方。

正要关闭南向的窗户，我看见露台上落着一件背心。晾衣竿上，一个铁丝衣架正在摇晃。看来是临出门时晾出去的，没有使用衣服夹子，被风吹落了。从事科研的人，在这方面总是不讲究的。

出了书房，穿过我的房间，打开通往露台的玻璃窗，那里竟没有摆放室外穿的鞋。我连连叹着气走到玄关，再把自己的鞋取回来。我走到露台，掸掉粘在背心上的土，重新挂上衣架。如果可能，我真想重洗一次，可我没有那么多时间。至少想用夹子夹一下，可一旦因此引起父亲的怀疑，那就麻烦了。

我两肘支在露台的扶手上，眺望着四周的景色。如此悠闲地站在这里瞭望还是头一次。函馆也变了。建筑物也不再有原先那种协调感，整座城市似乎变成了一个巨大的疮痂。还有空气的颜色和气味，从前是那样清澈，可现在……

我返回房间，正拿着鞋关闭露台的玻璃窗，外面忽然传来细微的咔嚓声。我一愣，玄关的房门被快速打开的声音传来。父亲回来了。

还不到三点，为什么今天竟回来得这么早？

脚步声越来越近。我咽了一口唾沫，必须装出一副若无其事的样子。您回来了——我是不是应该先这样打招呼呢？

父亲似乎在餐厅，还没有发现我的到来。因为这边的门关着，而且鞋也被我拿了进来。

要镇定，不要打草惊蛇——我一面告诫自己，一面把手伸向门把，这时，忽然传来父亲的声音："杀了？"

我浑身一颤，手不禁缩了回来。杀了？

"啊，是，是我，氏家。连这种事都做，你也……"

电话。父亲正在用餐桌上的无绳电话和人通话。难道因此才特意回来？在大学里怕被别人听见？

"别胡说了。事故发生得如此凑巧，这怎么可能？我得下了，不想再掺和了。"

父亲的声音里似乎夹杂着一丝愤怒和悲哀。我抓在门把手上的手动弹不得，像人体模型一样僵在那里。汗一点点地从腋窝、脖根和掌心渗出来。

"……想威胁我？"父亲的声音忽然低沉下来，仿佛从深井底部传上来一般，"没有我不也一样吗？藤村的技术也一样，不，甚至更好。哺乳类核移植的经验也很丰富。"

哺乳类核移植？我记得曾在书房里看到过这个词。应该是在一个文件的标题中。

"那几乎全是 KUNO 老师一个人干的。我什么也没有干。以前不也说过吗？我只是完全按照指示操作而已。"

KUNO 老师？大概是久能老师吧。

父亲沉默了,对方似乎还在喋喋不休。我完全不清楚对话内容,但有一点似乎可以确定,对方一定是在试图说服父亲。可究竟是什么呢?对方究竟要让父亲干什么?

"啊,去了。在东和大学,还稍微收集了一点有关那个孩子的信息。和预想的完全一样,那个孩子的身体似乎没有出现任何异常。"

那个孩子?东和大学?

接着,父亲以痛苦沉重的语调继续说道:"怎么让她合作呢?当然不能乱来。万一事情闹大了那可不得了。小林女士有兄弟吧……是吗?有个哥哥?那就更不行了。你打算怎么办?不会连这个哥哥都……嗯,求你了,一定不要再变了。"

小林——出现了一个陌生的姓氏。

"知道了。总之,小林女士的事情与我毫无关系。就像你说的那样当成事故算了。但今后若再发生同样的事情,我立刻撒手不管。还有,我已经说过好几次,我与你们的瓜葛真的就到此为止,以后请不要再纠缠我,绝对不要!"沉默了一会儿,父亲又说,"太不算话了,你们的约定。二十年前,你的老板就曾那么说过!"

哐啷一声,传来了电话被放在餐桌上的声音。

我靠在门上,无法动弹。

父亲的话暗示他似乎与一件危险而可怕的事情有瓜葛。我真想立刻出去这样说——爸爸,您究竟在干什么啊?可是,身体像被紧紧捆住一样动弹不得。

父亲走动起来。我闭上眼睛,做好了门被打开、自己被发现的心理准备。我真希望,一旦自己被发现,立刻就能像精灵一样消失。

可门并没有被打开。脚步声再次传来,却不断远去。不久,便传来门一开一闭的声音，然后咔嚓一声上了锁。

或许是这声音为我解除了封印，我的身体恢复了自由，可我已无法继续站立。我两腿一软，瘫倒在地板上。

双叶之章 三

和尚的诵经声在冷气有些过强的室内回响。在我的想象中，和尚就该留着光头，可出现在灵台前面的住持却一头浓密的黑发。倘若穿上西装，看起来一定像个银行职员。尽管如此，低低的诵经声还是具有无比的说服力——其本职就是和尚。

我早已下定决心，今天绝不再哭，可烧香的时候，一看见妈妈的照片，眼泪还是禁不住流了下来。这两天，我的泪腺已完全干涸。或许是从小就不轻易哭鼻子的缘故，这一次似乎要一口气把没流的眼泪都补回来。

葬礼是在大楼里举行的。不知道妈妈希望有个什么样的葬礼，所以就依着葬仪公司的建议，举行了一个普通的仪式。因而，现在所谓的灵堂，其实只是钢筋混凝土的大楼而已。

由于睡眠不足，前天晚上以来发生的事情又在昏昏沉沉的大脑里复苏。发生了太多的事情，连对时间的感觉都麻木了，似乎已过了一星期。

令人吃惊的是葬仪公司的脚底功夫。我都不记得曾联系过他们，可就在妈妈去世当晚，他们就赶到了医院，热情地向我提出种种建议。听别人说，这是一家与谷原医院很有渊源的葬仪公司，似乎是某个护士通知的。不过也好，这样一来，沉浸在悲痛中的时间也被大大削减了，对我来说应该算是一件好事。"双叶，你若有时间哭，不如想想下一步该怎么走。"妈妈生前经常这么说。

"还有没有其他亲人？"葬仪公司戴黑色赛璐珞镶边眼镜的人这么一说，我才想起还有一个人必须通知——住在町田的舅舅——妈妈的哥哥。他五十多岁，白发苍苍，看起来像个学者，实际上却在铸铁厂工作。舅舅温厚善良，一笑起来，眼睛会眯得几乎消失不见。舅舅现在仍住在妈妈出生长大的老房子里，家里除了舅母之外还有三个儿子，两个念高中，一个念初中。因年龄相近，三人似乎成了痤疮三人帮。

得知妈妈的死讯，舅舅和舅母大惊失色，慌忙赶了过来。得知是肇事逃逸后，一向持重的舅舅竟也捶打着医院的墙壁，猛兽般号叫起来。怒吼和号啕在静谧的楼道里回荡。舅母流着泪，抚摸着舅舅的后背，纾解他的悲伤。

看过遗体后不久，舅舅和舅母也加入与葬仪公司的商谈。这可真帮了我大忙。棺材、灵台之类究竟选多少价位的合适，我全然不懂。

"剩下的由我们来做就行了，双叶你先回去好好休息一下吧。"舅舅等人这么说，我也就顺水推舟，当夜返回了公寓。我自然无法入眠，彻夜哭泣。我已经哭得够多了，可仍泪水涟涟。一回到家中，映入眼帘的所有东西都染着对妈妈的回忆，哭泣自然也多了。哭哭停停中，我甚至还想象着那个撞死妈妈的浑蛋的样子，并把憎恨全部倾泻在那个人身上。

黎明时分，或许是因为神经麻痹了，悲伤似乎也被磨损得迟钝起来。不争气的是，我竟忽然觉得肚子饿了，于是吱嘎吱嘎地从床上起来，热了热咖喱，做了点咖喱饭。虽已吃不出什么味道，可我还是又添了一碗。一想起这顿饭本该和妈妈一起吃，我又禁不住哭起来。

一点觉也没有睡，头脑也不清醒，上午十点左右，我正昏昏沉沉地躺在床上，门铃响了。我想大概是舅舅他们，可走到门前，从猫眼中看到的竟是一个身穿制服的警官。

来人是石神井警察局交通科的一名警官和两名搜查一股的刑警。我的眼皮已经肿得鼓鼓的，不想与人见面，可警察的信息又是我想要的。于是我把三人让到狭小的客厅。

年轻的交通科警官首先向我说明事故概要：妈妈被撞是在一条车流量并不大的住宅区的路上。似乎是从谷原医院回家途中经过那条马路时，被后面驶来的车辆撞上。但那条马路比较宽，并且是单行线，以前从未发生过事故。

"时间是八点五分左右。听到响声的附近居民发现后拨打了一一九。救护车迅速赶来，立刻送往附近的医院，可当时已处于危险状态。肇事车的车速似乎非常快。"

头颅一侧内出血，脾脏和肝脏严重损伤——简直就和从大楼上跳下的伤情一样。我记得医生曾这样告诉我。

"妈妈是不是没有注意到后面来的车辆？如果注意到了，应该就会靠到路边吧？"

听到我的质疑，交通科的警官略一思索，接着答道："要么是没有注意到，要么就是已经注意到了却觉得还有点时间，于是犹豫了。不巧的是，肇事司机或许也正犯迷糊呢。"

迷糊就没事了吗？我真想顶他一句，可还是生生咽回肚中。

"那么，案犯的线索如何？"这才是最令我牵挂的。

"车型已经锁定了。"当即回答我的，是一个留着背头的中年刑警，下颌很尖，给人一种冷酷的印象，"一九九〇年款的白色小霸王，从散落在现场的涂膜片和轮胎痕上得以查明。现在正查找车主，工作量很大。"

"小霸王……"令我意外的是肇事车竟然是单厢车。不过，那种商用篷货车的野蛮开法，我也不是没听说过。"有目击者吗？"

"问题就在这里……"刑警皱起了眉头，"从昨夜开始我们就一直在附近走访调查，迄今仍未找到目击证人，只有几个人听到车辆撞上什么东西的声音。"

"是吗？"我不知道听到声音的人能对调查有多大帮助，但从刑警的表情来看，似乎无法抱多大的期待。

"刚才说到轮胎痕，"交通科的警官插了一句，"经过对现场的仔细勘查，发现刹车痕比平常的案件少很多。既看不出看到小林女士之后立刻刹车的痕迹，也没有发现撞人后停车的迹象。据我们判断，肇事车极有可能没有减速就直接逃跑了。所以，即便附近的人听到声音出去，案犯也早已逃走了。"

"事故发生前没有刹车，这也并非无法解释，也有事故发生时肇事司机正在往别处看而没有发现行人的可能性。"尖下颌刑警说道，"只是，事故发生后几乎没有停车就逃逸这一点，令人怀疑。"

"什么意思？"我自己都感到眉毛不由得竖了起来。

刑警的表情略显严肃起来。"即使是撞人逃逸，通常也会在事故后留下急刹车的痕迹。过失撞人后，司机首先会如此反应，这是本能。如果您拥有驾照，我想也能够理解这一点。"

"明白。"我点点头。驾照我去年才拿到。

"司机会下车查看伤者的情况。如果是负责任的司机，不管情况如何，都会立刻叫急救车。但是，有一部分人在这么做之前会先进行一下肤浅的算计。比如，就这样通知警察，自己会被问何种罪，如果伤者死了，自己究竟是白白断送这一生，还是要逃跑，或者，反正没有人看见，说不定还能逃脱之类。然后，做出对自己有利算计的人会再次跳上车逃跑。"

"您的意思是说，这案犯却似乎根本没有那种犹豫？"

"根据痕迹来判断应该是这样。从撞上小林女士的那一瞬间起，就采取了极其迅速的应对措施。"

一股苦涩在口中扩散开来。我硬是把它和着唾沫咽了下去。

"那么，案犯从一开始就是冲我妈妈来的……"

我还没有说完，刑警便摇了摇头。

"还不能完全确定。加害人迅速做出判断并立刻逃走，这样的案例也不是没有。只是，我们认为也完全有故意的可能性，因而正在展开侦查。"

这里所说的故意，其实就是杀人。那人故意杀死了妈妈？浑蛋！究竟是谁想置妈妈于死地？

"那么，我想问您一下，如果这个案子定性为故意杀人，您有什么线索吗？"

"没有。我想不起来。"

我立刻摇摇头。这并非思考的结果，而是条件反射。

"小林志保女士有没有与人发生过纠纷，或者遭人忌恨之类？啊，不。"尖下颌刑警慌忙又道，"现在一片好意反遭忌恨的案例屡见不鲜，所以我才这么问。"

"遭人忌恨？妈妈……"我拼命地搜索着记忆，可什么也想不起来。由人际纠纷引起矛盾，过去似乎曾发生过几次，可一旦让我举出来，我却毫无头绪。"想不起来。"我几乎要哭了。

"那有没有接到过奇怪的电话什么的？"

"沉默不语的电话，一年多前倒是经常接到。但最近没有。"

"是吗？"刑警看了一眼一直在一旁记录的年轻刑警，然后扭过脸来，"那么，小林志保女士最近的情形有没有异常之处？"

"呃……"至此，我才终于恢复了思考能力。我的确有一些事情需要告诉警察。

"有什么异常吗？多么琐碎的事情都没有关系，请尽管讲。"

"是关于我上电视的事情。"我把围绕这件事与妈妈的争论说了出来。妈妈反对的情形实在异常。可无论我如何竭力说明，刑警总露出一种失望的表情。"讨厌电视的人也经常有啊。"就这样三言两语把我打发了，似乎根本就不重视。我上电视之后妈妈似乎消沉了的举动倒多少引起他一点兴趣，但他似乎根本没有与电视联系起来的意思，又问："还有没有其他理由？关于您母亲消沉的事情。"我明确回答没有。刑警究竟带着几分真心听我诉说呢，我很怀疑。

"还有没有其他可疑的事情？"刑警又问起来，我决定把那位绅士的事情也讲出来。

"据称是一位以前曾照顾我妈妈的大学老师，前天来了我家一趟，但我并没有见到。"

刑警问叫什么名字，我回答不知，只告诉他似乎一起在大学做过助手。

之后，我顺便把在大学里探查我的陌生男人的事情也讲了出来。刑警似乎多少有了一些兴趣，还询问了被那名男子搭讪过的朋友的名字。

警察走后，我自己推理起妈妈被杀的可能性来，心头又浮现出参加电视演出前与妈妈的一段对话。

我问：难道我抛头露面就会出事？

结果妈妈严肃地回答：如果我回答是，你就会答应放弃？

"不会吧……"我喃喃道。不会的，妈妈。这里的"出事"指的竟是妈妈被杀？绝不可能！

我有些头晕，躺在了床上。

从傍晚起就开始守夜，晚上住在灵堂。我坐在摆放在灵台前面的铁管椅上打盹。"你还是睡一会儿吧。"一旁的舅舅对我说道。

"嗯，我睡不着。"

"可这样伤身体啊。"舅舅在我身旁坐下。他虽在劝我，事实上他早已累得精疲力竭。

略微谈了一会儿对妈妈的回忆，我们又谈起这次事故。原来警察也找舅舅了解情况了。舅舅说，警察问他有没有人想置妈妈于死地，他大声回答绝不可能。

"我是这样说的。如果是故意撞死妹妹，那人一定精神有问题，无论撞死谁都有可能。志保正好在他面前，就遇害了。就这些。"

对于案犯精神不正常这一点，我无条件赞同。

我向舅舅讲起在妈妈离世前夜登门的男人。听到是在大学做助

89

手时的同事,舅舅点头说道:"怪不得,刑警还向我问起志保的经历。可这说来话长,最起码得上溯到你出生之前。无论怎么说,也不会涉及那个人。因为志保已经与那所大学完全没有关系了。"

"大学叫什么来着?"

"北斗医科大学啊。你不知道?"

"记得上中学时听说过,但那时候我对大学一点兴趣都没有。还有,妈妈也不想讲从前的事情,哦,是北斗医科大学,没什么名气啊。在札幌?"

"不,在旭川。你妈刚提出要走医学这条路时,我没怎么在意,可当听她说要去旭川的大学时,我一下就慌了。当时你外公外婆都还在,我们三个人就一齐劝她。你也知道她的性格,竟自行办了手续,一个人去了。她出走之后,你外公外婆先后因病去世,她似乎也感到自己有责任,每次扫墓都大哭不停。"

"那,离开大学返回东京,又是因为什么?"

我如此一问,舅舅松弛的下眼皮微微一动。"这个嘛……"他微微低下头,嘴里咕哝着。他不擅长撒谎!我的第六感一闪而过。

"舅舅,"我正襟危坐,身体转向舅舅,"我已经二十岁了,一些小事不会吓着我,况且妈妈也已经去世,我现在非常想知道自己的身世。所以,我希望您能告诉我实话。求您了,舅舅。莫非妈妈返回东京与我的身世有什么关联?"

我似乎一语中的。舅舅慌忙把眼神从我身上移开,盯着打磨得亮丽多彩的亚麻油毡地板,不一会儿又站起身走到灵台前,双手合十拜了拜,然后走了回来。

"我得到了志保的许可。我刚才问她能不能说。"

"妈妈怎么回答?"

"真没办法,我觉得你妈妈似乎是这个意思,那就说说吧。"舅舅眯起眼睛,再次把视线投向地板,"只不过,我知道的事情都不重要。"

"没关系,什么都行。"

"好吧。"舅舅点了点头,"具体日期我已经记不清了,大概是年末吧。本该待在旭川的志保忽然回来了,说要向我借点钱。借钱本身并不奇怪,令我吃惊的是志保怀孕了。怎么回事?男方是谁?我代替父母责问起来。她却断然不肯透露,说什么在孩子出生之前她会到朋友家寻求照顾,这件事绝不要告诉任何人。我问她理由,她也什么都不肯说。然后,正如她所说的,第二天她便消失了。"

"她说的朋友是谁?"

"上女高时的朋友。长井、长江……嗯,是姓长江。"

"这个人我知道。"我想起此人每年都寄贺年片。

"我给她打电话询问原委,结果她只说先这样,过一阵子再说。真把我愁坏了,没有一点办法,只好照她说的那样听之任之。可是有一天,一位北斗医科大学的教授找到了我。"

"教授……叫什么名字?"

"不好意思,不记得了。"舅舅的眉毛拧成了八点二十分的形状,"反正只是在那时见了见面。名字好像不一般,可想不起来,只记得是一个上了年纪的清瘦的人。"

"只见过一次,也难怪想不起来。那人来干什么?"

"说是要见志保,我想大概是要带她回去。我估计一定是出了什么事情，志保才会出走，既然这样，我无论如何也不能告诉他志保的下落。我像牡蛎一样紧闭嘴巴。后来那个教授也没有办法，只好回去了。不久，志保就回来了。当时的表情我现在还记得，非常灿烂，非常愉快。我问她是不是没有烦恼了，她回答说没错。后来据她说，那个教授总想找出她的下落，可似乎被她赶跑了。后来她就一直待在家里，五月份平安地产下了一个女婴。"

那就是我吧。

"之后的事情你大概就知道了吧？志保有护士资格，于是靠当护士赚生活费抚养你。我想帮她，可她却说要自己一个人抚养这孩子，完全不接受我的帮助。不久，连最初我借给她的钱也还了回来。"

这些事情我十分清楚。妈妈是如何把我拉扯大的，我心里比谁都清楚。

"关于我父亲是谁……"

舅舅摇摇头。"只有这一点，直到最后她都没有告诉我。我觉得或许是与大学那边有关的人，她却说不是。"

"是不是那个北斗医科大学的教授呢？"

"这一点我也考虑到了，志保却笑着说不是不是。我也觉得她的笑容不像是在演戏。"

"哦……"

"当然这也只是我的想象。或许，你父亲当时已经故去了。"

"在旭川？"

舅舅点点头。"或许，志保与那个人约好了要结婚，但最终没能如愿。可肚子里已经有了孩子。于是，那男的就说是孩子的父亲，想要回孩子。志保不愿意，就逃回了东京，我想前后情形大概就是这样。那个北斗医科大学的教授看来应该是媒人。"

"太棒了！"我重新审视起舅舅，不禁对他的想象力肃然起敬，"简直就是一部戏剧。"

"不这样想，事情的前后逻辑也合不起来啊。倘若你父亲还活着，一定会来见你。即便与志保没有关系了，可还是会想见你一面。是不是这么个道理？"

"或许是吧。"望一望连满脸粉刺痤疮、形容丑陋的儿子都那么溺爱的舅舅，就不难理解他会产生这种想法了。

"我知道的就这么多。"舅舅有些寂寥地说道，"真相恐怕只有志保一人清楚。但这样不也挺好吗？双叶，你想知道父亲是谁的心情我很理解，可知道了未必是件好事。"

"其实我也没期待有什么好事。"我淡然一笑，"只是，我总放不下这件事，觉得这与我上周上电视有关联。"

我向舅舅讲起妈妈反对我上电视等事。

舅舅也一脸不解。"那究竟是怎么回事呢？也没什么值得反对的理由啊，人总不能背对着世间生活吧。"

"奇怪吧？"

"嗯，一般说来，父母都是很傻的人，就算不像你这样漂亮，如果自己的孩子真的上了电视，还不知要高兴成什么样呢。"舅舅一本正经地说完，站起来摇摇摆摆地走向灵台，对着妈妈的照片喃喃道："喂，志保，你打算去世后还折磨我们吗？你不要太过分了。"

一点没错，我也如此念叨着。

出殡、火葬、拾骨灰，一切都按照程序进行，最后，与亲人们共餐之后，葬礼结束。吊唁客人的数量究竟有多少，我一点都不清楚。医院的相关人员和舅舅的熟人也不算少，可最令我吃惊的，是我的朋友竟来了许多，都是乐队的伙伴叫来的。

与舅舅、舅母一起回到公寓，组装好葬仪公司给的简易佛坛，正在摆放牌位和遗骨时，玄关的门铃响了。是石神井警察局的那个尖下颌刑警。

"发现那辆白色小霸王了。"刑警站在门口，开门见山地说，"从现场往东一公里的地方有一个购物中心，车子就被丢弃在购物中心的停车场里。左车灯附近明显有最近刚碰撞过的痕迹。"

或许是听到了刑警的话，舅舅从里面冲了出来。"案犯呢？"

"问题就在这里。"刑警的脸又沉了下来，"那是一辆被盗车，失主已经报案了。"

"被盗车……"我思考着这三个字的意思，一股莫名的不快涌了上来。

"失窃报警单是昨天早晨才提交的。车主是一个在荻窪从事喷漆业的人。相貌是这样的，您认识吗？"

说着，刑警拿出一张纸。是驾驶执照的复印件，上面的肖像照和名字我从未见过。

不认识，我回答。舅舅夫妇也给出同样的答复。

"是吗？"刑警显出一副不出所料的样子，把复印件装进怀里。

"那么，"舅舅挠着腮说道，"被盗车，意思就是车并不是这个人驾驶的，对吗？"

"至少不会是本人。"刑警当即答道，"小林志保女士遭遇事故时，此人正在出席同业者的集会。据他讲，他早就料到要喝酒，所以没有开车。"

他有案发时不在现场的证明。

"未必是本人,或许是他家人,不,既然是喷漆业者,也可能是另外的人在使用,这种可能性也不是完全没有。"

"您说得没错。"刑警对舅舅的见解表示赞同,"实际上有这样的案子。为混淆肇事逃逸的事实,先把车辆转移到某处,再上交失窃报警单。尤其像这一次,提交报告居然比事故发生的时间还要晚,这一点实在可疑。只是,并没有什么可疑的人。车主家人中能驾驶的只有他二十五岁的长子。"

就是他!舅舅睁大了眼睛,只差没把这句话说出来。

"我们现在正在调查此人。事故发生时,据称他正在家里看电视,但证人只有其母亲一人。"

"家属的证言不能成为证据吧?"舅舅的鼻孔膨胀起来。

"那是个什么样的人?"

听我如此一问,刑警一愣。"什么样的人……您的意思是……"

"是不是开车野蛮的那种人?"

"啊,这个啊。"

"可是双叶,一些平常看起来很老实的人,一握方向盘就变了,这种事难道还少吗?"舅母以独特的口气插上一句。是的是的,舅舅也一面焦急地说着,一面点着头。

"他乍一看也是个正经青年。"刑警说道,"但多年的经验告诉我,这种第一印象往往非常不可靠。"

"是啊,没错。"

"那么,车主有没有说,他的车是如何失窃的?"我尝试着改

95

变问法。

"说是原本停靠在家后面的马路上,不知什么时候竟然不见了。直到事故发生当日的早上,车还好好地停在那里。又是商用车,觉得根本不可能被盗,所以车钥匙就经常插在上面不拔下来。"

"这种话谁都会说。"舅舅分明显出一副难以置信的样子。

"不过,"刑警说道,"我们发现车座上微微留有定型产品的气味。这家喷漆店中不可能有人使用这种东西。老板是秃头,儿子留的是中分。"

"定型产品,您指的是发胶吗?"我问道。

"不,应该是摩丝或护发素之类。并且,还是气味极强的柑橘系列。"

"柑橘系列……"

之后,刑警又询问了昨日和今日有无异常情况。或许有,可又是守夜又是葬礼什么的忙坏了,我什么也没有发现。我如此回答。刑警点了点头,似乎在他意料之中。

"那个人的情况调查了没有?事故发生前一日与母亲会面的那个大学老师。"看到刑警似要离去,我连忙问道。

"啊,那个人啊,调查了,没有任何问题。"

"您是说……"

"那是北斗医科大学一个姓藤村的人。说是从上周五就因工作关系到了东京,觉得好容易才来一趟,就在最后一天与小林志保女士见了面。第二天一早就乘坐首趟航班返回旭川,下午还上了课。"

那么,他的不在场证明也成立了。刑警继续说道:"告诉他小林女士出事的消息后,他也非常悲伤。说好不容易二十年才见一次面,没想到竟是这般结局,自己真是一个丧门星。啊,对了,他还说让我们转达对您的问候。"

我不知如何才好,只得含糊地回答了一声"这样啊"。

葬礼结束后,眨眼间三四天就过去了。今天已是星期三。

头七的法事已在葬礼那天一起做了,暂时得以从烦琐的法事中解脱了出来,可保险理赔的手续等麻烦事依然很多。由于是妈妈特意为我入的生命保险,我只能毕恭毕敬地接受。事实上,想想今后的生活,这些钱还真是救命稻草。

说起金钱,我还另有一大支柱——赔偿金,但最好还是不要抱太高期望。撞死妈妈的凶器——白色小霸王的车主依然声称车辆已失窃,警察也无法找出否定的证据。就连车主身背嫌疑的儿子,似乎也有不在场证明。

再看看石神井警察局的刑警们的表情,他们似乎根本没有发现一点能称得上线索的东西。我真怀疑他们最近是否进行了认真的调查。他们在这几天里做的最大的工作,充其量只是在现场竖上块寻找目击证人的牌子之类吧。如果有目击证人,恐怕早已出来了,这么做,无非只是给人一丝慰藉罢了。

警察的视点似乎只落在撞人逃逸这一点上,我却不能苟同。我一上电视,就果真如妈妈预言的那样发生了不幸。这绝非偶然,定是人为的结果——我确信,妈妈是被谋杀的。

我一面思索,一面整理起妈妈的遗物,将衣服、日用品等暂且收拾到纸箱里。这样做有两层考虑:一是考虑到暂时不会搬家,先把生活空间收拾一下,以适合一个人的生活;二是通过接触妈妈穿过用过的东西，最后再整理一次对妈妈的回忆。理智与感性并存，这样对平衡自己的精神不是很好吗？事实上，整理衣柜时，一想起这曾经是妈妈喜欢的连衣裙，不禁又眼泪汪汪；同时，大脑的另一个角落里却又在想，不错不错，有了这个，眼下就不用为衣服的事情发愁了。

最令人头疼的是书籍之类的东西。妈妈的房间里有两个函购的书架，价格便宜，容纳的书却出奇的多，全塞满了。妈妈是护士，专业书自然很多，对此我无可奈何，可文艺类的书也非常多，这不免令我有些不快。怎么说我也号称是日文系的学生，如此一来，我的脸该往哪里搁呢？

书这种东西，扔掉自然觉得可惜，可如果不读，也等于多余的废物，实在令人伤透脑筋。新书还可以送到旧书店或图书馆，可妈妈的书每一本都仿佛象征着她的勤勉精神，全都破旧了。

到底该怎么处理呢，正当我在书架前自言自语时，门铃响了。出去一看，是乐队的同伴阿裕，手里提着便利店的袋子。

"也不知你怎么样了，就……"阿裕频频往上拢着刘海说道。

"还在坚强地活着。"

我招呼他进来，他回了一句"打扰了"，然后脱掉运动鞋。这个男孩的这一点倒是很可爱。

"在大扫除？"环顾了一眼如遭狂风扫过的室内，他说道。

"算是吧。这种事情，不早点干就永远也收拾不出来了。给你沏杯茶吧。"

"嗯……我买了巧克力奶油点心。"阿裕递过便利店的袋子。

"哇，Thank you。那最好还是来杯咖啡吧。"

说是咖啡，也只是速溶的那种。妈妈总是说，早上忙的时候，哪有时间弄这些麻烦事。等这个瓶子空了以后，再买些真正的咖啡粉来吧，我忽然想道。

"那个，宽太一直担心不知乐队会变成什么样子呢。"一口喝完速溶咖啡，阿裕说道，"毕竟眼下你是无暇顾及了。"

"是啊，目前是顾不过来了。"现在哪有心思想这些，这是我的真心话。

"可也别老说些泄气的话。"阿裕的表情严肃起来，"我们多久都愿意等。"

"我也没那么说。过一阵子再一起干吧。"

"嗯，你这么说我就安心了。"阿裕露出洁白的牙齿，啃了一口点心，又喝了一口咖啡，略带犹豫地望着我。"从今往后得一个人生活了，不容易啊！"他忽然郑重其事地说道。

"那有什么办法？但我早就想好了。"

"嗯。你很坚强，没问题的，双叶。"阿裕的嘴角略为放松了一下，表情中却似乎有些僵硬。到底是怎么了，我正想问，他又开口了："那个，无论有什么事情，你都可以跟我商量。我想帮你一把。我希望能成为你的依靠，为了你，我什么都肯干。真的。"

突如其来的一番话让我仓皇失措。望着面红耳赤的阿裕，我忽然意识到，这是爱的告白。原来，他今天是为告白而来。

"双叶，我，很久以前就——"眼看最关键的一句话就要从他口中说出。

"停！"我飞快地伸出右手，堵住他的嘴巴，"阿裕，别说了。这不公平。"

他一下子愣住了。"为什么？"

"那还用说！现在的我，说白了，简直就是摇摇欲坠，劳累到了极点，前途未卜，连站住都很勉强。把椅子强卖给我这种人，如果是做生意当然另当别论，这种情形却实在有失公平。我现在的状况是正急需一把椅子，哪里还有时间来考虑椅子的好坏？"

"可我这把椅子……我保证是可靠的。"阿裕咕哝着。

我摇摇头。"如果你有信心，请等我恢复了情绪再来推销吧。推销你的椅子。"

他像个挨了老师训斥的幼儿园的孩子一样，垂头丧气，不久又抬起脸，羞愧地笑了。"明白了，我会这么做的。抱歉。"

"你不用道歉。"我又说了一句谢谢。这是我真实的心情。

他问有无需要帮忙的地方，我就把他带到了妈妈的书架前。面对数量惊人的书籍，他惊呆了。"如此努力的大人，我的身边一个都没有呢。"

我赞同地点点头。

阿裕说，若是专业书籍，我们大学的图书馆会收下。于是我们俩一起收拾打包，将书塞进纸箱，只等用宽太的车来运。

阿裕背对着我，默默地忙碌着。他的背影看上去有点萎靡。或许是被我刚才的话伤了吧。爱的告白竟被我比作推销椅子，只怕就算阿裕再和善也会觉得不快。若是能用一个更恰当的比喻就好了。

其实，他这种想法，我早已察觉。所以，他的告白并没有让我深感意外。只觉得有些对不起他，却并没有心跳加快。在这一点上，如果告白的换成宽太或智博，我想结果都一样。不知为何，对于乐队的同伴，我只有像对待弟弟一样的感觉。那种生活在同一时代的感觉似乎缺失了。

今后我必须在各方面都稍加注意了。毕竟我们是年龄相当的男女，这是不争的事实。

"咦？"当我有些恍惚，正要休息一下劳累的手时，阿裕忽然念叨起来。"什么啊，这是……"

"有什么奇怪的东西吗？"

"嗯，是这个。"他回过头递过一样东西——一本黑色封面的剪贴簿。我从未见过。

接过打开一看，里面贴着报纸和周刊杂志的剪贴。我想大概是与妈妈的工作有关的东西，但内容令我大吃一惊。

"什么啊，这是……"我也禁不住叫了起来，"为什么要剪贴这种报道？"

"是吧，你也觉得奇怪吧？"阿裕再次诧异地说。

里面贴的净是与伊原骏策有关的内容。伊原骏策是保守党的实力派人物，几年前曾做过首相，现在虽已不再抛头露面，可仍掌控着整个政界的实权，这是尽人皆知的事实。

"原来，你妈妈对政治感兴趣。"

"称不上漠不关心，可也没有达到剪报的程度。再说，这些报道怪怪的，怎么净是些伊原骏策的私生活啊。"

"还真是。"阿裕也从一旁瞅了瞅，点点头，"再仔细看看，似乎更多的是孩子的内容。"

"嗯，好像是。"

第一份剪报主要讲的是伊原骏策有了孩子，五十三岁竟得到了梦寐以求的孩子，而且是个男孩云云。报纸只轻描淡写，而一旦换

101

成杂志，那可就变成长篇大论了。伊原骏策抱着婴儿的照片也刊登在上面，时间还是在未被奉为领袖之前，眼神如猛禽那般锐利，年轻和活力洋溢在脸上。看看日期，距今已经十七年。

还有关于产下孩子的伊原骏策的第三任妻子的报道。那时她三十岁。报道还介绍了她为生孩子受了多少苦之类的小插曲。

继续翻下去，剪报中出现了那孩子稍大一些时的话题。这是一篇月刊杂志的报道，写的是伊原骏策与取名为仁志的儿子在一起的情形，以此用作介绍伊原骏策人品的素材。

"哇，太像了，这对父子。"阿裕咕哝着，"像到这种程度，让人想不笑都难。"

正如他所说，照片中的父子二人的确非常像。看来，这孩子的确不像是第三任妻子偷情生出来的。

妈妈为什么要收集这样的报道？在护士眼里，这或许多少会有一点参考价值。可有必要专门为此制作一个剪贴簿吗？剪报中甚至连伊原骏策的儿子参加入学典礼时的表情这种无聊的周刊闲话都有。

可是，翻到剪贴簿的后半部分时，我惊呆了。与之前平和的内容完全不同的另类标题贴满了剪贴簿。

序章是伊原骏策的儿子仁志入院治疗的报道。此时，他还没有被确诊。之后，报道的内容就逐渐变成了灰暗色调，"先天性免疫不全"一词也出现了。

"想起来了。"阿裕轻轻拍了拍手，"伊原骏策的儿子死了。唔，大概是七八年之前。"

"我不记得了。"

继续翻看剪贴簿，里面出现了伊原仁志躺在无菌室病床上的照片。报道称,仁志从上小学时起免疫机能就开始出现障碍,但原因不明,现在尚无法治疗——主治医生陈述着绝望的见解。另一方面则报道着骏策的豪言壮语,一定要集中世界上最先进的医疗技术,让儿子恢复健康。

"那个所谓的免疫不全,是不是艾滋病之类的东西?"我问阿裕。

"或许是吧。"

妈妈的剪贴簿以伊原仁志死去的报道结束。阿裕的记忆没错,那正是一篇距今七年五个月的报道。还刊发了葬礼情形的照片,场面极其恢宏,让人怎么也想不到这竟是为一个年仅九岁的孩子举行的葬礼。同儿子诞生时相比,丧主伊原骏策看上去老了三十多岁。

"伊原家可代代都是政治家啊。"阿裕说道,"以仙台为根据地,骏策似乎是第三代。当地的人都坚信,只要伊原家后继有人,他们就生活无忧。正因如此,仁志死的时候,以仙台为中心,整个东北地区都陷入了极大的恐慌。"

我哼了一声。即便听到这样的内容,我也只能哼一声而已。"那么,你认为我妈妈为什么要剪贴这些东西?"

"这我可不知道。"阿裕沉思起来,"说不定,是在关注这种疾病,或许医院里住着同样症状的孩子。"

"那也奇怪。你想,那孩子生病之前的报道也有啊。"

"是啊。"阿裕抱起胳膊念叨,接着立刻又放弃了似的松开胳膊,"算了,什么乱七八糟的,一点也猜不出来。"

"没听说妈妈在仙台待过。"我盯着剪贴簿的黑色封面沉思了一会儿,最终厌倦放弃了,"再绞尽脑汁也只是浪费时间。有空问问舅舅吧。"

"莫非只是伊原骏策的粉丝什么的……"

"怎么可能！如果听你这么说，恐怕连妈妈自己都会吓一跳。"

由于阿裕发现的这件莫名其妙的东西，我们的工作完全停滞，再也提不起神来。把阿裕留得太晚恐怕也不合适，我决定今天到此为止。

"我还可不可以再来？"在玄关穿鞋的时候，阿裕回过头来说道，眼神和刚才告白的时候一样。一瞬间，我犹豫了。

"嗯，可以啊。下次把宽太和智博也带来。"

一定是明白了我话中牵制的意味，他回答"好的"，脸上分明流露出失落的神色。

没能出去购物，我决定打开芦笋罐头做点沙拉，再把冰箱里冻得像石头一样硬的米饭拿出来解冻加热，再浇上一些蒸煮袋装的咖喱当晚饭。蒸煮袋食品和速冻食品，我和妈妈都不讨厌。所以，我们轮流做饭时，常常拿这些东西糊弄，有时甚至接连一星期都吃这种东西，彼此意气用事。妈妈身为护士，在营养均衡方面却一点都不讲究。

正当我吃着袋装咖喱，忽然想起妈妈死去的那一夜吃的也是咖喱时，也和那一夜一样，无绳电话又响了起来。我差点把口中的芦笋喷出来。

"喂，请问是小林家吗？"听筒中传来男人镇定的声音，不像石神井警察局的警察那样尖厉。我答了声"是"，对方稍微停顿了一下，陷入了莫名的沉默。

"您是小林志保女士的女儿吗？"他再次问了起来。

"是的。请恕我冒昧地问一下，您是哪位？"

"啊,抱歉。我姓藤村。"

似乎在哪里听过……我略一思索,想起来了。

"啊,是北斗医科大学的……"

"对,对。"对方喜出望外,叫了起来,随即恢复了镇定,继续说道,"您母亲的事情,我从警察那里听说了。请您一定要节哀。若是能更早一些联系上,我也去参加葬礼了,只可惜……"

警察联系他,大概也是听了我的话之后为了确认他在不在现场吧。但究竟知不知道那件事,单从这句话弄不清楚。

"至于葬礼,只是在小范围内简单地举行了,所以……"我努力让自己听上去柔和文雅。

"想必您已经从警察那里听说了,事故前一日,我曾到府上打扰,是由于工作关系顺便拜访的。小林志保女士曾经在我们大学里待过,当时我们关系不错。"

"是的,我听说了。"

"我们二十年没见面了,可她几乎没有改变,实在让人怀念啊。我还想今后去东京的时候多多叨扰呢,因此,这起事故简直让我惊呆了。我甚至觉得自己简直是个丧门星。"

"不不,您不用介意。"我这样回答,心里却不免对此人产生怀疑。就是在他造访之后,妈妈的模样才显得十分异常,这是事实。

"如果有用得着我的地方,我会尽力帮忙,到时请只管说。"

"不不,您太客气了。光是您有这份心,我就感激不尽了。"

"是吗?哎呀,好不容易相聚了一次,高兴都还来不及呢,却发生了这样的事情,唉,我都不知道该怎么说好了。"电话那端传来仿佛痛苦难挨般的嗟叹。

我真想询问妈妈的过去,我想他一定知道一些妈妈的事情,可又不知该如何启齿。

仿佛察觉到了我的心情,藤村说道:"您母亲在这边时的一些事情,您听说过没有?"

"没有。母亲几乎从不向我提起从前的事情。就连为什么从大学辞职、返回东京的事情也没有提过。"

"哦……"藤村似乎陷入了沉思。

"那个,藤村老师,"我把心一横,"您能把我母亲的事情仔细地对我讲一遍吗?老这样下去,我很郁闷。"

"或许吧。"藤村低吟片刻,念叨了一句,"我很理解您的心情。您看这样如何,您能不能来我这里一趟?"

"您那里,是旭川吗?"

"哎,我也一直想见您一面,只是眼下还没有去东京的计划,时间上也不充裕。不过,您若能来这边一趟,谈谈当时的一些事情,这个时间还是有的。这边还保留着她做助手时的一些记录和报告什么的。这些东西或许看了毫无用处,但若作为回忆的材料,或许还派得上一些用场。当然,机票和住宿之类的,我会给您安排。"

"不,不必……啊,那个,不麻烦了。我自己会设法解决的。"我假意推辞。

"您不必客气,我只是想帮您解决点困难。说白了,我也不会心疼,这些都能用研究经费来报销。"

"是吗……那就恭敬不如从命了。"

真是求之不得的机会。我早晚都得去一趟。

"那么,什么时候合适呢?现在大学里还在上课吧?"

"是的。不过,马上就要放暑假,课也不太多。"其实,即便不这样,最近我也根本不按时去大学了,"什么时候都行。"

"我本周和下周有空,接下来的一段时间计划都已排满……本周或下周,这是不是太急了?"

"不,我没问题。越早越好。"

"那就定在本周日前后,如何?"

"可以。"

"一安排好,我会再联系您。如果有变更,请及时给我打电话,号码是……"他报出研究室的电话,并说夜间也大都会在那里。藤村似乎是个勤勉的教授。

"最关键的一件事还没有问您呢。"他说道,"您的名字。我没有听您母亲提过。"

"双叶。双子的双,叶子的叶。"若是妈妈,立刻就会说是双叶山①的双叶,可我非常讨厌这种介绍方式。

"小林双叶,对吧?哦,不错的名字。那,双叶,再联系。"藤村挂断了电话。

放下电话,我长舒一口气。或许妈妈的秘密能解开一点了。只是,让我心存疑虑的,是进展会不会太顺利了?虽然藤村有妈妈去世那一夜的不在场证明,也无法保证此人完全可信。

但我对去旭川一事丝毫没有犹豫,因为这样拖下去什么也解决不了。风停之后再扬帆,船绝不会前行。

---

① 指双叶山定次(1912—1968),日本相扑界第 35 代横纲,曾创下 69 场连胜的纪录。

鞠子之章　四

星期三，几乎在我从大学回到家的同时，电话响了，并立刻停止，看来是在厨房的舅母接了起来。一走进客厅，只见舅母正拿着听筒，望着我说道："啊，请稍等，现在回来了。"她把无绳电话递给我。

"是东京一个姓下条的人。"

"啊……"我连忙把背包往沙发上一扔，跑过去接过话筒。舅母有些诧异。

"喂，是我。我是氏家。"声音禁不住亢奋起来。

"我是下条。前些日子辛苦你了。"传来熟悉的声音。时间过得并不长，却让人那么怀念。

"哪里，倒是给您添了许多麻烦。"

舅母微笑着返回厨房，我在沙发上坐下。

"上次的事情，就是那个郊游兴趣小组的事情。"

"是。"我的身体绷紧了。

"在图书馆找到了。笠原老师说的那本帝都大学体育社团联合会活动记录。那种东西似乎根本就没人看，上面全是灰尘。"

"那我父亲加入的兴趣小组……"

"找到了。"下条断然答道,"郊游协会有若干个,你父亲似乎加入了其中的山步会,制作的小册子就装订在里面。"

"山步会……"

看来梅津教授的记忆没错。父亲为什么谎称没有加入过兴趣小组呢?

"您说的小册子是名册之类的东西吗?"

"我也说不清算不算,反正各届成员的名字都写在里面,但写着联系方式的只有会长和副会长二人,还简单记录了当年举行过哪些活动等。我现在正拿着一份复印件。反正给人的印象是……我念给你听一下,比如'九月十九日,高尾山一日游,天气晴转阵雨,参加者六名。进行了植物摄影,野鸟观察'之类,这可真是地地道道的郊游,和笠原老师说的并不一样。"

"成员名册中有我父亲的名字?"

"没错。你父亲还是第十一届副会长呢。不过,那时全部成员全学年加起来也只有九人。"

"其中有女性吗?"

"女性?嗯,没有,全是男的。"

"比父亲稍早或稍晚的成员中也没有吗?"

"你等一下。"翻动纸张的声音通过电话传了过来。由于是长途电话,让对方花时间来查找实在不好意思,但我的确很想弄清楚这个问题。

"嗯,的确没有。"下条小姐说道。

"是吗……"

"没有女人难道有什么不合适的吗？"

"那倒不是。"

嘴上这么说，可我仍感到失望在心中不断蔓延。如果照片上那个被抹去脸部的女人不是兴趣小组的成员，还会有哪种可能呢？

"似乎不是你期待的结果。"

"不不，没……"

"可你好像很失望。"

"对不起。您特意为我做了调查，我却……"

"这些你用不着在意，又没花我很多时间。调查的时候出现一些无用功是很正常的。那怎么办呢？这份复印件你还需要吗？"

"要，要，能否让我看一下。只要是与父亲有关的东西，我什么都想了解。"

"那我就给你传过去。你那边有传真吗？"

"有，有。舅舅工作时也使用传真。号码是……"

"还有其他需要调查的吗？"问完号码，下条小姐又道。

我实在过意不去。"已经足够了，怎么能再给您添麻烦呢。"

"不用客气。反正我已经骑虎难下了，并且，我也想跟你这个朋友交到底呢，对你究竟为什么要调查生身父亲也深感兴趣。谁让咱生性爱凑热闹来着。"电话那端似乎传来扑哧一笑的声音。

我不禁觉得，我必须要向此人说出真相了。就算只是请人帮忙，也应该向对方和盘托出。

"喂，有没有啊？什么都行。我想，那种一离开东京就无法调查的事情，你一定还有吧？"下条小姐友善地说道。

我忽然想起一件事，便厚着脸皮试着说道："那么，卜条小姐，您知道东和大学吗？"

"东和？知道啊。"她带着毋庸置疑的语气说道，"东和大学怎么了？"

"您在那所大学有没有熟人呢？"

"熟人？啊，倒是有几个。"

"文学院里也有？"

"好像法语系有一个。"

"日文系没有吗？"

"那倒没有，不过，若说朋友的朋友，倒是有一两个。你找东和日文系那边有事？"

"下次去东京的时候，能否给我介绍一个？"

"我当是多大的事呢，小菜一碟。你为什么忽然提到东和呢，而且还是日文系？"

"我也说不大清楚。说不定又猜错了，白费力气……"

"嗯，那好，我答应你。我会给你物色一个合适的人选。"

"真不好意思。非常感谢。"

"谢谢之类的就先别说了。那，我马上就给你发传真。"

挂断电话，我对舅母说了一声要使用传真机的事，上了二楼。传真机就放在楼梯口的走廊里。名义上是舅舅工作时使用，实际上使用最多的还是阿香。尤其是考试之前，这台机器似乎运行得格外频繁。

我一面呆呆地等待，一面回想着前几天去函馆时的事情，尤其是至今仍回荡在耳畔的父亲打电话的内容。

"杀了吗？"

父亲的确是冲着话筒说了这么一句。那天，在返回的电车里，我也一直在反复思索这句话，甚至还想，难道是我听错了，父亲说的并非"杀了"，而是发音非常相近的"下了"或者"撒了"？可是，再与父亲后面的话联系起来一想，若不是"杀了"，前后的逻辑就对不上。父亲接着是这样说的——事故发生得如此凑巧，这怎么可能？

难道是有人蓄意杀人却伪造成意外事故的假象，并且，父亲致电的那人就是凶手？这种推理有些荒唐，但父亲当时的声音中明显蕴含着可证实这种不祥假设的阴影。

父亲究竟在做什么？究竟与什么有牵连？

东和大学、小林女士、久能老师，还有"那个孩子"——这些关键词就像洗衣机中的手帕一样在我的脑海里转来转去。

传真机的铃声响了一下。我这才回过神来。

随着吱嘎吱嘎的声音，打印好的纸张出来了。我从一头扫了一眼。既然没有女性成员，我也无法抱有任何期待了。

可是，在阅读几条活动记录时，我不由得紧紧捏住纸张。记录中时常出现这种内容：

　　五月六日，骑自行车赴多摩湖郊游，天气晴，帝都女子大学两名参加

很遗憾没有帝都女子大学学生的名字，但看来时常会有女子参加，她们不是兴趣小组成员，但常常一起活动。

父亲做副会长时的记录出现了。我目不转睛地读了起来。好像依然有帝都女子大学的学生参加，但仍没有记录名字。

也有成员的介绍。父亲一栏里只有"医学院四年级第九研究室"几个字。当时寄宿的涩谷的住所和苫小牧的老家住址也记录在后，似乎因为父亲是副会长。

其他成员的简介我也大致浏览了一遍。接着，我睁大了眼睛。

把我的目光钉在那里的是关于一位名为清水宏久的会长的记录。"工学院冶金工学系四年级"后面的住址栏里赫然记着：

　　世田谷区祖师谷一丁目

第二天星期四，比平时略晚一些吃早饭时，父亲打来电话，问今天白天能否在札幌站附近见一面。他正在旭川，稍后打算回函馆，途中在札幌下车会面。

"两点之前可以。"我回答道。

"那好。顺便一起吃午饭。有没有比较安静的店？"

"车站一旁倒是有家世纪皇家酒店。"

"可以。那就在酒店前厅见吧，几点？"

"十二点半吧。"

"好。"电话挂断了。

究竟有什么事呢？我一边放下听筒一边想。前几天刚见过面，绝不会是为了询问一下近况就特意中途下车。

当然，我倒是有些事要问父亲。是关于清水宏久，住在母亲的遗物——东京地图上被标上记号的"世田谷区祖师谷一丁目"的那个人。尽管不清楚现在是否仍住在那里，但我猜母亲去东京时会见的或许就是此人。

问题是该如何向父亲开口呢？对父亲而言，无论清水这人是何种存在，一旦我忽然提起这个很久以前的熟人的名字，势必会引起他的怀疑。而且，父亲本来就隐瞒了参加兴趣小组一事。

我想不出更好的办法，便走出家门，在大学漫不经心地听了节课，然后就到了午休时间。我离开大学赶往车站。

来到酒店，父亲已在那里。看见我，他微微招了招手。比起前几天，他看上去似乎更加瘦弱。难道是我多疑了？

我们决定在酒店内的一家餐馆吃午餐。我下午还有课，就点了简单的面食。

"关于留学的事情，"在等待的空隙里，父亲说，"后来你考虑过没有？"

我端起玻璃杯，喝了口水，摇摇头。"没怎么考虑。"

"为什么？"父亲露出非常不满的神色。

"人家有很多事情，都忙死了……又不知道该如何考虑、考虑些什么。"

"我知道你会不安，毕竟你从未去过海外。好吧，下次我给你介绍个寄宿留学生之类熟悉留学情况的人。估计你咨询一下之后，这种不安情绪就会消除的。等等，你能否本周内就去见见那个人？"说着，父亲把手伸进西服内袋，取出一个小记事本，然后翻开地址页，眼看就要拨打电话。

"爸爸，您要把我赶到外国吗？"我脱口而出。

父亲的脸颊微妙地颤动了一下。

"你在胡说些什么？"父亲的脸上随即浮出尴尬的笑容，显然很狼狈，"我可是为了你的前途才劝你的。什么赶出去，真是岂有此理！"

"可在我看来就是这样，您似乎想把我赶得远远的。"

"我怎么会有这种想法？！"父亲缓缓地合上记事本。

"今天要见面，就是为了说这件事吗？"

"不，不是这样。我只是想看看你，真的。"这次喝水的轮到了父亲，"有熟人向我建议，若想让孩子留学，最好趁早。我一时心急，就想立刻把事情定下来。知道了，这件事先放一段时间再说吧。"

食物被端了上来。父亲看了一眼并不稀罕的海鲜面。"哦，看起来很好吃啊。"他煞有介事地感叹起来。

我们陷入了短暂的沉默，各自进餐。尽管父亲在竭力掩饰，可今日特意把我叫出来，分明还是为了劝我留学一事。父亲为什么要把我支得远远的呢？我苦苦思索。可是，无论我如何展开想象的翅膀，始终无法得出具有说服力的假设。我这个人的存在是何等渺小，我最为清楚。像我这样的人，存在与不存在，都微不足道。

"爸，"吃完面，我开了口，"听说，您前些时候去东京了？"

父亲显然没有思想准备，大吃一惊。"谁告诉你的？"

"舅舅。说是看到了您从东京回来时的登机牌。"

"啊。"父亲的表情微微一沉，"是工作，就……"

"去了东京哪里？"

"不是什么重要的地方。说了你也不会知道。"

"是不是世田谷……"

"世田谷？"父亲睁大了眼睛，"为什么要提那里？"

"也没什么，只是无意中说出一个知道的地名。世田谷有名嘛。"

"我没有去那种地方。"父亲摇了摇头。他的动作很自然，看来不像是撒谎。

"有没有去帝都大学？"我试探着问道，"那可是您的母校啊。"

"啊，最近没有去。"

"从前的同学也没有见吗？"

"哪有机会。"

咖啡端上来了。我加入牛奶，用勺子搅拌，一边望着父亲。

"很久以前我就想问您，您为什么要去东京读大学？"

父亲的眉毛颤动了一下。"为什么要问这个？"

"因为您老反对我去东京。"我说道。

"是吗？"父亲似乎领会过来，沉着地说了起来，"我想去帝都大学，是基于教授阵容和设备等做出的判断，而帝都大学凑巧在东京。仅此而已。"

"大学生活怎么样？愉快吗？"

"怎么说呢，有快乐，也有艰辛吧。记不大清了，怎么说都已很久了。"父亲似乎在不动声色地避开帝都大学时代的话题。

我想抛出东和大学的事情，却想不出恰当的话题。一旦弄巧成拙说出这个名字，一定会被父亲诘问。

"我该走了。"父亲看了看手表，说道。我点点头，把剩余的咖啡喝完。

我闷闷不乐地回到大学，听完第四节课，回了家，并把与父亲见面的事情告诉了正要出门的舅母。一看到我，她便问道："吃的什么？"我回答是意大利实心面。

"哎呀，好不容易跟爸爸吃顿饭，吃顿更高级的才是，像什么顶级全餐之类的。"仿佛是自己的事情似的,她遗憾地说。

我正上楼,电话响了。

舅母立刻从楼下喊道:"鞠子,电话。是姓下条的人。"

"好的,我在二楼接。"

或许又有收获了。抱着美好的期待,我接起传真机旁的电话。"喂,我是氏家。"

"是我。"听筒里传来下条小姐的声音。

"上次的事情非常感谢,非常有参考价值。"

"是吗?那就好。"

或许是我有些神经过敏吧,她的声音里没有了以往的活力。

"那个,有什么……"

"嗯……"下条小姐顿了顿,陷入了短暂沉默,似乎在犹豫着什么,"关于东和大学的事……"

"东和大学发生什么事情了吗?"我的心不由得怦怦跳了起来。

"你说的发生什么,指的是找到了吗?"

"找到?"

"不是你委托我的吗?在东和大学日文系找门路的事。今天我去了,在文学院那边转悠……"说到这里,下条小姐又停了下来。这个人说话如此含混,这还是第一次。

"怎么了?"

"在那里的布告牌上,总是贴着一些校内新闻。结果,那里贴的竟是……"

"那里究竟有什么啊?"我问道。

"对了,你还记不记得,在你来我们学校图书馆的时候,有一个工作人员说过一件奇怪的事情?"

"咦?啊,您说的是和某个人长得很像的那件事吧?"

"对。就是说你长得像电视上那个业余乐队的主唱。"

"那又怎么了?"

"那个乐队的照片就刊登在上面。那名担任主唱的女子是东和大学的。"

"然后呢?"

"那照片,我也看了。"下条小姐又沉默下来。听筒里只传来急促的呼吸声。一股不祥的预感使我握着听筒的手渗出汗来。

"那个主唱,"不久,她像是下了决心般说道,"简直就是和你从一个模子里刻出来的。照片有好几张,每一张上都有跟你相同的脸。嗯,那个主唱就是你。"

双叶之章　四

　　星期五下午，藤村寄来了快件。信封里装着东京至札幌的往返机票和去往旭川的火车票，另外还有两张信笺，上面写的是致歉的话语，大致内容是由于东京至旭川的航班数少，只订到了飞往札幌的航班等，另外还写了抵达旭川之后的提示。说是提示，但并不复杂。总之，就是让我入住预订的酒店之后在房间里等待，当天晚上会给我打电话等。

　　按照约定，我应该于后天下午一点抵达旭川站。本以为要去很远的地方，但我还是改变了认识——终究还是国内啊。

　　准备到一定程度后，我又去了趟池袋，购买还缺少的旅行必备品。百货商场的旅行用品卖场里全是年轻人。偷听一下他们的谈话就会发现，大半似乎都要去海外旅行。我想起朋友栗子也说要去加利福尼亚，正忙得不亦乐乎呢。

　　购买了一些小物件、袖珍时刻表和北海道指南后，我用公用电话打往阿裕家。所幸他在家。我问他有没有时间出来一下，他回答立刻就来。我们约好在百货商场前的咖啡店见面。

我先进了店，一面吃着咖啡冻一面打开指南制订计划。由于是头一次去北海道，总觉得心里没底。

大约过了三十分钟，阿裕气喘吁吁地赶来。

"只剩下每站都停的最慢的电车了。"他一坐下，立刻就把目光投向餐桌上的时刻表和旅行指南等物品，"你要去北海道？"

"嗯，但不是去观光。"

我简单向他说明。他神色凝重地听着，向女招待要了杯冰咖啡。直到我说完，他的表情都没有放松。

"你母亲身上竟有这么多谜，真是一点也没想到。"他用吸管搅动冰咖啡，"我一直以为你父亲在你小时候就因某种事故去世了呢，所以从不敢提起，一直回避着这个话题。"

"嗯，我明白。朋友间都是这样。"

"可我还是有些担心。那个所谓的肇事逃逸，很可能是蓄意的。那个北斗医科大学的教授可信吗？"

"我会小心的。"尽管我这么说，阿裕还是神情不悦地注视着咖啡。他是真的在为我担心。

"求你一件事。"我从包里拿出一把钥匙，是房间的备用钥匙，"我不在的时候，能否偶尔过去看看我房子的情况？虽然托付给附近的阿姨也行，但照目前情况来看，还不知会发生什么事情呢，所以最好托给一个知情的熟人。"

"这倒没问题。可……"阿裕翻了翻眼珠，"像我这样的人，合适吗？"

我苦笑。"如果把钥匙交给宽太或智博，房间恐怕就被他们糟蹋成垃圾箱了。"若是拜托栗子，又担心会被她当成情人旅馆。

"拜托了。"

"后天我送你，怎么样？"

"当然可以。"我答道。

与阿裕分手回到公寓，只见一个男子正坐在楼梯上看书。此人身穿牛仔裤，配一件微微有点脏的T恤，手臂上的肌肉异常显眼，让人感觉仿佛是个小号的施瓦辛格，脸形也带着些西方味道，肩上挂着一个大挎包，一件黄色风衣般的衣服罩在外面。

我本想不加理睬直接过去，可他占据的空间很大，无法通过。我在他面前停下。"如果需要长椅，石神井公园里有的是。"

"啊，抱歉。"小号施瓦辛格急忙站起来，可一看到我的脸，还没完全直起的腰静止在那里，嘴唇也张成了O形。

"盯着人看什么看！"我瞪了他一眼。

"小林……双叶？"

我后退了一步。"啊，是……"

男子依然盯住我的脸不放，表情逐渐放松下来。这种状态持续了有三秒钟。我正要怒喝，他已经抢先开了口。

"太好了。我都等了一个多钟头了。"

你等多久与我何干？"你是谁？"

"我是干这一行的。"他递出一张名片，似乎已经被汗水濡湿。我一看，上写"The Day After 编辑部胁坂讲介"。The Day After 是聪明社发行的一种商务月刊杂志。

"杂志记者，有什么事吗？"

"确切说应该是编辑，但这也无所谓了。事实上，我想问你些你母亲的事，关于事故的。"他的眼里分明充满了自信　我这么

123

一说，你还敢小觑我？

"若是采访，恕无奉告。我现在很忙。"

"不是采访。"男子的表情格外认真，"只是想以个人身份问问。我以前曾受过你母亲的照顾。"

"是吗？"胁坂讲介这个名字，我可从未听妈妈提过，"那，请先到那边一个叫'安妮'的咖啡店等一下吧,我放下行李立刻就去。"

"知道了。"胁坂讲介刚要抬脚，又扭过头问道，"可是，那个，你要去旅行？"

"咦？"我吃了一惊，差点踩空楼梯，"你怎么知道？"

"那还骗得了我？那个，不是一次性相机吗？"他指着我的行李说道。我低头一看，相机的绿色包装已从纸袋中露出。我连忙往下塞了塞。

"那么,我等你。"胁坂氏抬起粗壮的手臂向我招招手,然后走开。望着他离去的背影，我不禁打了个寒战，此人绝非等闲之辈。

在咖啡店碰头后，我才意外地发现他其实很年轻，大约二十五六岁。或许因为是同龄人，他的措辞毫不拘礼。我倒觉得这种方式更易接受。我的原则是，对于不向我使用敬语的人，无论对方的身份如何，我也决不对其使用敬语。

"既然我已经出示了名片，你对我保持警惕也无所谓。可我今天来，其实并不是为了公事。"他没有用吸管，直接喝了一大口冰咖啡，然后径直说道。这一口，咖啡就下去了一大半。这使我想起阿裕用吸管啾啾地吸咖啡的情形。

"你刚才说曾受到我妈妈的照顾？"

"是啊。一年多以前，我因采访受伤住进谷原医院，曾得到过小林女士的照料。当时我住院十天，她对我悉心照料。像她那样和蔼可亲、值得信赖的护士可不多见。我从学生时代起就经常因为骨折什么的住院，对这一点深有感触。"

"是吗？"除了值得信赖这一点，其他赞美都令我意外，"你哪里受了伤？"

"这里。"他指指额头，一条长约三厘米的伤痕依稀可见，"报道台风灾害时，我被飞来的瓦砾砸中，当即倒在地上不省人事，血流不止，周围的人都觉得必死无疑。"说着，他将剩余的咖啡一饮而尽。

"幸亏你没事。"

"是啊。"他点点头，"我可不想死在这种事上——尤其让我感动的是，我出院之后小林女士还经常打来电话，询问是否头痛、有无感觉不适等。总之，担心我会留下后遗症。这样亲人般的关心照料，我还从没有经历过呢。我说出自己的感受，她回答有时不由得就惦记起一些患者，至于理由就不太清楚了。怎么样，你母亲有没有在家里提起过我的事？你不记得那个额头受伤的男子的事了？"

我摇摇头。"一点印象也没有。"

"是吗？"胁坂垂下视线，似乎有点受到了伤害。

"那么，你说的关于我妈妈的事情是什么？"我催促道。

胁坂环视四周，在确认附近没有客人后，微微压低了声音。"正因为受到小林女士如此的照料，所以在报上得知她出事的消息时，我一下就愣住了。简直不相信这是真的。"

但凡认识母亲的人都会这样吧，我点了点头。

"本来想出席葬礼，地点和时间也向医院打听了。可到了那一天，却遇上急事怎么也抽不出身。等我办完事情赶到灵堂时，一切已经都结束了。是五点撤走的吧。我去的时候，那里已经是下一场的人在等待了。"

"像婚礼会场一样？"

"是啊。"

"于是我想到府上再打扰一下，但后来又改变了主意，反正是去一趟，不如先搜集一下撞人逃逸事件的信息之后再去。如能获取锁定案犯的信息，就再理想不过了。"

"啊，是这样。"我察觉自己连看他的眼神都变了，"那么，你今天来，意味着有收获了？"

他的表情立刻阴沉下来。"嗯，这个，倒还没有得到。"

"那为什么？"我问道。

胁坂再次环视四周，然后微微探出身子。"回答这个问题之前，我想先问问你，关于这件事，警察是怎么向你说的？"

"怎么说的？"我摇摇头，做出无可奈何的样子，"说是失窃车，也没有车主撒谎的证据。仅此而已，再没别的了。"

"嗯，果然如此。"说着，他双臂交抱在凸起的胸肌前。

"果然？"

"实际上，我托在警视厅有路子的熟人打探了一下，结果探听到一些奇怪的细节。那边似乎要停止调查了。"

"因为找不到线索？"

"不，似乎不是。开始，此案的负责人并没有将案件定性为肇事逃逸，而是定性为故意杀人，正准备调查。还不到因找不到线索而放弃调查的阶段。"

"那究竟是怎么回事?"

"在这种情况下,可能性只有一个——受到了来自警界高层某种势力的压制。"

"那究竟是什么?"

"不清楚,反正是一种庞大势力。"

"可死去的人是我妈妈啊。她只是个普普通通的市民。虽然对我来说是重要人物,可与这种所谓的庞大势力又怎么会沾上边呢?"

"抱这种想法的,或许只有你一个人吧。"

"难以置信。"我摇摇头。一种压抑胸口的不适蔓延开来。我觉得妈妈的死似乎是在一个我不熟悉的地方,被一群陌生的人像捏黏土一样合伙制造出来的。

"不过,这只是想象。如果你不愿相信,也无所谓。"胁坂喝了一口水,顺便把冰块也一把放进嘴里,嘎嘣嘎嘣嚼了起来,"但我对这种推断很有自信,因此我只想问你一件事。听了我刚才的话,你想起什么线索没有?能够暗示这种庞大势力的线索,或许就在你身边。"

"没有。"我断然道。

"真的?你能否再仔细思考一下?比如,你有没有感到过某些组织或与政府有关的人的影子存在?"

"没有,烦死了。"我不假思索地说道。可就在脱口而出的一瞬间,我的脑海里忽然浮现出一样东西——那个剪贴簿。把那个伊原骏策称为"庞大势力"绝对没有问题。这件事我究竟该不该告诉胁坂呢?一瞬间我陷入了犹豫,最终选择沉默。我现在还没有理由如此信任他,毕竟只是初次见面。

他叹了口气。"既然没有线索,那就没办法了。一旦你想起什么,希望能与我联系。只要拨打我刚才给你的名片上的电话就行。"

"如果真能揭开那股庞大势力的真面目,你打算怎么做?"

"这个嘛,我还没想清楚。但我肯定会采取某种行动。"

"是吗?"我说道,"那咱们的谈话就算完了?"

"算是吧。非常感谢。当然,如果我发现了什么,也会与你联系。"

女招待过来往杯中倒水,胁坂拒绝了。

"你打算去哪里旅行?"他一面取过餐桌上的账单,一面直起腰来问道。

"北海道。"

他立刻瞪大了眼睛,盯着我。"北海道哪里?"

"旭川。"

"旭川……干什么?"他继续追问。

我两手叉腰,也瞪着他。"我有义务连这些事情也告诉你吗?"

"不不……我只是好奇而已。"说着,他把挎包背在肩上,去收银台付账了。我还听见他说了一句"请给收据"。我没义务等他,正要先出去,从身后又传来他的声音:"什么时候去?"

我一咬牙,摆出一副厌恶的表情面对着他。"后天。"

"后天?"他睁大了眼睛。

他似乎还想说什么,我急忙出了店。不一会儿,身后传来用力开门的声音。若是再被他追过来可就烦死了,我这么想,但那种情况并没有发生。我回头望去,他正一面看着手表,一面朝反方向走去。

鞠子之章　五

星期六午后，我抵达羽田机场，取了行李走出机场大厅便看到了下条小姐。我打电话通知她要去东京时，她就说要来机场接我。

一看到我，下条小姐便微笑着招了招手，脸上却似乎带着某种复杂的表情。

"你好。累了吧？我给你拿行李。"下条小姐伸出右手。

"不不，没事的。劳您专程过来迎接，实在是过意不去。"我微微低头致意。

"那就……"下条小姐双手叉在腰间，"能不能先到我的公寓来一趟？这样就可以慢慢聊了。"

"真的方便吗？"

打电话时，下条小姐就说过，再来东京时可以住在她的寓所。

"请不要在意，只是房间不算太大。"她笑着向我眨了眨眼睛。

我们从羽田搭乘单轨电车。两周前乘坐这种交通工具的时候，我绝没想到这么快就进行了第二次东京之旅。甚至连舅母都怀疑起来，问我："是不是东京那边有事？"

"没什么事。"我回答,"上次没能好好看看,我只想多花一些时间,好好参观一下。"

这种解释似乎没多大说服力,舅母的脸上似乎有些不快,但也无可奈何。

乘上单轨电车后不一会儿,下条小姐就陷入了沉默。可是,当我眺望着窗外的景色时,却发觉她的眼神不时地从我身上偷偷扫过。等她再一次偷看时,我心一横朝她的方向看去。视线碰撞在了一起。

"果真很像,是吗?"我问道。

下条小姐严肃地点点头。"简直就是一个人。"

"但不是我。"

"这一点我明白。"

"您有那个人的照片吗?"

"有。我把刊登照片的大学报纸要来了,但现在没有。放在房间里了。"

"哦……"我垂下了眼睛。

下条小姐没带来照片的理由,我大致可以推测出来,一定是担心我在大庭广众之下惊慌失措。可见,那张照片冲击力极强。

此前也经常听到一些传闻说看到有人长得很像我,但多数情况下,这种"长得很像"的说辞中大都含有主观成分。即使对于下条小姐所言"和你是从一个模子里刻出来"的惊叹,若在平时,我也顶多只会半信半疑地姑妄听之。

可一旦这个人变成了东和大学日文系的二年级学生,我就再也不能平静地充耳不闻了。并且,那个人似乎叫小林双叶。小林这个姓氏,以前偷听父亲打电话时,不就从他的口中说出过吗?

父亲前几天去东京，毫无疑问，一定与这个叫小林双叶的女子有关，并且也可能与顽固地劝我去留学的事情有关。

那个女子究竟是父亲的什么人呢？不，究竟是我的什么人呢？

我再也按捺不住，接到电话当晚便决定赶赴东京。

下条小姐的公寓位于帝都大学前一站附近，从车站步行几分钟就到，是一座奶油色外壁的新建五层建筑。自己若也来东京上大学，恐怕也租住在这样的地方吧，一瞬间，我突发奇想。

房子位于四楼，布局为附带着一个小小厨房的客厅加一间和室。和室似乎用作书房，摆放着书桌和书架，书架上塞满了书。

下条小姐招呼我坐进雅致的低沙发，又从冰箱里拿出乌龙茶，倒进两个杯子，放在托盘里端了过来。

我道谢后喝了一口。

"东京很热吧？"下条小姐在一旁坐下，说道。

"是啊，刚下飞机就吓了一跳。上次还没感到有这么热呢。"

"大概是梅雨低压期的缘故。"

下条小姐扭动着身子，手向旁边的音响架伸去。折叠的纸张放在上面。她神情微妙地递给我。

"就是这个。"

"谢谢。"我咽了口唾沫接过，压抑着急切的心情，缓缓展开。

"东和大学NEWS"的字样出现在报纸上。一个名为"业余乐队电视演出"的标题旁刊登着三张照片。一张是乐队的集体照，另外两张是女主唱的照片，其中一张是脸部特写。

我连声音都发不出来了。

照片上的人正是我！根本不是什么相似不相似的问题。从相貌到体形，都和我一模一样。

"我说得没错吧？"下条小姐问道，"所谓相似，一般情况下首先是发型相同。这样给人的印象就相似了。反之，一旦发型不同，看起来就完全不一样。"

"我与此人的发型可不一样，是吧？"我说道。

"没错，但很相似。嗯，"下条小姐摇摇头，"即便发型不一样，看起来也只能是你。"

"不是我。"

我丢掉报纸，捂住脸。头痛了起来，我脑中一片混乱。这人究竟是谁？

"我只想问你一件事。"下条小姐轻声说道，"你为什么要调查东和大学？难道你真的对这人的存在全然不知？"

"不知道。"我抬起脸，"我想知道真相，就进行了各种调查，其间牵扯到了东和大学。"

"真相？"

"关于我母亲。我想知道母亲去世的真相。"

我把此前长长的经过从头至尾讲了一遍：似乎遭到母亲厌弃的烦恼、母亲的离奇去世、最近了解到的种种事情——母亲临死前似乎来过东京、发现面部被抹去的女人照片等等，都一一详细说明。

听完，下条小姐陷入了短暂的沉默。她抱着胳膊，咬着嘴唇，似乎沉浸在思索中。

"原来如此。"过了两三分钟，她开口说道，"所以你调查父亲的过去……我终于明白了。"

"可没想到竟是这样的结果……"我在膝上攥紧拳头。

下条小姐把手放在我肩上。

"关于这个主唱，想来只有一种可能性。"她注视着我的眼睛，继续说道，"双胞胎。"

"我与她？"

下条小姐点点头。"这是最为稳妥的答案。你们是一对双胞胎，因故被人分别收养了。"

"可是，"我反驳道，"小时候我查过户籍，上面压根儿就没有写什么我有双胞胎姊妹的事情。"

"那很容易做到，只要医生肯合作。"

"可、可是……据说母亲分娩的时候，一家亲戚都守在眼前。他们都怎么了？难道都向我隐瞒了真相？"

"这我倒还没想明白。"下条小姐似乎也不那么自信了。

我再次看向报纸，视线停留在对小林双叶的报道上。

"这个人读日文系二年级，对吧？比我还大一岁呢。"

"倘若篡改一下出生事实或户籍，不就可以造成这种差别了吗？"下条小姐当即答道。看来，她已考虑过年龄问题。

我再次注视着照片。一个和我一模一样、却不是我的女子。她是我的孪生姊妹吗？父亲去东和大学，难道就是为了与另外一个女儿会面？

"去见见她。"我说，"见到她，说不定一切谜团都会迎刃而解。"

"我就知道你会这么说，所以正在调查她的住址和联系方式。"下条小姐说道，"只是，东和大学也放暑假了，和朋友也没怎么联系上。明天一定会有办法。"

"谢谢。"

"如果能够会面,你打算怎样?"

"还没考虑……总之,我想先问出生的事情。"

"那倒也是。说不定,她也对自己的身世抱有疑问呢。"下条小姐把双肘支在桌上,"那么,眼下该怎么办?难道在找到她的联系方式之前就在这里等待?"

"不,还有一件事情要调查。我打算明天去一趟祖师谷一丁目。"

"祖师谷?啊,想起来了,就是在你母亲的地图上做了记号的那个地方。"

"我想,母亲大概是为了见这个人才来东京的。"我取出前几天通过传真收到的山步会的名册,指着"清水宏久"一栏。

"看来,对郊游兴趣小组的调查也没有白费。"下条小姐满意地点点头,"明天你打算去见见清水?"

"如果有可能的话。"我说道。

"你和他约好了?"

"还没有……"

"我猜就是。"说着,下条小姐取过立体音响旁的无绳电话,拨通了NTT(日本电信电话公司)的电话查询专线。所幸清水宏久家的电话号码似乎登记在号码簿上。下条小姐用圆珠笔在一旁的记事本上记下。

"好了,往这里打吧。"下条小姐把记事本和无绳电话放在我面前,"至于见面的理由,还用上次对我说过的那个就很好,就说是为了给父亲写传记之类。"

"啊……好。"下条小姐的手段太高明了,我都有些惊呆了。但若不这样主动出击,怎么能接近真相呢?

尽管有些畏缩，我还是按下了记事本上的号码。铃声响过三次，电话接通了。

"喂，这里是清水家。"听筒里传来中年女子沉稳的声音，想必是清水夫人。

"啊，喂，我姓氏家，清水先生在家吗？"紧张之下，我的声音都尖了。

"您找外子？"对方发出诧异的声音，然后说，"他早在三年前就故去了，请问，您是哪位氏家？"

第二天上午，我出了下条小姐的房间。雨似停似下，闷热难耐。如果在这种地方待上一个夏天，只怕一下子就会瘦下来。

在我的想象中，世田谷区是高档住宅区，可清水宏久家周围却全是普通住宅，清水家也称不上豪宅。我这么说有些失礼，但的确只是古朴的木造二层小楼。

清水已去世的消息对我来说是个打击。就像古旧的小提琴的弦一样，过去与现在的联系将会一根根断下去。我真应该早一些才是。但事到如今，一切都悔之晚矣。

按了一下门柱上的对讲门铃，玄关的门开了。一个四十六七岁、脸形瘦削的女子出现了，看来是清水宏久的夫人。

我亮明身份。

"啊，"清水夫人微笑着点点头，"快请进吧。"

"打扰了。"

进入玄关，我低头行礼。

"冒昧打扰，实在抱歉。这是一点心意。"我递过在下条小姐公

135

寓附近买的盒装点心。

清水夫人露出为难的表情。"你太费心了，其实我也不是很忙。"

她邀请我进屋，我脱了鞋，被引进一个面朝庭院的会客室。里面摆着玻璃餐桌和藤椅，铺着地板，与相邻房间却由传统的拉门相隔，甚至墙边的搁板也是纯粹的和式风格，不由得使人联想起旧日时光。没有空调，通往庭院的一侧是开放的，大概因为通风良好，感觉非常凉爽，还不时从某处飘来一丝丝焚香的气息。

我坐在藤椅上等待，清水夫人端上冰镇麦茶。

"您一个人吗？"

夫人闻言微微笑了。"有个儿子。今天和朋友出去打高尔夫了。"

这个家一定是靠儿子的收入维持生活，夫人看起来不像上班族。

"你父亲还好吗？"夫人率先问道。

"哎，还好。"我答道，"您与我父亲见过面吗？"

"在外子的葬礼上见过。再往前推，大概已有二十年没见面了。很遗憾，葬礼上也没有好好地和他说话。"

"清水先生三年前就去世了？"

"对。直肠癌。"夫人干脆地答道，"后来，医生告诉我，由于在机械厂上班，或许神经使用过度是造成癌症的间接原因。"夫人显得十分感慨。若当真达到这种程度，一定需要相当长的时间。

"我父亲怎么知道清水先生去世的消息？"

"帝都大学的同学帮着联系了所有在外子通讯录上的大学相关人士。令尊也特意从北海道赶了过来。"

"哦。"我伸手拿过麦茶。三年前父亲曾参加旧友的葬礼，对此我一无所知。

"昨天，你在电话里说，为给父亲写一部传记，想询问一些他学生时代的事情，对吧？"她问道。

"是的。"我答道。

"真太了不起了。我能告诉你什么呢？"她现出不安的神情。

我探了探身子，望着她。

"您有没有听说过一个叫山步会的郊游协会？我父亲似乎曾与清水先生在那里一起待过。"

清水夫人反应很快，立刻高兴地说道："我知道。那是外子最快乐的时期，他经常对我讲一些那时的事情。"

"您有没有听说过有女子参加那个会？"

"女子？"清水夫人诧异地望着我。

我明明声称是来询问父亲的情况，却忽然问起这种事来，她觉得奇怪也理所当然。我赶紧思索如何圆场。

"啊，明白了。"没等我想出来，夫人用力点点头，"你是在调查那种事情。可以理解，既然是写传记，那种事情自然无法回避。"

我不知她忽然明白了什么，有些惶然。

"您说的是……"

"你一定是在问令尊的心上人参加山步会的事吧？我曾听外子说过。"

我觉得一个小小的爆破音在耳朵深处炸响。

"您有没有听说过，那是个什么样的女子？"

"具体情形没听说过，一定十分出众。"夫人眯起眼睛说道，"据说，令尊似乎一直迷恋着她，听说大学毕业后甚至曾一度决心向她求婚。"

137

"这么认真……"父亲竟拥有这般恋爱经历,着实令我意外。"那女子又如何看待我父亲呢?"

"这个嘛,怎么说呢,外子大概对此也不得而知。只是在那个山步会中,令尊似乎有竞争者。"

"哦?"

"就是情敌。"清水夫人露出一副品味世间闲话的神态,"还有一个人也喜欢那个女子。至于名字我就不清楚了。"

"那个女子最终与那个人……"

"没有确切听说过,但听外子的口吻,似乎是那样。"

"啊……"

原来混沌的迷雾在我脑中逐渐成形。那张照片中脸部被抹去的女子,一定便是父亲朝思暮想的人。为什么脸部会被抹去呢?为什么母亲会持有那张照片?

"对了,似乎还有一件东西。请稍等。"似乎忽然想起了什么,清水夫人去了里间。

我喝完麦茶,调整一下有些混乱的呼吸。

两三分钟后,清水夫人回来了,拿着一样剪贴簿般的茶色东西。那原本并非茶色,似乎后来才变成这种颜色。

"我忽然想起这个。"像捧着一件重要的宝贝,夫人小心地将这本旧剪贴簿放在餐桌上。封面上用墨水写着几个字,勉强可以辨出是"山步会记录"。

"这就是当时的……"

"对,"夫人点点头,"相册。外子曾经常拿出来瞧瞧。"

"能否让我看一下?"

"请吧。就是为了给你看,我才拿出来的。"

我把手放上相册,正要翻开,又向夫人望去。

"夫人,这里面的照片,您看过吗?"

夫人两手放在膝上,摇摇头。"没有,实际上我没认真看过,因为像中人我几乎都不认识。"

"那么,我父亲心仪的那个女人的面容也……"

"是啊,很遗憾,我也不知道。"夫人的脸上浮出笑意,"但据说也没有几个女人,说不定看看照片就能明白。至于名字,我就不清楚了。"

"嗯……"

第一页上贴着三张黑白照片。仔细一看,每一张上面都有我父亲,或背着背囊走在山路上,或与伙伴们一起搭着肩。照片下面写着简单的备注"清水、氏家、畑村与高城在富士山五合目"。

"这就是外子。还有,这里也照了。真年轻啊!"清水夫人指着一个比我父亲略低一些、有张娃娃脸的年轻人,头上的毛线帽非常适合他。

心跳逐渐加快,我一张张翻下去。前半部分照片几乎都是年轻男子的。正当我觉得奇怪时,翻到了这样一页。

"啊!"夫人也叫了起来,"这张照片怎么回事?"

这一页上没有照片,却保留着曾经贴过照片的痕迹——残留着封住照片四角的三角形封缄,下面也写着备注。

其中之一是"帝都女大阿部晶子、田村弘江参加,气氛空前热烈"。

这里应该贴着一张照有两名女子的照片。阿部晶子、田村弘江——脸部被抹去的女人,究竟是哪一个呢?

继续往下翻,处处都有照片被揭下的痕迹。我仔细读着评语,不久便发现,在揭下的照片中有一个共同点,即每条备注中都有阿部晶子这个名字。

翻遍相册,没有发现一张有阿部晶子的照片,全被撕掉了。

田村弘江的照片却有,其中一张是被四个男子簇拥着拍摄的,备注是"护卫弘江姑娘的四骑士"。四人中没有父亲的身影,倒是增加了清水古板的面孔。居中的田村弘江分明是圆脸,眼睛像洋娃娃一样圆圆的,身材娇小可爱,与脸部被抹去的那人明显不同。

不久,决定性的备注出现了。那里的照片也不见了,下面写着这样的备注:"阿部晶子与氏家在奥秩父。他多年的梦想能实现吗?"

他多年的梦想?

我抬起脸庞。

"父亲喜欢的那个女子,似乎就是阿部晶子。"

"应该是。"从相反一侧看着相册的夫人也同意地点点头,"真奇怪!为什么好多地方的照片都不见了呢?难道给过谁?"

"这本相册,有没有给人看过?"

"这……到底是怎么回事呢?山步会的伙伴中,一直有来往的只有氏家先生一人。"

"有没有给我父亲看过?"

"或许。我刚才也说过,外子去世前,我们和令尊已经二十年没见面了……要不就是那时候把照片给令尊了?因为从前喜欢的那个女人……"夫人把手按在下巴上,忽然,她轻轻在桌子上拍了一下,

"啊，对了。"

"怎么？"我问道。

"外子曾把这本相册带出去过一次。时间好像并不是很久。"

"为什么要把相册……"

"他说有一位贵客来东京了，想询问有关山步会的情况，就把相册带去了，大致情形就是这样。"

贵客、来东京……我心中一阵悸动。

"您有没有问是谁？"

"事后问了，可他含糊其词，不肯说。我记得，他拿走相册的时候还兴高采烈的，回来后就显得闷闷不乐。既然要询问有关山步会的情况，或许不是山步会的成员。"

"那是在什么时候？"

"这个嘛，是外子临去世之前，"夫人把食指按在嘴唇上沉思起来，不久便点了点头，"好像是六年前。准确地说，是五年半前的冬天。"

"冬天……十二月前后吗？"

"哎，好像就是。我只记得当时忙得慌里慌张的。"

一定是母亲。她果然来见清水宏久了。

这样，阿部晶子的照片消失的原因也可以解释了。大概是母亲央求清水，把照片全部带走了。如果母亲提出要借用一下，想必清水也没理由拒绝。

母亲为什么忽然调查父亲从前深爱的女人呢？抹去照片脸部的做法也无法解释。

见见这个女人，或许会揭开一些真相，我想。

"您知不知道山步会其他成员的联系方式？"

我的期待落空了，清水夫人陷入了沉思。

"要说有联系的，也就是令尊了。其他人毕业后都没怎么来往。听说，来自地方的人差不多都回老家了。山步会成员也只有令尊一人出席了外子的葬礼。"

"有没有留下名册或其他东西？"

"这个嘛，我去找找看吧。"夫人起身。

"给您添麻烦了。"

我再次望向桌上的相册。

无论哪张照片，父亲都显得那么神采奕奕，与现在完全相反。父亲似乎把所有青春都留在那个年代了。

爸爸！您到底隐瞒了什么？妈妈究竟要调查您什么？

不一会儿，清水夫人回来了。

"我到处都找遍了，只找到这个。"

她把一样东西放到桌上，一本很薄的小册子，封面上写着"山步会"三个字。我打开一看，立刻就失望了。这正是前几天下条小姐传真给我的东西，上面只记录着会长与副会长，即只有父亲与清水的联系方式。我说明情况后，夫人也遗憾地垂下眉毛。

"其余的，要说记录着外子朋友的联系方式的，就只有这个了。"说着，夫人又拿出一样东西，一个巴掌大小的深茶色笔记本。夫人翻到后面的通讯录，放到桌子上，"太旧了，连字都认不清，可或许能弄明白点什么。"

这的确是一本相当旧的笔记本。用铅笔写的字几乎全消失了，无法辨认。钢笔写的字也已变色，或是洇了。

我小心翼翼地翻动着就要破碎的笔记本，忽然，一个名字映入眼帘：高城康之。

我与相册的备注略一对照，有"清水、氏家、畑村与高城在富士山五合目"，照有高城的照片还有好几张，特征是五官轮廓清晰，略有西方人的感觉。

"这个名字该读作TAKASHIRO吧？您有没有听清水先生提起过？"我指着通讯录问道。

"高城先生……听说过。"夫人微微低下头，手指按在太阳穴上思索，皱着的眉头很快舒展开来，"想起来了，就是他。"

"什么样的人？"

"和我家那位一样。"

"一样？"我顿时有一种不祥的预感。

"故去了。已经十多年了吧。"

"居然是这样……"我只觉全身虚脱，"因病去世？"

"似乎是。"

我一时无言。

"对了，高城先生去世的时候，外子还说过一句奇怪的话。"

"哦？"

"果然死了——好像就是这么说的。"

"果然？病了很久吗？"

"不，感觉不像是这样。"清水夫人低头道，"似乎是说最终还是没能抗争过命运啊。"

"命运？您是说死神？"

"好像是。他也没再作更多的解释。"

143

"哦……"

高城究竟背负着怎样的命运，我无法想象。只是有一点可以明确——小提琴的弦又断了一根。

双叶之章　五

　　东京天空阴郁，北海道则天气响晴，湿度也低，肌肤根本不会有那种汗津津的感觉。若此时能生活在这里，真是再舒适不过了。
　　按计划，应该从新千岁机场乘坐电车去旭川。乘上"紫丁香"号特快列车不久，就有许多气质与东京人略微不同的人陆续从沿途车站上车，这不禁使我猛然意识到自己竟已来到了北国。我并没有鄙视他们土气或来自僻壤的意思。究竟是哪里存在着不同呢？放眼望去，我从他们的神情中发现了微妙的差异。在去羽田机场的路上看到的人多数人，尽管这一天才刚开始，他们的脸上却早已挂满疲惫旅人般的表情，这里的人则似乎正在品味早晨的清爽。或许是因为这里尚处在发展阶段，或许纯粹是因为这里气候好吧——七月份也清爽怡人。
　　就在我思绪万千时，特快列车已抵达札幌。我稍一犹豫，决定中途下车。想到妈妈或许很久以前曾在札幌游玩过，我便也想参观一下这里的风物。
　　我参观了旧本厅舍，对寒酸的钟塔失望至极，然后坐在大通公园的长椅上吃起冰激凌来。或许是星期天的缘故，人格外多，拖家带口的则格外醒目，父亲们都满脸写着疲惫，这点与东京毫无二致。

我漠然凝望着穿梭的人群，脑海里再次回忆起胁坂讲介的话。莫非真如他所说，妈妈是被某种庞大势力杀害的？这种势力与伊原骏策有关吗？如果真是这样，理由又是什么？

可无情的是，我什么也想不出来。我与妈妈相依为命那么久，却对她一无所知。我连妈妈究竟是一个怎样的人、为什么是我的妈妈都不知道。就在这种一无所知的状况下，我竟活到了现在。

我决定从头整理思路。首先，开端是上电视的事。妈妈反对我上电视。我无视妈妈的阻止，坚持参加，然后就接连发生奇怪的事情。

一个姓藤村的教授从妈妈以前供职的旭川北斗医科大学前来拜访。妈妈似乎坚决地予以拒绝。

一名中年男子出现在我就读的大学里，调查我，从我的三个朋友那里收集了我的信息。之后，妈妈就因车祸去世。肇事车是失窃车辆。

妈妈的遗物中出现与伊原骏策的孩子有关的剪贴簿。当天，藤村教授邀请我去旭川。

然后是前天，一个姓胁坂的奇怪男子前来，讲了一些奇怪的话。

我开始头痛。我简直就像正面对着两千片拼图，而且还没有样本图案，各个零部件凌乱地散落着，横向纵向都没有联系，无论如何拼凑都不成形状，找不到一点方向。

忽然，我的视野暗了下来，一个人站在面前。抬头一看，一个年轻男子正对我谄笑,身上的衬衫宛如"不二家"[1]的包装纸。

"问一下,你我是不是见过啊?"那人像猩猩一样摇晃着胳膊。

我手拿冰激凌,抬头瞪了他一眼。"你是谁?"

男子顿时畏缩起来,但没有立即后退。"你不记得了?今年四月,你们入学考试结束之后,我还曾劝你们加入我们大学的兴趣小组,当时还一起去过咖啡店呢。"

"你到底在胡说些什么?我去年就入学了。"

"那,你不是前面的女子大学的吗?"那人伸出纤细的胳膊,指着西面。

"我刚从东京过来。你是不是糊涂了?想占便宜,趁早来点更高明的。"

"不,我没有那个意思……你真的不认识我?"

"不认识。讨厌。"

"奇怪。"男子咕哝着挠头离去,途中还数次回头张望,一副纳闷的样子。

曾和我在哪里见过面?哼,这种伎俩我见得多了。若换成湘南海滨,这种台词估计一小时能听到五次。无论是什么样的地方,一旦形成一定规模的城市,人的个性就消失了。

吃完冰激凌,我拿起行李站起来。

抵达旭川车站是在下午三点。札幌的确是大都市,旭川也绝非小城。出了车站,眼前立刻现出鳞次栉比的大厦。

棋盘一样的道路上,车辆挤成了长龙,光景与东京街头没有任

---

[1] 日本著名零食制造商。

何差别。只是横穿马路的时候,不经意间从道路的中间向远处一望,倒是能看到美丽的山脊线。这在东京无疑是一种奢望。

从站前向东北延伸的道路中,有一条步行街,两侧林立着时尚的大厦、咖啡店和餐馆。从旅行指南来看,这里似乎就是和平街购物公园,全日本最早的步行街。街道中央建有花坛和喷水池,还放置着供人小憩用的长椅。这里也与大通公园一样,人颇多,长椅上坐着的也都是满身疲惫的父亲,这一点也无不同。

酒店位于距车站步行约五分钟的地方。路对面也是酒店,但看起来要新许多,大概是最近才建起来的。从车站来这里的路上也有正在施工的大楼,如果把这条街比作一个人,那它大概正处于生机勃勃的青春期。

房间是以我的名字预约的,住今明两晚,费用不需要我付。酒店职员交给我七〇三室的钥匙,说明了房间位置,又说有给我的留言,递给我一个信封。我接过信封,道谢后走向电梯。

七〇三室是单人房,自然不算宽敞,但很新很整洁。光是没有讨厌的烟味这一点就已很难得了。

放下行李,上完厕所,我打开信读了起来。大致内容是六点左右来接我,不用吃饭待在房间里等着就行。看来晚饭也有着落了,我不禁有些欣喜。

淋浴完毕正换着衣服,床头的电话响了。才刚过五点,是不是有点早了?我一面想一面接起电话。

听筒里传来女话务员的声音。"小林小姐吗?一位铃木先生打来电话,现在马上为您接通。"

"铃木?"究竟是哪里的铃木?

电话接通了。"喂，是小林吗？"传来含糊不清的男子声音。

"我是。您是……"

我刚一回复，对方竟咦了一声。"小林一郎先生在吗？"

小林一郎？这个人究竟在说什么？

"您打错了。这里只有我一个人住。我不认识小林一郎。"

"咦？"那人又咕哝了一声，"啊，是吗？一定是那个混账话务员搞错了。啊，非常抱歉。"他径自挂断了电话。

我一时没有反应过来，呆呆地握着听筒站在那里。

究竟是怎么回事？

我凝视着听筒，将其放回原处。住酒店接到打错的电话，这种事我还从未听说。打电话的男子或接线员似乎也太毛躁了。

只是——有一点还是让我有点担心。不，或许是我听错了。刚才那人的声音，我觉得有些耳熟，更确切地说是口音耳熟，但声音非常含糊不清。

思索了一会儿，始终想不起来，我决定放弃。没多少时间了。在对方来接我之前，我必须重新化一遍妆。

正化着妆，电话铃又响了，话务员的声音再次传来。我本想责问刚才的事情，可又嫌麻烦，索性就算了。

是藤村打来的。"累了吧？"他说。

"不，那倒没有。从东京到这边，比预想的近多了。"

"能有如此感觉，便是年轻的证据啊。我想现在就过去，不知您方不方便？"

"好的，可以。"

"就在酒店前厅见吧，六点左右。"

"好的。我等您。"

挂断电话，我连忙把妆化完。

下到一楼，我在并排摆在前厅的沙发上坐下等待。六点差两分时，正面的自动门开了，一名身穿灰色西装的小个子绅士走了进来，体形看上去有点眼熟。一定就是妈妈遭遇车祸前日来公寓拜访的那个人。

他在前台驻足，朝这边望来。坐在前厅沙发上的，除我之外只有一个人，而且是名中年妇人。

他的脸上浮现出温和的笑容，慢慢走过来。我站了起来。

"您是小林双叶小姐吧？"正是电话中听到的声音，"我是藤村。"

我把手收拢到身前，恭敬地致意："这次真的非常感谢。您连飞机和酒店都替我安排好……"

藤村轻轻地摆了摆手，说："这些繁文缛节就免了吧，影响食欲。呃……"他眨着眼睛打量着我，"太棒了，实在太棒了！竟如此……"

他视线逼人，我不禁畏缩起来。

"啊，请恕我失礼。"他说，"我刚才是在感叹，小林志保女士，也就是您母亲，竟把您培养得如此出色。如果刚才那句话破坏了您的情绪，请原谅。"

"不，没事。"我笑着摇摇头，但的确有些不快。

"我带您去一家好吃的饭店。"藤村带我去了一家和式饭店，从酒店驱车十多分钟便到了。与购物公园周边的热闹氛围不同，这里是幽静的住宅区。

藤村报出名字，身穿藏青和服的女招待把我们引到一间雅致的单间。连小小的壁龛都一应俱全，真是个政治家接受贿赂的好地方。

路上我早明确表示没有讨厌的食物，藤村便适当点了一些菜。问起喝什么饮料时，我回答茶就可以。

"我还要开车，也来点茶吧。"藤村说道。

女招待走后，他转过身，正了正姿势。

"远道而来辛苦了。吃点好吃的，养养神吧。"

"非常感谢。"

"令堂的事情，着实不幸。如果有用得着我的地方，请尽管开口。我会尽我所能帮您。"

"是……多谢。"我再次低头致谢。

之后，藤村每次说话，我都低头致意，如是三次。快要到第四次时，拉门开了，菜肴端了上来。

每一道菜都只是在小小的器皿中盛一点点，以海鲜为主，花了不少功夫烹调而成。可是，当闭上嘴巴咀嚼，终于品出这似乎是鲍鱼、那似乎是蟹酱时，器皿里早已空空如也。照这种吃法能填饱肚子吗？我有些不安。

"我母亲在北斗医科大学的时候，都做些什么工作呢？"菜肴将尽时，我切入正题。

"一言以蔽之，是做研究助手。"藤村放下筷子，"说是医科大学，但并非只教给学生传统的医疗技术，也从事一些有前景的研究，自然需要助手。"

"什么研究呢？"尽管觉得听了也不可能懂，我还是姑且问了一句。

藤村稍作考虑后答道："以体外受精为中心治疗不孕的研究。"

"哦……"这倒也并非不懂，"试管婴儿的研究？"

"对，但不只如此……"

女招待进来，摆上新的菜肴。

"我一直很诧异，出生在东京的妈妈为什么会来到如此遥远的地方。关于这一点，藤村先生，您知道什么吗？"我试图改变问话的内容。

"倒是有所耳闻。"女招待离去后，藤村说了起来，"小林女士从高中时代起就对这种研究深感兴趣。在研究了论文发表数量等情况后，才选择了北斗医科大学。"

"是吗？"想起妈妈平时的学习量，便觉得这逸闻可信，与我选择大学的情况完全不同，"那么，为什么会对体外受精的研究如此感兴趣呢？"

"要说明这一点，恐怕必须要提一下她当时的主张。小林女士对女性的社会地位与生物性职责的关系非常不满。"

"社会地位与……到底是什么呢？"话题忽然变得艰涩起来。

"也就是说，女性参与社会的理想不能如愿实现，就是因为被赋予了怀孕的职责。比如，一对夫妇共同上班。即使同样工作，同样分担家务，收入相同，但一旦怀了孕，女方就只能辞职。至少，暂时离开工作这一点不可避免。于是，从这时起，女主内、男主外这种职能分配就实际体现出来了。一旦变成这样，很少有夫妇能恢复原来的状态。并且，以企业为主的社会也认为女性结婚怀孕之后就该撤离战线，所以从一开始就没有把女性算入战斗力。这样，女性要想获得与男性平等的社会地位就不可能了——以上内容差不多就是小林女士的主张。这的确是真理，我也这么认为。"

"我也有同感。"吃了一口面条状的乌贼刺身后，我说道，"尽管现在女性的社会地位有了显著提高。"

"但同时,怀孕的女性也减少了。这一点在出生率上体现得最为明显,也印证了小林女士的观点。"

"在我的朋友圈里,也有一些人断言孩子会妨碍工作,所以索性不要。"

"是吧?女性放弃了生物功能,选择了社会地位。但如果因此谴责这种选择,则不合道理。责任在于那些本该探索一条道路使女性可以兼顾家庭与事业,却没有这么做的男性身上。"

"您说得一点没错。"我握紧拳头,使劲敲了一下膝盖。

"现在我能这样说,但放到二三十年前,情况可就大不相同了。女人只要能生养孩子、侍奉丈夫就行了——持这种观点的人,即使在年轻女性中也为数不少。正因如此,小林女士深陷困境的情形也不难想象。"

"我母亲当时想做什么?"

"是啊,做什么呢?我也说不清她当时究竟有没有明确而具体的构想,但总之是要从根本上变革生孩子的系统。刚才您也说过,朋友嫌孩子碍事而不要孩子,确切地说,不应该这样。现实是,如果丈夫积极参与抚养孩子的事务,多数职业女性还是愿意要孩子的。妨碍工作的并非孩子本身,而是怀孕和育儿。小林女士也这么认为。并且,育儿的事情,请丈夫或其他人代劳是完全可能的。问题是怀孕。如果在公司里被委以重任、正要大展宏图时怀了孕,既给周围的人带来麻烦,本人也一定非常懊恼。于是小林女士想,若能够开发出一种职业女性不使用自己的身体就能得到亲生骨肉的方法就好了。"

"就是代孕母亲喽。"我随口把这个在报纸等媒体上见过的词说了出来。

"代孕母亲是手段之一。"藤村点头说道,"体外受精的最初目的是治疗不孕,而据说小林女士认识到了其另外的积极意义。实际上,在今天来见您之前,我还特意调查了从前的报告,找到了小林女士写的一份报告,标题是'浅析代用母体的必要性'。其中她提到了不能或不便怀孕的女子可以让其他女子接受自己夫妇的受精卵的构想。这完全是代孕母亲的构想。她的主张并没有只停留在这种层次上。她论述说,最终应开发出一种女性无痛妊娠和分娩的系统,也就是说,一种借助人工子宫便可获得孩子的方法。"

"人工子宫……"我呆呆地望着说得起劲的藤村的嘴角。我完全没有想到,他现在说的竟与我熟悉的妈妈联系在一起。我仿佛在听着另外一个也叫小林志保的人的故事。

"我的解释有点拖沓了,总之,小林女士认为若想促进女性对社会的参与,进行体外受精等的研究是完全必要的,所以才特意来到这里,大致情形就是这样。如果您想看这篇报告,随时都可以跟我说。我已经放进了缩微胶卷,复制很容易。"说完,藤村仿佛完成了一件工作似的,津津有味地品起茶来。

"藤村先生您也在从事这样的研究?"

"当时是的。现在则在从事一些不入流的研究。"他自嘲地笑道。

"我母亲为什么没有继续研究呢?"

藤村脸上的笑容忽然消失了。"这个嘛,终究还是因为她自身怀上了孩子吧。"

"孩子,就是现在的我?"

"对。"

"母亲离开大学时,是如何对大家解释的?"

"啊,这个嘛,是以事后承认的方式。有一天她忽然回到了东京,就那样辞职了。关于怀孕一事,她也没有说。只是,我隐约觉得是那样,才解释说大概是那样的理由。怀孕剥夺了女性工作的权利,所以必须采取措施阻止,持这种观点的她竟也陷入如此境地,这不能不说是一种讽刺。"

"这么说,究竟是谁让我母亲怀孕,您也不知道?"

"这……"藤村含糊地应了一句,表情郑重地望着我,"事实上,这次特意请您来,也是想请您确认一些有关这一点的情况。关于小林女士的恋人,也就是您的父亲,您都听说过哪些传闻?"

"结婚之前分手了,仅此而已。家住哪里,姓甚名谁,是死是活,她连这些都从未对我说起。"

"哦?果然……"

"您是不是知道什么?"

我正要探出身子,拉门再次打开。我重新坐回坐垫,翻着眼珠偷看藤村。他正望着女招待摆放的菜肴,但视焦似乎有些游移。

"我不清楚。"只剩下我们后,他开口说道,"我只是在想象。"

"怎么想象?"

"呃……"藤村舔舔嘴唇,"您父亲,会不会是他呢……"

"谁?他是谁?"我已顾不上菜肴,放下筷子追问起来。

藤村把脸扭向一边,眼神茫然,不久,仿佛下定了决心似的,他把视线扭了回来,喉结动了动,想必是咽了口唾沫。

"我想,大概是 KUNO 教授。"

"啊?"

"写成汉字是久能,长久的久,能力的能。我和小林女士的上司。"

"您为什么认为就是他?"

"首先,我们每天都在一起工作,这是我的直觉。小林女士尊敬、仰慕久能教授。如果说她要委身于人,除了他不可能有第二个。还有现实方面的问题。当时她为研究忙得焦头烂额,根本没有时间与学校外面的人交往。久能老师也一直单身,坠入爱河也毫不奇怪。"

"研究室里还有没有其他人?"

"久能研究室里,除了我和小林女士之外,只有一位姓氏家的副教授。当然,与其他研究室并非没有交往,但差不多只有我们四人在继续研究。"

"现在这些人都在做什么?"

"据我所知,都在大学里。氏家副教授现执教于函馆理工大学。"

"久能教授呢?"

"教授……"藤村张着嘴,眨眨眼睛,然后说道,"久能教授十五年前就去世了。"

我只觉得一口气倏地一下吸进胸腔,然后又伴随着肩膀上的力气被抽离,缓缓地吐了出来。

"因病?"

"不,是事故。风雪夜里发生的交通事故。撞上了道路护栏。"

又是交通事故。与妈妈一样。我不禁有些恶心。

"仅凭您刚才的话,未必就能断定那个久能教授就是我母亲的恋人。"

"您说得没错。"藤村点点头,"实际上,我还有一点证据可以断定久能老师便是小林女士的恋人。我曾亲耳听久能老师说起过这种事。"

"他亲口那样说的？"

"不，倒没有明确说到这一步。他只是说什么虽然自己没有结婚，却有一个女儿，已经好几年没见了，事到如今也不想装着父亲的样子前去会面，但至少得认领一下，这么做对孩子的将来有好处——差不多就是这些。当时我一下子就愣住了，疑窦丛生，这是不是在说小林女士的孩子？为什么现在要说这种话呢？"然后，藤村盯着我的眼睛，继续平静地说道，"几天后，老师便离开了人世。"

我只觉得后背像是被人猛推了一下，许久没有发出声音。藤村也垂下眼帘沉默了。

"是自杀吗？"过了一会儿，我问道。

"不清楚。警察的记录上说是事故。"藤村抱起胳膊，"但我决不认为此前说出的那些话纯属偶然。老师似乎还患了癌症，虽然他一直在隐瞒。"

"癌症……"

"唉。他一直拥有强大的精神力量，但最终还是没能战胜死亡的恐怖。"说到这里，藤村才终于动了动菜肴，可立刻又放下了筷子，"我一直惦念着老师说过的话，后来也曾问过小林女士有没有收到过老师的书信之类。我想，如果老师是自杀，之前一定会写下遗言寄给小林女士。因为以遗言的方式认领孩子，法律也是承认的。"

"我母亲如何回答？"虽猜得出来，我还是想确认一下。

藤村摇了摇绷紧的面孔。"回答是，什么也没收到。于是，我明知冒昧，可还是决心问一下。令爱就是与久能老师所生的孩子吧？她愤怒地否认了，还说今后不要再打这种电话。"

自然会如此反应了，我想。

"后来，您又是如何做的？"

"我又有什么办法？"藤村叹了口气，"既然小林女士否认了，我还能做什么呢？至于其他与久能老师交往的女子，我就毫无线索了。我想，小林女士的孩子一定是这样的。这种想法持续了十多年，前几天才与小林女士再次会面。"

"当时，又谈到了久能老师的事吧？"

"谈了。确切地说，是我提出来的。我说，希望告诉我真相。如果真的是久能老师的孩子，从前的朋友和大学里的人都会在各方面全力支持你们母女，这样对孩子也有好处等等。"

"我母亲不承认，对吧？"

藤村点点头。"她说，希望以后不要再提这件事了。"

我想起当时听到的他与母亲的那段对话。

　　一旦您改变想法，请及时与我联系。
　　不会改变。

原来是这个意思。

"可是，具有讽刺意味的是，之后小林女士便去世了。听到这个消息，我一直在思考。究竟该不该告诉她女儿，父亲是谁呢？"藤村直盯着我，"我把您叫到这里的最大目的，就在于此。"

"可是，"我说道，"一切都不过是推测。既然母亲和久能老师都去世了，那就根本无法确认事实了啊。"

藤村略微停顿了一会儿，然后慢慢开了口。

"如果有办法确认，您希望如何？愿意尝试吗？"

"有办法吗？"

"有。"藤村断然说道，"血液检查。"

"啊。可久能老师的血液……"

"还保留着。从前，实验样品也都是靠自己来对付的。尽管数量很少，但还是留下了一些冷冻保存样本。"

"啊……"既然是体外受精的研究，为什么要用到血液呢？我有些疑惑，但决定略过不提，"可是，光凭血型，也无法确定结果就绝对正确啊。"

"使用DNA鉴定法，又叫DNA指纹比对，是一种精确度极高的鉴定法，误差率只有百亿分之一。"

"百亿……"

"怎样？"藤村盯着我，"我不会强迫您。但如果您有意，就请让我来检查一下吧。我想，这么做对您也不无好处。"

我沉默了，思考了一会儿。确认久能是不是我父亲究竟对我有没有好处，我不太清楚，只觉得这大概与我今后的人生没关系。既然与我从前的人生没关系，那么今后也绝不会对我的人生产生重要的影响。

问题是妈妈。要想一点点解开妈妈身上数不清的谜，确定我的父亲是谁将是一把重要的钥匙，对查明妈妈缘何被杀也很重要。

"做这种检查需要多久？"我试探着问道。

"这个，我想，一两天就足够了……您希望检查吗？"

"是的。拜托您了。"

藤村长舒了一口气。"那最好不过了。我马上安排，尽早检查。您明天有安排吗？"

"没有。"

"我再与您联系。哎呀,肩上的担子似乎终于轻些了。当然,在看到检查结果之前,一切都还不好说。"大概是又恢复了食欲,藤村再次拿起筷子。

"久能老师究竟是怎样一个人?"

"一句话,天才。"藤村使劲点点头,仿佛要让这句话更具说服力似的,"与普通学者有天壤之别。既会踏踏实实地推进工作,又敢于大胆提出惊天假设。我们能勉强跟上他已经尽了最大的力气。"

"真了不起。这种人的血液竟然在我的身上流淌,真是令人难以置信!"

"说不定您的身体里也沉睡着惊天的才能呢,只是您还没有发现。久能老师不仅是杰出的学者,做人也是顶天立地。比如——"

"请等一下。"我轻轻伸出右手,阻止了他,"我不想再听更多内容了。毕竟,还没有确定他就是我父亲。"

藤村没料到我如此反应,脸上一愣,然后慌忙打圆场。"是啊,哎,您说得对。"他边说边连连点头,"只有一点希望您能听一下。小林女士辞职回东京时,前往那里千方百计想把她带回来的,就是久能老师,不是其他人。"

"带回来?去东京?"

"是的。他拼命寻找下落,后来找到小林女士的哥哥,也就是您的舅舅要人,对方却不告知下落。"

我想起了舅舅的话。妈妈怀孕返回东京后,舅舅家里来过一个教授。

"啊,总之,一切都看检查结果了,正如您所说。"藤村嘴上这么说，却似乎对检查结果毫不担心。

吃完饭出店时，一名女招待交给藤村一个小小的食盒状物体。上车后，我正琢磨着那是什么，藤村把那盒子递给了我。"一点礼物。"他说，"一定没吃饱，就当是夜宵吧。是散寿司饭。"

"啊，那怎么好意思。"我惶恐地接过。实际上，我的确觉得刚才像根本没吃过任何东西。

藤村把我送到酒店。

"明天见。"我正要下车，他朝我招呼道，"我明天上午打电话。"

"我等您电话。"我下了车。

藤村的丰田 Celsior 消失在视线中后，我没有进入酒店，而是慢慢沿来路走去。刚过九点。好容易来到这种地方，如果就躲在房间里，简直太浪费了。我还想稍微再喝一点。

我一手拿着藤村给的礼物，溜达了约十分钟后，眼前出现了一栋仿圆木小屋的二层建筑，两个姑娘正从二楼的出入口走出。叙事声乐曲从里面传来，那两人走下镶着圆木扶手的外楼梯。店名是"巴姆"，听起来有点丑陋，出来的姑娘却挺时髦，我决定进去看看。

里面摆满了由圆木截成的餐桌，每一张都围满了年轻人，仿佛聚拢在砂糖粒上的蚁群。

我到吧台要了杯波本威士忌苏打喝起来。男人们立刻纷至沓来，用得最多的搭讪语是"等人吗"，其次则是"住在附近吗"。若年轻女子独自喝酒，男人们似乎都想如此询问。为消磨时光，我与他们聊了一会儿，结果越发无聊起来。最终，他们说的台词差不多都是"走，找个地方玩玩"。每当这时，我便拿出那个食盒，回敬一句"不好意思,我得先把这个送到老爸那里"。于是,所有男人都会自行理解一下"老爸"这个词的意思之后离去。

　　男人们不来纠缠时,我便想着生身父亲一事。那个久能教授,真的是父亲吗?藤村的推断极具说服力,此外似乎没有其他答案。只是我怎么也想不明白,既然这样,妈妈为何不与他结婚?为什么必须返回东京?

　　还有一件事令人无法释怀。据藤村讲,要带妈妈回去的是久能教授,可根据舅舅的说法,当向妈妈问及那个人是不是我的父亲时,妈妈笑了,连称不是。舅舅说过,那笑容绝不像是在演戏。我从未认为舅舅的感觉会错。

　　思考这些事情消耗了将近两个小时,我出了店。

　　回酒店的路上,我又绕了一个大圈,顺便来到了购物公园,这里人气果然很旺。我坐在长椅上小憩。

　　如果久能是我的父亲,这与妈妈被杀有没有关系呢?藤村声称,他和妈妈重逢与肇事逃逸事件之间毫无关联,果真如此吗?

　　"谁来告诉我,这究竟是怎么回事?"我不禁喃喃自语。

　　就在这时,一个人影落在我脚下。一抬头,眼前已站了三个男人。

　　"小妞,看上去你很寂寞啊?"一个头发漂白直立的人紧贴着我坐下,酒精和烟草混在一起的气味扑面而来。我立刻起身。

　　"别跑嘛。"一个光头按住我的肩膀在另一侧坐下。剩下的一人则在我正面蹲了下来,他长着一张蜥蜴脸。

　　我环视四周。太不幸了,一个人也没有。或许是在看到这几个家伙之后,都躲得没影了。

　　"不好意思,我有约了。"说着,我迅速起身。这次倒是没被按住,但漂白头发和光头也站起身将我夹在中间。

"别急嘛,我们送你。"光头说道,肉麻的声音仿佛唾液黏在牙齿上一样。以前在新宿的歌舞伎町也曾被这种人纠缠过。

"去哪儿啊?无论去哪里我们都会奉陪,不要客气嘛。"蜥蜴脸一面恬不知耻地说着,一面把脸贴上来。如果乱喊乱叫,不知会出现什么结果,我决定暂不出声,等待逃走的机会。如果跑起来,我相信他们抓不到我。

"那就走吧?"蜥蜴脸径直贴了上来。一瞬间,鸡皮疙瘩从全身跳起来。原来,光头和漂白头发中的一个已摸上了我的臀部。

可就在这一瞬间,蜥蜴脸消失了。

同时,另一个男子出现在眼前。只见蜥蜴脸头部撞上了旁边的花坛,号叫不已。

光头向那人扑去。可那人什么都没做,光头就滚了一圈,后背撞在后面的百叶窗上,发出巨响。

我抓住机会逃离。可到了这时,此前不知躲到哪里去的人竟一下又都涌了出来,妨碍着我。我稍微放缓脚步,后面立刻又传来追赶的脚步声。我正要加速,后面传来了喊声。

"喂,等等。双叶姑娘!"

我停了下来,回头一看,一个身穿运动衫、牛仔裤的男人正汗流浃背地跑过来。

"啊!"我指着他,一时呆住了。

"别乱溜达了,赶紧回酒店。"对方肩部的肌肉微微颤抖。是那个小施瓦辛格——胁坂讲介。

在送我回酒店的路上，胁坂讲介一直沉默不语。无论我问什么，他都只随口应付一声。终于认真说话时，我们已来到电梯前。"别看什么电视了，赶紧睡吧。"

我正死死地盯着他，电梯门开了。他用手按住电梯，催促着我赶紧进去。

"你打算什么也不说就这样消失？"我问道。

"以后再说。今天已经晚了。"他看都没看我，答道。

我走进电梯，没有按下楼层按键，而是一直按着开门键，瞥了一眼贴在电梯内侧的餐馆和酒吧的广告照片。

"十楼有酒吧。"我抬头看着他，嫣然一笑，"营业到凌晨一点。"

他把夹克搭在肩上，略一思索，盯着我钻了进来。我按下十层的按键。

在吧台前并排坐下后，他点了杯健怡可乐。

"不喝点酒吗？"

"喝酒伤身体，很愚蠢，这是妈妈的教诲。"

"酒不是百药之长吗？"我要了杯马提尼。

"你喝多了。"和上次一样，他依然没有使用吸管，直接大口地喝着可乐，"已经在巴姆喝了两个小时，之前应该已与北斗医科大学的藤村喝了些吧？"

我差点呛着。"你在监视我？"

"好几个小时。"他索然说道，"藤村送你时，要是直接进酒店，就不用我费事了。"

"你先等等。我得从头好好问问。我现在生气了。"我喝干了马提尼，"首先，你怎么会在这里？"

"因为你在这里啊。"

"认真回答。我与你的见面,前天才是第一次。当时我是说过要去北海道,可并没有告诉你详细地点。"

"不,你说了。你说是旭川。"

"光凭这些,你怎么会找到我?"

"是啊,可把我累坏了,光电话卡就用了一大堆。"

"电话卡?"

"听说你要去北海道,我立刻就明白了。一定与小林志保女士被杀一事有关。否则,这世上还有谁会在母亲刚去世时就去旅行?于是,我决定跟踪你。"

"这么说,从我出门的那一刻起,你就一直在跟踪我?"

"我倒是想这样,可实际操作却不可行。眼下,飞往北海道的飞机自然全都满员了,我只好在羽田机场眼睁睁地看着你飞走,等待退票也没指望。"

没错,我心下暗道。

"那你是怎么来的?坐电车?"

"电车也考虑过。不过,在无法保证有座的情况下来北海道?光想想就晕了。还有,一旦坐上电车,又不能自由行动。剩下的办法只有一个。"

"不会是……开车吧?"

"答对了。"

我吓了一跳。"从东京?"

"对。昨天出发的。"

"花了多长时间?"

165

"连想都不愿想了。从青森坐上轮渡已经是今天凌晨,在船里呼呼大睡了一觉。怎么说也是连续跑了一整晚。"

连想都不敢想的行动,我打断了他的感慨。

"你是怎么嗅出我的下落的?"

"每次开车累了休息时,我就挨个往酒店打电话。我想你们那里住着一位叫小林双叶的房客吧?差不多就是这么问的。从道央高速公路的服务区打电话的时候,竟有幸命中了你住的酒店,不是开玩笑,当时眼泪都快掉下来了。可正当我要挂断时,话务员竟很识相地把电话转到了你的房间。说真的,我一下就慌了。"

"啊!原来是你。今天傍晚,那个自称姓铃木、打错电话的人?"

"我赶忙用手帕捂住听筒,巧妙地把声音掩盖过去。"胁坂讲介挠着鼻头。

"你为什么要掩盖声音?"

"怕被你发现啊,否则怎么能继续偷偷监视?这不明摆着吗?打完电话,我再次飞车赶到这家酒店,约六点时抵达。然后,正要确认你在不在房间,你就跟那个绅士出来了。于是,我立刻跟踪起来。"

"听起来真不舒服。"我点了杯金青柠,"这么说,你一直在监视我?"

"差不多吧。尤其对方既然是北斗医科大学的教授,我自然不能放过。小林志保女士的经历我也调查过,那里是志保女士的母校。"

"藤村老师的事你也早就知道?"

"不,但后来明白了。"

"为什么?"

"从那家饭店的一个女招待那里问来的。只要不惜金钱和时间,大概的情形还是能明白。"胁坂讲介若无其事地说。

"之后也一直形影不离地黏着吧,就像金鱼的大便。"我喝了一口金青柠,故作轻蔑地说道。

"不过,还多亏我的跟踪,才把你从刚才那群家伙手里救了出来。"他挺着胸脯说道,"有女士遇险时,无论情况多么糟糕,都要出手相救——这也是我母亲的教诲。因此,我就一直被逼着练习格斗。对了,你还没谢我呢。"

"我又没让你非救不可。"

"是吗?如果不是我把那个莫希干头流氓扔出去,你现在不知已经沦落成何处的可怜羔羊了。"

"我早就以猎豹般的迅捷逃走了。还有,你扔出去的并不是莫希干,而是光头党,身为杂志记者,你的观察力也太差了。"

"啊,是吗?!我记得明明是莫希干……"他抱起胳膊,歪着头纳起闷来。这动作倒很可爱。

"不过,我获救确是事实,那就先说声谢谢了。"我像干杯一般把酒杯举到他面前,"多谢。"

"真豪爽啊。"他微笑了一下,"谢礼嘛,我就不要了。"

"当然喽,"我刚一开口,"完了,"我使劲拍了下桌子,"我把食盒忘在那把长椅上了。好容易得到的礼物。"

"遗憾吧?嘿,连礼物都给你带上了,可真热心啊。那个藤村,与小林志保女士到底有什么关系?"

"好像是在同一个研究室,说来已是二十年前的事了。啊,可是那寿司饭,我本来想当夜宵吃的。"

"别想不开了。你认为解开这次肇事逃逸事件之谜的钥匙就在二十年前?"他深感兴趣地问道。

"我倒还没考虑到这步,总之,先见见知晓妈妈过去的人再说。"

"可那毕竟是二十年前……"

"那个人,在妈妈去世的前一天还来我家了。"

"真的?"

"我干吗要在这里撒谎?"我把藤村来时的事做了简单说明。

"真是可疑,去干什么呢?"他沉吟起来,"这次是你主动提出要见面的?"

"不,藤村邀请我来的。反正就算他不邀请,我迟早也会来。"

"他叫你来的?真是越来越奇怪了。"他左手握住右拳,嘎巴嘎巴地掰起手指的关节,"都和他谈了些什么?"

"很多。妈妈在的时候都干了些什么工作之类。"

"那很有趣啊。"他的眼里放出光来,"能否讲给我听听?"

"也没那么有趣。一言以蔽之,就是从事以体外受精为中心治疗不孕的研究。嗯,差不多就是这么回事。"我像是背书一样,把从藤村那里听来的内容复述了一遍。

"体外受精……"他似乎不怎么意外,频频点头,"的确,北斗医科大学在体外受精研究方面似乎很有名。实际进行体外受精时的话没说吗?"

"没说。我也不想听。"

"哦?"他似乎有点遗憾,"别的呢?"

"别的?"

"和藤村有没有谈别的?"

"不是说了吗,很多。"

"比方说什么样的内容？既然特意把你叫到这么远的地方，一定有其用意吧？"他突入到了关键的地方。但关于我的父亲究竟是谁之类的话题，眼下我还不想跟他挑明。

我把酒杯放在柜台上。

"这个嘛，情况很复杂。但究竟与妈妈去世有没有关系，我还不清楚，并且涉及个人隐私，我还没到只见了两次面就向某个男人喋喋不休倾诉的地步。"

他稍微后退，左右转了转眼珠，然后再次看着我。

"那就先让我毛遂自荐一下吧，我可是一个用得着的人哦。若是调查你母亲被害的缘由，哪怕冒一点危险我也心甘情愿。我各方面都有门路，如果利用出版社的数据库，资料收集得也会更快些。事实上，那件肇事逃逸案背后一定有内情，我不是早就告诉过你吗，像我这种人，着实找不出不用的理由。"

"那我就暂且利用你一下，但不用把一切事情都向你挑明吧？"

"可如果你不讲明白，我怎么能与你合作呢？"

"当我需要你帮助的时候自然会说。在此之前，"我朝他转过身子，在胸前用手指画了个"×"，"先不要管我。"

胁坂讲介摇摇头。"你一个人不行。"

"那么就算请你帮忙也不会有什么起色。"说着，我把肘部支在柜台上。

他一下抓住我的肩膀。"不可能！我一定能帮上你。"

"别随便碰我！"我瞪着他。

"啊，抱歉。"他慌忙松手。

"我知道你的用心。"我说道，"你想挖出我妈妈去世的真相，写成一篇报道，对吧？"

"报道倒是次要的，我早已对你说过。"

"这种说辞，你以为我会信吗？"

"真拿你没办法。"他使劲挠头，"那么，你只需告诉我一件事，你还与藤村见面吗？"

我微微一怔。"为什么要问这个？"

一瞬间，他的眼神锐利起来。"看来，还是要见面喽？"

"你还没有回答我的问题呢。为什么要问这些？"

"为了推测与他谈话的重要程度。你若再度与他相会，就说明你们刚才的会面一定谈了一些极其重要的内容。"

我感到自己的眉梢竖了起来。

"你还想跟着我？真是金鱼屎。"

"如果你什么也不透露，我只能如此。"

"就算你跟踪，也不会明白什么。"

"至少，"胁坂讲介也把两肘支在柜台上，"知道你的安危。"

这句话让我一怔。迄今为止，我还从未考虑过这些。

"无聊。你说我会有什么危险？"

"不知道。但仅凭你刚才的话，一旦对那个姓藤村的什么教授放松警惕，恐怕会不妙。"他用认真的眼神注视着我，继续说道，"你最好还是放弃会面吧。我有一种不祥的预感。"

"无聊至极。我不用你管。"我边说边站起身来。

"等一下！"他一把抓住我的右手。

"别碰我！"我用力甩开。声音或许有点大，好几个客人扭头朝这边看来。我只想赶紧离开。

就在这时,他说了一句:"那你打算让那家伙碰吗?"

这句话顿时让我沐浴在店内所有客人的视线中。我毫不顾忌地回到胁坂讲介面前,照着他的脸狠狠地挥起右手。

啪!随着清脆的响声,我的右掌也受到一股冲击。"啊!"周围响起了惊呼声。他的一只手臂仍支在柜台上,像蜡人一样纹丝不动。其他客人也仿佛时间停滞一般陷入了静止。

我身子向右一转,快步向出口走去。乘上电梯后,手掌才开始发麻。

第二天,电话铃把我吵醒了。我懒洋洋地在床上爬了几下,拿过听筒。"喂。"明知这样不好,我还是发出慵懒无力的声音。

"一位藤村先生打来电话。"传来女话务员清爽的声音。

这么早啊,我一面悻悻地咒骂一面看了看数字表。十点二十五分。我揉揉眼睛再看,变成了十点二十六分。我拿着话筒,一下从床上跳起。

"喂。"藤村的声音已经传来。

"啊,早上好。非常感谢您昨晚的款待。"

"不不,我倒是担心您半夜里是不是饿呢。昨晚的菜量又不是很多。"

"不,哪里……没那种事。"说实话,昨晚睡觉之前,我早把冰箱里下酒的小菜一扫而光了。

"食盒里的东西您吃了吗?"

"吃了。非常,非常好吃。"我自然无法告诉他,我已遗忘在购物公园的长椅上。

"哦……那太好了。"藤村轻轻清了清嗓子,"那……关于检查一事,您能否来我这里一趟?"

"好的。几点钟左右合适呢?"

"嗯……一点吧。"

"好的。"

"地点您知道吗?"

"没问题。我带了地图。"我不想乘出租车,打算先乘公交车然后步行。我想实际感受一下妈妈住过的那条街道。

"请不要去医院,直接去大学。正门左手有警卫室。您只要和警卫说一声,就能与我联系上。我会立刻让助手去迎接。"

"那就拜托了。"说完,我挂了电话,把睡袍脱下来扔到一边。为什么都到这种时候了我还在睡懒觉呢?

简单打扮了一下,我来到一楼的咖啡店,要了热三明治和咖啡。店内只有两个穿西装的男人和一对年轻情侣。那对情侣一看到我,竟哧哧窃笑起来。大概他们昨晚也在那家酒吧。都是托胁坂讲介的福,到了这种地方还得丢丑。

只是,对于导致我打他耳光的那句台词"那你打算让那家伙碰吗",我的确也有些在意,这是事实。当时我将那句话当成侮辱,可事实果真如此吗?如果纯粹从语言的角度来理解,那也是毫无争议的质问。今天我要去藤村那里接受检查。换句话来说,不就是让他碰身体吗?

只是,他并不清楚我与藤村谈话的内容,自然不可能是在暗示检查。

从昨夜起,我就在不断思考着这些。

吃完早餐返回房间，我试着往石神井公园的公寓打了个电话。应答的是答录机，而且也没有留言。我又往阿裕家打电话，他立刻就接了。"没什么事。你那边如何？和那个藤村教授见面了吗？"

"昨天见了。"

"有没有收获？"

"嗯，一般般。回去之后再说吧。"

"哦……"或许我的话让阿裕感到失落，他沉默了一下，"你打算待到什么时候？"

"不知道。"我冲着无法看见的他摇摇头，"说不定，今晚我就想回去呢。"

"真希望你能这样。"

"我再打给你。"

"待会儿我就去你家。虽然昨天是周日，不大可能会有邮件。"

"嗯，拜托了。"

挂断电话后，我深有感触地想，阿裕人真好，大概真的在为我担心。

一过正午我就出了酒店。从旭川站前乘上公交车，一路向东赶去，数公里后下车，然后徒步向北。先是经过一片普通住宅区，不久便出现了密集的住宅小区。这里比不上练马区的光之丘住宅小区，但楼的数量也相当可观。虽说是北海道，也并非每一户人家都能住上带院落的独立住宅。

我一面欣赏路右侧的密集住宅区一面步行向北，一栋七层淡茶色建筑出现在正前方。是北斗医科大学医院。我从门前左拐，沿水泥墙试探着前行。在医院西侧果然另有个门，竖着一块牌子，上书"北斗医科大学",里面空无人迹,宽敞的停车场里停满了车。

正如藤村所说,左侧有一间警卫室,一位戴眼镜的中年男子无聊地待在那里。我凑上前说明来意,男子确认了我的名字便拽过电话机。

等待时,我环视周围。校园十分宽阔,建筑之间种满了高尔夫球场般的草坪,道路也很美,像迪士尼乐园一样一尘不染。

接我的人出现了,是一个瘦如骷髅的男人,脸色难看,头发也很长。我甚至想,若是医院里有这样的医生,谁还敢来呢?来人胸前挂着姓名牌,上写"尾崎"二字。

连像样的寒暄都没有,我们就向校内走去。骷髅般的男子沿夹在青青草坪间的笔直小径走去,脏兮兮的白衣随风摇曳。望着他的背影,我不禁想,自己怎么会来到这种恐怖的地方。

走进白色的低矮楼房,在微微弥漫着药物气味的走廊上走了一会儿,我们来到一个写着"藤村"的房间门前。助手敲了敲门。

里面立刻回应一声,门向内打开。藤村的脸露了出来。

"我把客人带来了。"助手用呆板的声音说道。

"辛苦了,你去准备一下吧。"

听到藤村的吩咐,助手转身沿走廊离去,脚步轻飘飘的,像个幽灵。

"您很准时啊。"藤村露出洁白的牙齿,邀我进去。

里面是一个狭长的空间,像是合并了两个六叠大的房间那么大,里面的床边放着一张大办公桌,桌旁的墙壁上嵌着一扇门,大概与隔壁相通。

房间中央摆着称不上高级的待客设施。在藤村的邀请下,我在合成皮革沙发上坐下。

"我还是第一次进入医学院的教授室呢。"

"是吗?对了,您的专业是什么?"

"日文系。"关于我的专业,我向来讨厌被东问西问,便端详起室内的情形,"没想到居然和普通房间一样,我还以为是诊疗室那样的。"

藤村苦笑一下。"因为我不是医生,而是研究者。"

我点点头,视线停在贴在墙上的一张照片上。上面照的是一种不可思议的动物,乍一看像是只绵羊,可仔细一看,体毛很短,颜色也更接近山羊。

"那是我们实验室培育出的奇美拉①动物。"藤村似乎注意到了我的视线,说道。

"奇美拉?"

"就是合成生物的意思。那是把山羊和绵羊的细胞合在一起培育而成。"

"杂交品种吗?"

"不是。所谓杂交品种,指的是一个细胞中同时含有山羊和绵羊的染色体,这些细胞汇集在一起然后生成的动物。也就是说,细胞本身已经是混血了。与此相对,所谓奇美拉,指的是一个一个的细胞要么是山羊的,要么是绵羊的。这些细胞混合起来生成的个体。"

"就像拼布工艺那样?"

"对,对。"藤村连连点头同意,"红布与白布连缀在一起制成的拼布是奇美拉,只用粉色布做成的则是杂交品种。"

---

① 希腊神话中狮首、羊身、蛇尾的怪物,后用以比喻嵌合体生物。

"真是不可思议的动物。"我再次望着照片。奇美拉似乎没有意识到自己的特殊性,一副悠闲的神态。"藤村先生,您现在还在做体外受精的研究吗?"

"关于人类的体外受精,现在已经不涉及了。其他研究室正在进行这些研究。我现在主要研究发生学。"

"发声?"

"简单说来,就是尽情尝试制造这样的动物。这种研究并不被看好,但如果进展顺利,就会使家畜大量生产优良品种,或者使濒临灭绝的物种得以复活。医科大学被允许做这种研究,也与这里是北海道不无关系。"

我点点头。来这里时,我隔着车窗看到过好几个牧场。发展产业,保护这里宝贵的自然环境,这也是科学家的职责。

"那么……"藤村的视线落在手表上。我想,大概要开始检查了。他却接着咕哝道,"怎么还没来……"

我望着他。"有人要来吗?"

"对。我想一定让他见见您。"

"什么人?"

"一位氏家先生,昨天我已经和他打过招呼了。"藤村从沙发上站起,"那就先去医院吧,助手应该正在准备。"

我也站了起来,就在这时,办公桌上的电话响了。藤村迅速抓起话筒。

"啊,是我。氏家先生……在东京?怎么现在还在东京……"说到这里,他似乎忽然注意到了我的视线,"你等一下,我把电话切过去。"他边说边按下电话机上的一个按钮,接着转过头来。"不好意思，请您稍候。"

"好的。"我应道。他打开办公桌旁的门，消失在隔壁的房间。

他似乎在继续打电话，声音却听不见。

氏家这个姓氏有些耳熟。昨夜介绍同一研究室的伙伴时，藤村就曾提及。难道，这个人也要来这里？

正当我一面端详着山羊与绵羊的嵌合体一面纳闷时，不知从何处传来砰砰的声音。循声望去，玻璃窗下露出一张脸，是胁坂讲介。他正用手指敲打窗玻璃。

我一面留意着隔壁房间的动静，一面悄悄将窗子打开。

"你到底要干什么？怎么会来到这里？"

"这句话应该我问你。"胁坂讲介压低声音说道，"不能待在这种地方。快逃！"

"逃？为什么？"

"没空说理由了。总之，照我说的去做。"

"连个理由都不说，我可不想听人摆布。"

"真拿你没办法，那你把耳朵靠过来。"他把窗户开大一些，招了招手。

我把头发向耳后拢了拢，从窗子里探出身子。就在这一瞬间，他硕大的巴掌一下捂住我的嘴巴，力道很大，我连呻吟声都未及发出，已被径直拽出窗外。

他一只手按着我的头和嘴巴，另一只手关上窗户，然后抱起我。无论我如何挣扎，他那粗壮的胳膊纹丝不动。

拐过一栋建筑，我被放了下来，嘴仍被捂着。

"你发誓不出声，我才把手拿开。"他盯着我的脸，说道。

我嗯嗯地点了两下头。他把手拿开。

"救——"话音未落，我的嘴巴已再次被堵住。胁坂讲介竖起食指，在我眼前左右摆动。"撒谎是偷窃的开始。"

我用眼神假笑一下。

"昨夜纠缠你的莫希干流氓，不，光头党流氓，今天一早就被抬到医院了，说是食物中毒。看来是吃了你放下的食盒中的东西。"

我睁大了眼睛。他大概判定我不会再叫喊了，把手移开。

"真的？这是真的？"

"没错。我想搜集与这所大学有关的信息，就赶到医院那里，无意间从护士口中听到了这件事。你明白吗？如果是真的，食物中毒的本该是你。当然，如果你愿意把它当成偶发事件，那也是你的自由。如果你不认为是偶然，就跟我来。"胁坂讲介的眼中射出认真的目光。

今天早晨藤村打电话时，还怪怪地特意提起食盒。难道是他对我没有食物中毒感到奇怪？

我咽了口唾沫，问道："开车来的？"

"就停在医院的停车场。"他说道。

我站了起来。

我们像游击队员一样猫着腰移动起来。医院的停车场停了约七成。在巨大的七度灶树下，停着一辆粗短的藏青色车。看到胁坂讲介向那辆车靠近，我有点失望，因为我期待中的是同本田NSX差不多的跑车。

"就是开这种车从东京来的？"

"MPV是专门跑长途的车。有什么不满意上车再说。"

难怪他能忍受,其实MPV车的内部也很宽敞,乘坐起来感觉也不坏,但我受不了乱七八糟地堆在放平的后座上的充满汗臭味的毛毯和替换衣服。

"走喽。"

"好。"刚回答一句,"啊,等一下!"我叫了起来。

"怎么了?"胁坂讲介踩住刹车,问道。

"你看那儿。"我指着七度灶树下面。那里插着一个牌子,上面写着"伊原骏策赠"几个字。"这里怎么会有伊原骏策的名字?"

"有伊原的名字难道不行吗?"

我沉默了。他把脚从踏板上移开。"看来有内情,以后再慢慢说吧。你再磨磨蹭蹭的就会被人发现了。"

出停车场时,我看到那个骷髅般的男人正在门口打转,一定是接到了藤村的指示,正在到处找我。

"不好,是藤村的助手。"

"快到后面,用毛毯盖好,蜷着身子。"

尽管不愿受人摆布,我还是乖乖照做了。不久,我感觉车停了下来。

"什么事?"只听胁坂讲介粗鲁地问道。

"您是来探望病人的吧?"骷髅助手的声音传来。

"一个朋友好像因食物中毒被抬到这里了。这个笨蛋,让他再乱捡人家的东西吃!"

"啊,是那些人……您看到过一个二十岁左右的姑娘没有?穿着牛仔裤,头发很长。"

"是美女吗？"

"这个嘛……"

这什么这，考虑个屁！我在心里咕哝着。

"我没见到美女，对丑女也没兴趣。"胁坂讲介再次发动引擎。

车行驶了一会儿。他无话，我也没出声。

不久，车停了，发动机的声音也消失了。

"没事了。"胁坂讲介说道。

我甩开毛毯。"有空好好清理一下好不好？你妈妈没教过你，男人要干净一些吗？"

"你若是说真话，我早就给你准备好羊绒毯了。"他隔着座椅的靠背慢慢回过头来说道，"好了，说说吧，从昨夜与藤村谈了些什么开始。差点都食物中毒了，我想你不会再跟我胡扯。对了，还有一件，伊原骏策的事情。"

我叹了口气，向车窗外望去。车似乎停在一个河坝上。河雄壮宽阔，悠然流淌。

我究竟到这种地方来做什么？

鞠子之章　六

"怎么办？"吃早饭时，下条小姐问道，"再考虑一天？"

我缩回伸向茶杯的手，低下头，再看向她。

"不。"我答道，"去，今天就去。拖到明天也什么都解决不了。"

"我也觉得最好这样。"她点点头，"吃完饭就去准备吧。"

"好的。"我应道。

又是新的一周了。今天是星期一。

昨天我回到公寓，下条小姐已经回来了。"小林双叶的住址弄明白了。"她用略带粗鲁的语气说道。我一时不知该如何回答。

小林双叶。与我长得一模一样的另一个女子。

"电话号码倒是不知道。如果真的要去见她，只有直接去这个地方了。"下条小姐把一张纸条放在桌上，继续说道，"如果是明天，我能陪你一起去。"

纸条上写着一个叫"练马区石神井町"的地名。这地方究竟在哪里？我想象不出来。

"请让我……稍微考虑一下。"我说。

"好吧，结果出来了告诉我一声。"说着，下条小姐把纸条折叠起来。

我虽如此应答，实际上什么都没有想。因为，现在的我，除了与那个叫小林双叶的女子见面，再找不出任何可以查出真相的线索。我只是害怕与那个同自己有着一样相貌的人会面，才把这个决定一拖再拖。

昨夜钻进被窝时，我已经下定了决心，还一直这样想：明天就要去见另外一个我了。

一想起那一瞬间，我就怎么也无法入睡。

我们上午出了门。先赶到涩谷，再乘山手线到池袋，在那里换乘西武线，下条小姐如此告诉我。

在山手线电车里，我们谈起昨日与清水的遗孀见面的事情。对于只有一个名叫阿部晶子的女子的照片被撕掉一事，下条小姐也表现出极大的兴趣。如果撕照片的人是我母亲，那么，那个脸部被抹去的女子也一定就是那个人，下条也如此说道。

"你是不是想找出山步会的其他成员？"倒了一下抓吊环的手，下条小姐说道，"那本小册子只记了成员的名字，如果翻一下毕业生名册，或许会找到些办法。"

"可这样又会给您添麻烦……"

"你不用介意，我似乎也调查上瘾了。"

下条小姐嫣然一笑，此时电车已抵达池袋。

我们换乘西武线。离目的地越来越近，我的心也难以再保持平静。看到我，小林双叶会作何反应呢？还有，我与她见面后，会出现怎样的结局呢？明知发慌也没用，可一想起那一瞬间，我还是不由得感到害怕，浑身起鸡皮疙瘩。为什么会如此害怕呢？传说诗人雪莱在湖边与自己的分身见了一面，第二天就死去了，可这种事根本不可能真正发生。

"放松点。"似乎读透了我的心，下条小姐说道，"不过，我也知道你够为难的。"

"没事。"我答道，声音却在颤抖，甚至开始觉得自己很可怜。

在石神井公园站下了车，我跟在下条小姐身后。狭窄的小路两边挤满了商店。小林双叶或许也会在这里购物吧，我忽然想。

商店街后是一片静谧的住宅区，来往的行人也很少。查看着地图走在前面的下条小姐止住脚步，在一栋二层公寓前停下。

"似乎就是这里。"她说。

我紧张地喘不过气来，仰望着这座公寓。看上去这完全是一栋供普通人过家常日子的建筑，可与我命运相连的人竟然就住在这里，真是难以想象。

"走吧。"

"好……"我答道。我口干舌燥，声音也有点沙哑。

房间在二楼，挂着一个写有"小林"的门牌。我首先该说什么呢？该笑着说"你好"？可我的表情已经僵硬，或许连笑容都挤不出来了。

下条小姐按下门铃，室内传来铃声。我闭上眼睛，做了个深呼吸，连心脏的悸动似乎都听到了。

可是，玄关的门并没有打开，室内也似乎没有人活动的迹象。下条小姐又按了一次，结果还是一样。

"似乎出去了。"她放松了嘴唇。

我也笑了，但这只是我自己的感觉，在下条小姐眼里，我的表情一定非常奇怪。没能见到自己的分身让我放松下来，这是事实，但同时我的确深感遗憾。

下条小姐看了看表。

"先找个地方喝杯茶，消磨一个小时再来吧。或许她只是外出一小会儿呢。"

"好啊。"我同意。此时，我心里交织着矛盾的心情——索性就这样回去，或者相反，既然迟早要见面，不如索性早见了事。

出了公寓走了一小会儿，便看见一家名为"安妮"的咖啡店。这让我联想起了《红发安妮》，但从店的外观似乎看不出二者有任何联系。

正要与下条小姐一起进去，自动门开了，一个年轻男子正要走出来。此人二十来岁，偏瘦，一身牛仔裤加T恤的打扮，两手拎着便利店的白色袋子。一看到我，他立刻惊讶地圆睁双眼，张大了嘴巴。我莫名其妙，呆住了。就这样，我们俩对视着。

"双叶……"青年说道，然后一面盯着我，一面凑过来，"双叶，你回来了？"

我后退了两三步。

"你怎么了？"他面露诧异，"你怎么会这么快……刚才不还在北海道吗？"

这句话终于使我明白，他一定是小林双叶的熟人。

我摇摇头。"我，不是小林双叶。"

"啊？"他一愣，"你胡说什么？你不是双叶？"

"你弄错了。"我继续摇头。

他似乎被我的语气震慑住了，后退了一步，从头到脚地打量起我来。"你在拿我寻开心?"

"不是。"

"打扰一下,我能否说上两句?"下条小姐走到我们中间,"你和小林双叶很熟吧?"她问那男子。

"我受她委托照看她的家。"

"这么说,她正在旅行?"

"嗯,差不多。"他再次注视着我,"你真的不是双叶?"

我轻轻点头。

"我们正为这件事想见见小林小姐呢,想知道为什么两个人会长得一模一样。"下条小姐说道。

他连连眨眼,又舔舔嘴唇,才开口说道:

"真让人吃惊……不过,的确感觉不一样。双叶稍微健壮一些,肤色也有点黑,并且更有成年人的感觉。发型也不一样。最重要的是,今天早晨我刚与双叶通过话。"他自言自语一番,又道:"不,你就是双叶。"他睁大眼睛,"你根本不像是别人。"

"这么相似吗?"下条小姐问道。

"根本就不是相似不相似的问题。这究竟是怎么回事?你叫什么名字?"

"氏家。我叫氏家鞠子。"

"氏家小姐?没听双叶说过。"

"小林小姐去哪里了?"下条小姐问道。

"北海道。但并非是去旅行。"

"你的意思是……"

"说来话长,是为了她母亲的事情……去了旭川的一所大学,见那里的老师。"

"旭川……"我一愣,"那所大学,该不会是……"

"北斗医科大学。"他答道。

小林双叶与她母亲住的房子,是比父亲在函馆的公寓还要小的两居室。双叶小姐的房间里摆放着床和立体音响,还有装满了数目惊人的 CD 和磁带的架子。床边贴着一张看似外国艺术家的人物画,但我不知道画中人是谁。

看家的青年自称望月裕。他把我和下条小姐让到客厅的椅子上,麻利地倒上茶。我明白双叶小姐为什么会委托此人照看家了。

我的视线落在冰箱上面的两个柠檬上。双叶小姐如何吃柠檬呢?我忽然好奇地想到。

望月先生为我们讲述了双叶小姐去北斗医科大学的经过。对于肇事逃逸一事,我心中也莫名地产生了一种不祥的预感,忽然想起父亲在打电话时说的"杀了"那句话。该不会与那件事有关吧?

我说出此次来东京的原委。望月先生带着不可思议的表情聆听。

"我忽然意识到一点。"听完我的讲述,他说道,"你说你和母亲一点都不像,在这一点上,双叶也一样,和她母亲全然不像。"

"双叶小姐也……"

"嗯。为这一点我们还曾和她开玩笑,说她一定是从什么地方被捡来的等等。但双叶对此毫不在乎,还总是说,幸亏不像,否则丑死了。"

"但她从未怀疑过自己的身份吧?"下条小姐说道。

"这一点似乎没错。因为她的母亲是在怀孕以后,才从北海道回来的，然后生下了她。"

"但她不知道父亲是谁？"

"对。所以这次才去了北海道。"

"嗯……"下条小姐抱着胳膊看了我一眼。我顿时明白了她的心思。

"您是在想我父亲吧？"我小心翼翼地开口说道，"我父亲也是双叶小姐的父亲？"

"可你与你父亲一点都不像。"

"那倒是。"

"倘若这样，就讲不通了。你不像父母，双叶小姐也是。"

"还有没有其他可能性？"

下条小姐没有回答我的质疑，转向望月先生问道："双叶小姐什么时候会再与你联系？"

他扭着头，有些为难。"这个，今天早晨刚联系过，明天之前恐怕不会……"

"你能与她联系上吗？"

"我只知道她住的酒店。"

"能否请你打一下电话？反正有一些事也要告诉双叶小姐。并且，她们俩最好尽早见面。"说完，她把视线移到我身上。

"见面后又该怎么办？"

"想知道真相，最有力的做法是你们俩一起去诘问你父亲。你们一起去，就算氏家先生再不情愿，恐怕也只好如实道来。"

"我也有同感。这样最省事。"望月君从牛仔裤口袋里掏出钱包，从里面拽出一张纸条，上面似乎记了电话号码之类的东西。看来是酒店的号码。他拿起无绳电话。我的心再次急跳起来。

可是，三言两语之后，他挂断了电话。"好像出去了。"

"你想，特意跑到那么远的地方，又怎会一直待在酒店里呢？"下条小姐苦笑一下，"联系上之后，能否通知我们？"

"没问题。双叶那家伙也一定会吓一跳吧？"望月先生笑着望望我，又紧紧闭上嘴巴摇摇头，"还是令人难以置信，我简直像在做梦。你居然不是双叶！"

回到下条小姐的房间已四点多了。我连衣服都没有换，呆呆地坐着。我觉得很疲劳，大脑也一片混乱。

下条小姐坐在一旁，她的神情让我一直放心不下。在回来的电车中，她也一直沉默不语。我有意搭讪，她也总是回答"回去之后再慢慢说吧"。

"下条小姐，"我把心一横，试探着问道，"关于我和小林双叶小姐的关系，您是不是发现了什么？"

她转了转眼睛，瞥了我一眼，立刻又垂下视线，并没有否认。

"快告诉我。快说啊，我不会在意的，听到什么我都不会惊讶。"我把手搭在下条小姐的手上，央求道。

她注视了一会儿我的手，终于开口了。

"令尊的专业是发生学吧？"

"父亲的专业？嗯，好像是。"

"发生学是干什么的，你知道吗？"

"不，我一点也……"不知下条小姐为什么会提起这件事，我迷惘地回答着。但是，在眼下，下条小姐绝不会说一些无关紧要的话题。

"用一句话解释起来有点难。"她皱皱眉挠挠头,"生物是细胞的集合体,这你知道吧?"

我给出肯定的回答。这些我还是知道的。

"假设这里有一个细胞,青蛙的细胞。"下条小姐举起右拳,"培养它,并让它的细胞分裂下去,结果会如何?"

"那不就变成蝌蚪了吗?"我回忆着从前学过的知识,答道。

"是吧?分裂的细胞与原来的细胞也应该是一样的吧?再分裂的细胞也一样。这样,无论分裂多少,也只是细胞的数量增加了,对不对?"

"这……"我有点混乱,盯着下条小姐的右拳。

她淡淡一笑,放下手。"若是成体细胞,结果自然是这样。可倘若是从一个卵开始,那么各个细胞的特征就出来了,也就顺利地变成了蝌蚪。明明是从同一个细胞开始的,有的细胞变成了眼睛,有的则变成了尾巴。为什么会发生这种事情呢?研究这种机制原理的学问便是发生学。简单说来就是这么回事,你明白了吧?"

"似乎明白一点了。"我答道。

"我啊,一听说令尊考入北斗医科大学,就猜测他大概是从事有关体外受精的研究。发生学与体外受精关系密切,现在北斗医科大学在这方面的研究也很出色。"

"体外受精……"我本能地对这句蕴含着不祥之兆的话产生了抵触情绪,咽了口唾沫,"然后呢?"

下条小姐并不看我。"孩子与母亲完全不像的情形,只有一种可能性,就算真的是母亲所生的孩子也是如此。"

"您是说体外受精？"

"代孕母亲这个词你知道吧？一对夫妇的受精卵在毫不相干的女子的子宫里发育，生出来的孩子自然不像生母。"她淡淡地说道。

"我的……您是说，我的母亲，是代孕母亲？我是体外受精的孩子……"我的血液似乎逆流起来，耳边传来脉搏咕咚咕咚的跳动声。我全身上下汗出如浆，却仍觉得发冷。

"这样想就合乎逻辑了。"

"那，那个人，那个小林双叶是谁？为什么她与我长得一模一样呢？"我忍不住接连追问起来。

"说白了，你们俩是双胞胎。"

"双胞胎？可我们是分别出生的啊。"

"若是体外受精，就有这种可能了。所谓同卵双胞胎，指的是受精卵分裂成两个细胞时，彼此分离，各自发育而成。所以，在受精卵分裂成两个之后，如果分别将其植入不同女子的子宫——"

"就由不同的母亲生出来了？"

"完全正确。"说到这里，她才终于转向我，"我想这一操作恐怕并不是同时进行，其中一方大概被冷冻保存起来了，所以有了年龄差。"

"您是说，我就是被冷冻保存的那一方？"我垂下头，无法抑制身体的颤抖。

"我还没有完全确定。"下条小姐平静地说道，"还有一些地方对不上。"

"什么？"

"我不明白为什么在当时没有公开。就算是体外受精，这恐怕也是世界上成功的首例。"

成功的首例——这句话让我认识到自己是通过科学实验生出来的孩子。

"如果我是体外受精生出的孩子,并且与双叶小姐是孪生姊妹,那么父母究竟是谁呢?如果既不是我的父母,也不是双叶小姐的母亲……"

听到我的询问,下条小姐垂下眼帘。她似乎也在思考着同样的问题。

"我母亲会不会是阿部晶子?"

"或许。"下条小姐答道。

双叶之章　六

我蜷缩在副驾驶座上，一面留意周围的动静，一面望着酒店入口。那正是我入住的酒店。胁坂讲介已经进去约十分钟了。

当我讲起妈妈制作的与伊原骏策有关的剪贴簿时，他异常兴奋，当即问我在哪里。我回答放在酒店了，他立刻发动车子，赶到这里。按照他的说法，如不赶快行动，追击者马上就会来了。幸运的是，我没有把酒店房间的钥匙交给前台保管，而是带在身上。他带着那把钥匙进入了酒店。

不久，他拿着我的包从酒店中走出。

"这下好了。说不定酒店前面已经被监视了。"他打开车门，把包扔在后座上，坐进汽车，立即发动引擎。

"那些人的手还没伸过来？"

"我怎么知道？说不定一直在前厅监视呢。"他快速说道。

我摇摇头。"究竟是怎么回事？为什么要到处追我？"

"这些以后再调查。"

"喂，你是不是神经过敏想多了？"

"想多了？"

"小流氓们的确是食物中毒了，可盒装散寿司难道就不会偶尔腐败变质吗？"

"这种情况不可能发生。如果真是这样，就算有更多的人被抬进医院也不足为奇。你以为昨夜吃了那家店的散寿司饭的只有那几个小流氓？"

"那倒是。"我无力反驳，沉默下来。

"不过，有必要先确认一下。"

不知何时，车子已经奔驰在两边矗立着整洁住宅的典雅道路上。他驶入一个路边停车场。

"这是哪里？"我问道。

"你忘了？就是昨夜你和藤村来的那家店啊。"他斜着食指，指了指左前方。

那里是一家纯和式风格的饭店。昨天来的时候四下昏暗，没记清外部装潢究竟是不是这样的。

他把车停妥。"先吃午饭吧。"

"在这里？"

"你若不愿意，自己在这里等着就行。我一个人去调查。"胁坂讲介打开车门。

"调查？"说完，我盯着他，手伸向车门把手，"怎么不早说？"

我们并未选择靠里的座位，而是在刚进门的地方找了一张桌子坐下。

"如果看到那个交给藤村食盒的女招待，告诉我一声。"点了一些价位适宜的菜肴后，胁坂讲介悄悄说道。

我环顾店内，只有两个女招待，都很面生。如果是打零工，白天和晚上的店员很可能不一样。我说出这种可能性，胁坂讲介轻轻点了点头。

"很有可能。嗯，那就索性碰碰运气吧。"

"有没有故意引起食物中毒的方法？"我压低声音问道。

他抱着胳膊点点头。"方法有很多。食盒里面装的是散寿司饭，也就是说，里面应该加入了生海鲜之类。附着在这种食物上大量繁殖的典型细菌之一就是肠炎弧菌。如果偷偷把这种菌带来，附着在你吃的寿司上，不就很容易引发食物中毒吗？"

"哦……"藤村是医生，这点事情不可能不会。

正在我无比信服时，菜肴端了上来。一看到那女招待的脸，我不禁啊地叫出声来。正是昨晚交给藤村食盒的那个人。她似乎已不记得我的面孔，诧异地望着我。

胁坂讲介投来询问的眼色，我用眼神回答"正是此人"。

"能请教几个问题吗？"他立刻浮出亲昵的笑容，对女招待说道，"她昨晚也来这里了，你不记得了吗？"

女招待一面摆放菜肴，一面端详着我，却似乎没有回忆起来。

"回去的时候，我还收到了食盒装的散寿司饭呢。"我提示道。

女招待张开了嘴巴，点了点头。"非常抱歉。昨夜的菜肴怎么样呢？"

"非常好吃。"我答道，"散寿司饭也是。"

"你们的散寿司饭，"胁坂讲介说道，"需要提前预约吗？"

"不，现订就行。"

"那就奇怪了。"他一脸纳闷地说，"据她说，那个和她一起的男人似乎并没有向你们订啊。"

"啊,是吗……"中年女招待思索起来,随即用力点点头,"想起来了。那是另一组客人要求的。"

"另一组?"我皱起眉头。

"是的。另一个房间用餐的客人订了两份散寿司饭,我给他送到了房间。可回去的时候,他说在'菖蒲间'用餐的客人是他朋友,留下了一个食盒,让我交给他。"

我一怔,望向胁坂讲介。菖蒲间就是昨夜我与藤村待的那个房间。

"于是,你把食盒交给了那个男的?"胁坂讲介语气慎重地确认道。

"是的。包装纸上夹着名片,所以的确是让我转交的。"

"明白了。"他丝毫不显惊讶,微笑着说,"交给你食盒的是不是一个微胖的中年人?"

"不。"女招待摇摇头,"一位很瘦的先生,头发还特别长。"

"啊,对对。"胁坂讲介啪地拍了下手,"那家伙最近瘦了,我怎么忘了。啊呀,这么忙的时候打搅,实在不好意思。非常感谢。"

"没关系。"女招待离去。

我倏地探出身子。"她说的那个瘦男人就是藤村的助手,先是在另一个房间里放入诱发食物中毒的细菌,然后交给女招待。"

"就是这样。"胁坂讲介像骷髅十三[①]一样眉头紧锁,掰开方便筷。

[①] 日本漫画家斋藤隆夫的代表作《骷髅十三》的主人公,一个顶级杀手。

"我怎么也不明白。"吃完略晚的午饭,回到车上,我说道,"为什么要让我食物中毒呢?"

"有两种可能性。"胁坂讲介将钥匙插进钥匙孔,并没有发动引擎,"一是为了杀你,因食物中毒死亡的案例也是有的。"他语气淡然,内容却很吓人。

我咽了口唾沫。"为什么要杀我?"

"不知道。大概与杀死你母亲的理由相同。"

"和妈妈……"汗顿时从全身涌出,手脚却像冰一样冷,"妈妈真的是被藤村他们杀死的?"

"现在还不能断言,但至少,那些人一定与令堂之死有关。得知伊原骏策也牵涉其中,我就更确信了。若是伊原,给警察施加压力倒也不难。"

"伊原和北斗医科大学是什么关系?"我想起了那棵七度灶树,问道。

"根据我的记忆,伊原的曾祖父应该隶属于北海道开拓使,主要掌管上川地区。从那时起,伊原家与旭川市就有了密切的关系。北斗医科大学初创时,伊原为其寻找赞助,大力拉拢人才。"

听上去胁坂讲介似乎对伊原没有好感。

"这么说,这就是问题的关键了?"我扒拉开妈妈的剪贴簿,"这个与杀人动机有关?"

"这么想应该没错。或许,令堂掌握了与伊原骏策有关的某种秘密,因此才被杀害。当然,这秘密大概是令堂在北斗医科大学的时候获悉的。只是,我不明白为什么她时至今日才遇害,她又没有隐匿行踪。那些家伙若真想下手,随时都可能找到她。"

"难道,此前他们并不知道妈妈掌握了那一秘密?"

"我也觉得有这种可能,那么是什么契机让他们最终知道了呢?"

"契机……"说到这里,我猛然屏住了呼吸。造成这一切的契机只有一个——我上了电视。这难道不是一切的导火索吗?并且,想必正因知道会出现这样的结局,妈妈才那样坚决反对。

我对胁坂讲介说了这一想法,他沉吟起来。

"大概是这样。正如你所说,这就是导火索。"

"可我只是在演播室里唱了一首歌。为什么这点小事竟会如此刺激那些人呢?"

"的确很奇怪。或许你的存在对他们具有重大意义,所以在电视上一看到你,就急得跷起脚来了——"

"你等等。"我打断了他,"我在节目中也没有说出本名。我是小林志保的女儿一事,他们怎么知道?"

"这……"胁坂讲介欲言又止,转了转眼珠,"嗯,这一点的确奇怪,但只有这一点可以确定。遇害的是你母亲,可对他们来说,重要的却是你。你掌握着一切的钥匙。"

"我?什么也不知道的我?"

"咱们再回到食物中毒的话题。"他说道,"刚才我也说过,他们想让你食物中毒的理由可能有两个,一是想杀你,但我认为这种可能性很低。如果真想杀你,也用不着特意把你叫到这里。和杀你母亲一样,他们应该能做得天衣无缝。"

"如果不是要杀我……"

"要考虑这个问题,我们可以这样假设。如果你真的中了他们的诡计,食物中毒,你想,现在会怎样?"

"当然是被抬到医院里。"

"是吧?并且,肯定是北斗医科大学医院,弄不好可能还要住上好几天。我想,他们的目的一定就在这里。他们想束缚你的身体。"

"为什么?"

"身为医学研究者的藤村等人,若想束缚一个人的身体,理由无非只有一个,即调查你体内的某种东西……对不对?"

"藤村倒是说过,要调查下我究竟是不是久能教授的女儿。"

"不,不可能。"胁坂讲介当即否定,"检查的事情你自己早已答应,他们也用不着再特意让你食物中毒。"

"是啊……"

"并且……"他欲言又止,"所谓的检查亲子关系,归根结底只是个借口。"

"借口?"

"摆弄你身体的借口。假设你因食物中毒被送进医院,如果被安排接受一些不可能被认为是针对食物中毒的治疗,或其他莫名其妙的事情,即使做这些的人是医生,恐怕也会引起你的怀疑。在这种时候,如果他们说这是为了确认你的父亲究竟是不是久能教授而进行的检查,你不就理解了吗?"

"啊……"我舔舔嘴唇,望着前挡风玻璃。

的确如此。一个完美的借口。如果说是为调查父亲是谁,我一定会任由藤村他们摆布。

我再次把视线转向胁坂讲介。"那么,这一切都是谎言?久能教授有女儿的事和他自杀的事都是假的?"

胁坂讲介把胳膊肘压在方向盘上,扎着下巴。"藤村欺骗你,想让你食物中毒,这种人的话也能相信?"

我一时语塞,恼怒起来。

站在我的角度,想知道父亲究竟是谁天经地义,竟有人利用这种心情来欺骗我,我绝对无法原谅。

"这个浑蛋!"我咒骂着。

"哎哎,现在别只顾着激动了。"胁坂讲介安抚我似的摆摆手,"这还只是推测阶段。"

"这种推测合情合理。"

"啊,那也是。"他挠挠鼻子。

"我觉得这么推断没问题,只有如此解释才符合逻辑。我还想起一件事。"

"什么?"

"电视出演之后,我所在的大学里就出现了一个男人,向我的朋友刨根问底地打探我的情况,似乎对我的健康状况尤其关心。他自称是电视台的,我觉得很奇怪。"

"果然。"胁坂讲介点点头,"那肯定也是他们的同伙。值得注意的是那个男的自称是电视台的,看来,你上电视果然是导火索,之后他们就活动起来了,不是吗?"

"嗯。"

"问题是,他们这么做究竟是要调查你身体的哪方面呢?"

"我的……"我不由得打量双手,"必须是我的身体吗?"

"大概是。对他们来说,其他人什么用都没有,非得是你的身体不可。我刚才不是说了吗?你的存在对他们来说意义非常重大。你掌握着一切的钥匙。"胁坂讲介在眼前挥了挥硕大的拳头。

我不禁难受起来。

"此前，我从未认为自己的身体会与其他人有什么不同，也从未被人如此说过。"

"你身体的某处有痣吗？或者刺青之类的？"

"痣？刺青？没有啊。我怎么会有这些东西！你为什么这样问呢？"

"我想，说不定你身上藏匿着藏宝图之类的东西。"

我差点从座位上掉下来。

"都什么时候了，你还开玩笑！"

"如果不是表面特征，看来还是在身体里面藏着秘密。"他边说边盯着我上下打量。

"别用那种奇怪的眼神看我。"

"以前有没有生过病或受过伤？"

"感冒之类倒是得过，可没得过大病。受伤也没有大的，顶多是摔倒或扭伤之类。"那还是打排球时的事情。

"有没有被医生说过身体的某个部位如何如何？"

"说过，说我嗓子好啊，那还是初中三年级的时候。我还挺自豪呢。"

"棒极了！"他条件反射般说道，"棒归棒，可与这次的事情似乎没有关系。"

"其他的我什么也想不起来了。"

"嗯。"胁坂讲介闭上眼睛思考了一会儿，忽然睁开眼睛看着我。"让我们来整理一下思路。"他竖起食指，"首先，可以推定令堂掌握了某个与伊原骏策有关的秘密，因此被害。另一方面，现在那些家伙正在想方设法调查你的身体。从以上两点中，你有没有感受到什么？"

我叠起双腿，不禁明白了他的意思。

"难道……妈妈抓住的与伊原有关的秘密，就隐藏在我身体……里？"

"聪明！"胁坂讲介啪地打了个响指，"堪比大侦探波洛的推理。"

"你在拿我开心？"

"我是认真的，我也有同感。这样想就完全合乎逻辑了。"

"或许是这样，但我还是百思不得其解。如果调查我身体的某样东西，那个伊原骏策的秘密就会出现？"说话间，我的脑海里忽然闪现出一个念头。我斜望着胁坂讲介，把这个想法说了出来。"他们会不会是在调查，我有无可能是伊原的私生女呢？"

"啊？"他的身体一下弹起足有五厘米，"你居然还有这种想法！真是没看出来。但我想这不可能。"

"为什么？"

"若是调查亲子关系，也没必要让你食物中毒。反正已经对你说了，要调查你与久能教授的关系。"

"是啊……"

"还有，还远未到需要用杀害令堂的方式来保守这个秘密的程度。那些政治家不都这样吗，他们的私生子要远比户籍簿上的孩子多得多。"

"啊，我快疯了！"

"现在还用不着惊讶。总之，事情远没有那么简单。"胁坂讲介发动引擎，"咱们还是换个地方吧。我不想在这里拖久了。"

"真想不明白,我的身体也很平常啊。"我一面系上安全带一面说,"或许,藤村他们一看就能明白什么。"

"一定是的。那些浑蛋搞的是破解人体秘密的研究之类吧?"他换了挡,缓缓开动车子。

"要是只进行体外受精的研究就好了。"我喃喃道。

忽然,胁坂一脚踩下刹车踏板。我向前一栽。

"怎么回事,忽然刹车?"

"不会吧?"他说,"不会是这样吧?"

"什么?"

"体外受精。"

似乎有一股电流急速击中我的大脑。我僵住了。

"我,我……"我咽了口唾沫,"你是说,我是试管婴儿?"

他没有否定,连连眨眼。

"不可能与他们的研究没有关系。你母亲不也是做体外受精研究的吗?"

"这,这……怎么可能?"尽管我在一迭声地否认,可还是想起了昨日与藤村会面时的情形。他像是在舔舐我的身体一样盯着我,还深有感触地说培养得如此出色什么的。如果把我当作他们的研究材料,那句话不就符合逻辑了吗?

我再次打量起自己的手,不禁觉得与刚才不一样了。

"妈妈是用体外受精的方式怀孕的?"

"如果是这样……"

"难以置信!"我垂下眼帘,摇着头,感到有些目眩。

一时间,不祥的沉默统治了车内。不久,胁坂讲介舒了一口气,说道:"仅凭这些还不足以说明。"

"凭哪些?"

"你是试管婴儿这一点。想来,就算是体外受精,现在也没什么大不了的。通过这种方式出生的孩子,世界上多的是,就连北斗医科大学都介绍过许多成功的例子了。所以,时至今日,他们也用不着如此拼命地只调查你一个人。"

"是啊……"

我只觉得自己仿佛被悬在了空中,不知道究竟该采取何种态度,只是呆呆地眺望窗外。

"但是,"沉默了约一分钟,胁坂讲介再次开口,"如果那些浑蛋研究的不是普通的体外受精……"

我慢慢地把脸转过去。"怎样?"

"我对此也不太懂,说不太清楚。但我听说过,与体外受精有关的研究有很多,比如选择孩子的性别、选择优秀精子和卵子之类。他们有没有可能把其中某种特殊情况应用到你身上呢?并且这种研究仍在继续,所以他们要从你的身体里提取数据。"

"特殊研究……"我想起了从藤村那里听来的话,"可藤村说过,现在已不涉及人类的体外受精研究了。他只说使用动物进行实验。"

"动物?"胁坂讲介蹭着下巴,"难道他真的只研究动物?"

"这……"

我的脑海里浮现出在藤村的房间里看到的那幅奇美拉的照片。我不希望自己会与那样的动物扯上关系。我蹭着两只手腕,后脖颈一阵发寒。

"我可是正常的人啊!"

"我知道。"胁坂讲介眯缝起眼睛答道,"我也没说你是改造的人之类的话。"

"可你认为我就是他们通过实验造出来的人。"

"虽然很烦人,但这一切终究只是推理。并且,"他舔了舔嘴唇,"就算真是这样也没关系,无论从哪方面看,你都是一个健康的女子……还是个绝色美女。"

"多谢。"似乎很久没人这么当面赞美我的容颜了,"可我还是不愿相信。"

胁坂讲介默默垂下视线,一只手搭在方向盘上,许久未动。

"没错。"不久,他忽然冒出一句,"这种想象是不是太天真了?又没有可靠的根据……"他砰地拍了一下方向盘,"算了,这件事以后再说,等掌握了其他线索再考虑吧。"

"嗯……"我点点头,望着他,"说不定,你也挺善良的。"

"啊?"他圆睁双眼,又张大了嘴巴,"怎么忽然……"

"只是感觉。"我看向前方,"哎,假如刚才不是你把我从大学里带出来,现在的我还不知会怎样呢。"

"嗯,那倒是。"胁坂讲介倚在座位上,轻轻吐了口气,"正如藤村所说,或许只是检查一下血液,但也说不定已被注射了麻醉针正在昏睡呢。"

"哇,那太恐怖了!"

"总之,你现在正处于极度危险的境地。这一点你必须认识到。"

"嗯,明白。"

"你能说实话,这很好。"他微笑一下,再度发动引擎,"走吧。"

"去哪里?"

"札幌。"他坚定地答道,"若想藏身,最好找个人多的地方。老待在旭川可不妙。"

"藏身之后怎么办?"

"观察对手的动静,同时收集信息。先调查与伊原骏策有关的事吧。"

"怎么调查?"

"你忘了我的职业?搜集资料可是记者的工作啊。"

胁坂讲介扳了一下自动挡杆,徐徐开动车子。

鞠子之章　七

　　一睁开眼睛，阳光便从窗帘的缝隙间钻了进来。我斜躺在被子上看看闹钟。十点四十二分了。我吓了一跳，蹦了起来。
　　下条小姐早已不见身影。餐桌上放着一个蒙着保鲜膜的盘子，里面是火腿煎蛋，还有色拉，面包也备好了，杯子里已放入茶包，旁边还有一张纸条。

　　　我有事要调查，去大学了，傍晚之前回来。今天好好休息
　　一下吧，看看电视也行。冰箱里的鸡蛋请从右端使用。

　　我完全没有注意到下条小姐出门了。我昨晚很早就上了床，可很多事情都浮在脑中，直到黎明时分还在翻来覆去，因此睡过了头。
　　到洗手间一照镜子，发现自己糟透了，脸色难看，肌肤没有弹性，连眼睛都很混浊，简直就是个病人。
　　拿杯子接了一杯冷水喝下，再照照镜子。镜中的影子望着我。
　　这脸，这身体……

这些究竟是谁给的？是父亲和母亲吗？那么，父亲究竟是谁，母亲又是何人？我曾一直坚信就是母亲的那位六年前死去的女子，对我来说究竟意味着什么呢？

我想起以前在宿舍从细野修女那里听来的一段话——父亲是谁，母亲是谁，对人来说其实并不怎么重要。从前，每一个人都是神的孩子。违背了神的意志生下来的人，在这个世上是不存在的。

真的是这样吗？我的脸，还有我的身体，是忤逆神的意志造出来的吗？

昨天深夜给札幌的舅舅家打了电话。接电话的是舅母。得知我很好，她似乎放下心来，兴奋地问我今天去了哪里之类。但以眼下的状态，我无论如何也发不出清脆欢快的声音，回答也前言不搭后语，就让舅舅接电话。舅母似乎怀疑起来，喋喋不休地询问究竟是怎么回事，是不是出事了。

"总之，要舅舅过来听电话就是了。"我从未语气如此粗鲁地说话，情急之下竟脱口而出。舅母哑口无言。

数秒钟后，舅舅的声音响起。"怎么了？"

我咽口唾沫，说道："舅舅，有一件事我希望您告诉我。非常重要，希望您如实回答。"

舅舅似乎吓了一跳。突如其来地听我一说，大概没有人能够平静地接受。

"什么事啊？若是我能回答，自然会如实答复。"舅舅的语气非常慎重。

"关于我妈妈怀孕的事情。"我一咬牙说道，"她是体外受精怀孕的吧？"

一时间，舅舅沉默了，之后倏地传来呼气的声音。"鞠子，你究竟在那里干什么？"

"先回答我的问题！是不是？我妈妈是不是接受了体外受精？"连我自己都感到音量在逐渐增大。

停顿了一会儿，舅舅说道："你现在在哪里？快告诉我电话号码，我给你拨回去。"

"我希望您现在就回答。莫非您有难言之隐？"

"你等等，鞠子。我不知道你为什么忽然问起这些事。反正，我得先同你父亲联系一下——"

"不要告诉爸爸！"我提高了声音。

"鞠子……"

"对不起，我的声音是大了些。"我闭上眼睛，做了个深呼吸，"就算要与爸爸联络，也请在打完这个电话之后。求您了，告诉我。我妈妈接受体外受精了吗？"

舅舅叹了口气，像是放弃了，又像是解开了某种封印。

"关于那件事，具体情况我不清楚。"舅舅说道。

关于那件事……

仅凭这一句，我就明白自己猜中了。氏家家族对体外受精并非一无所知，甚至都到了称之为"那件事"的程度。

我强忍着不让自己大喊大叫起来。"那么，大致的情况您还是知道的？"

"真的，只知道个大概。"舅舅轻轻清了清喉咙，"姐姐可能要接受体外受精一事的确属实，因为母亲也曾与我商量过。"

"外婆？"

"嗯。当时姐姐怎么也生不出孩子,周围很多人说三道四的,结果就患了神经衰弱。也被领去祈求神灵赐子,也请人施过不科学的巫术之类。就在这时,恰巧传来了关于姐夫,就是你父亲在大学从事体外受精研究的风言风语。"

"果然……"

"当时,还没有关于体外受精的成功例子的报道,但研究已经取得极大进展,据说,估计已经成功了。因而,大学方面也在寻找参与实验的人选。听了这些话,母亲就想让姐姐试试,姐姐似乎也愿意。"

"所以……就做了?"

"不,大概没有,"舅舅极不自信地说道,"因为姐夫反对,说最好再等等,待技术成熟之后再做也不晚。"

"可那或许只是不想让您知道吧,实际上却秘密接受了体外受精,然后就怀孕了。那或许就是我……"

面对我的诘问,舅舅沉默了。是肯定意味的沉默。

"就算真是那样,又有什么关系呢?"过了一会儿,舅舅说道,"和平常的孩子又没什么不同,也毫不影响鞠子你是爸爸和妈妈的孩子这一点啊。"

这一次轮到我哑口无言了。爸爸和妈妈的孩子?爸爸是谁?妈妈又是谁?

"喂,鞠子。你在听吗?"舅舅喊了起来,"轮到我问你了吧?你究竟在那边做什么?为什么问起这些事?"

"对不起,"我说道,"您现在什么也别问。"我挂断了电话。

此后舅舅是如何做的呢？或许已通知了父亲。这样也好，反正已无法再和父亲保持从前的关系了。

在洗手间洗完脸，返回客厅，却没什么食欲。我呆呆地凝望着冷了的火腿煎蛋。

母亲接受体外受精这一点已毫无疑问，所以她才对女儿不像自己一事那样耿耿于怀。虽说自己也经历了分娩的阵痛产下孩子，却未必能像普通的母亲那样，持续保持这种绝对的自信——这就是自己的孩子。

母亲的这种怀疑恐怕是与事实相符的。一定是迫不得已才让与她毫无关系的受精卵在她的子宫里着床，但是为什么会发生这种事？

"你母亲的卵子或许存有什么缺陷，可无论如何也想要一个孩子，于是使用了他人的受精卵。"

这是下条小姐的推测。就算果真如此，父亲的行为也不能让人原谅。母亲和我不可能毫不怀疑地平静走完一生。

我还存在着疑问。假如母亲是被逼无奈才做了代孕母亲，为什么只怀了双胞胎中的一个呢？对此就连下条小姐都无法给出确切的回答。

电话响起时，恰好是我终于想吃些东西，刚把盛火腿煎蛋的盘子放进微波炉的时候。是昨日遇到的望月裕打来的，说他现在在自己家里。

"有双叶小姐的消息吗？"我问道。

"不，没联系上，似乎离开那边的酒店了。"

"这么说，要回来了？"

"这个，不好说。她回来的时候肯定会和我联系。另外，有一件事我觉得有些奇怪。"望月先生压低了声音，"昨天送走你们之后，我在公寓里一直待到七点多，结果来了一个奇怪的警察。"

"啊？"

"一个长相恐怖的人，要我告诉他双叶的下落，说是有急事需要联系。没办法，我只好把那家酒店的电话告诉了他。那人连酒店的名字都没记，还说了句奇怪的话，问我除此之外还有没去处。"

"除此之外……"

"奇怪吧？双叶住在那家酒店的事，除我之外没有第二个人知道。可听警察的口气，似乎早就知道了，并且正是因为双叶没在那里，才特地来找我打听。"

"的确奇怪。"

"得知我也不知道双叶的下落后，他撂下一句'有消息就通知我们'，然后就走了。我觉得有些不对劲。后来，我恍然大悟。"他把声音压得更低，"那人只怕不是真的警察。他连证件都没有出示，一定是为了打探双叶的下落，故意编造了谎言。"

"如果不是警察，又会是谁呢？"

"那谁知道？总之，对双叶来说，好像不是什么好人。"

"为什么要打听双叶的下落呢？是不是旭川那边出什么事了？"

"我也正担心这一点呢。"他的心情在语气中暴露无遗，"情况就是这样，我想怎么也得通知你一声。有了消息我会再打给你。"

"十分感谢。"确认他挂断了，我切断电话。

究竟发生了什么呢？双叶小姐似乎也在向自己身世的秘密发起挑战，危险似乎也如影随形。事实上，她母亲之死就是一个谜。

心中的悸动无法平息。不知什么时候，她遇到的危险或许也会降临到我身上。

下午三时许，下条小姐回来了。我把望月裕所言告诉了她，她竟也皱起眉。

"小林双叶小姐弄不好出事逃走了。"她说。

"能出什么事呢？"

"不知道。我觉得有一股强大的势力正在介入。"

"不能找警察商量一下吗？"

"没用的。还没有发生什么事，撞人逃逸一案不也不了了之了吗？"下条小姐吐了口气，"真奇怪！你刚开始调查自己的身世，双叶小姐也紧接着活动起来。看来，果然有一种东西在同时吸引着你们俩。"

她说起来轻松，这句话却像针一样刺痛了我的心。我埋下了头。

"啊，对不起。我太不注意了。"她连忙道歉。

"没事……"

"不是我打圆场，说实在的，关于双胞胎一事，也没必要想得如此严重。你想想，亲人又增加了一个，这样不是很好吗？"

我仍沉默不语。尽管在道理上能理解，感情上还是有抵触。

"算了，这件事就先放放吧。"下条小姐调节气氛似的说着，把笔记本放在餐桌上，"我通过毕业生名录调查了记在山步会小册子上的成员情况，但只有当时的住址。"

我睁大了眼睛。"您怎么不带我去啊？这样，我自己会调查的。"

"没事，又没花多少时间，只是肩膀有点酸而已。"下条小姐用右手捶捶左肩，打开笔记本，"说实话，结果不怎么样。有明确住址的只有两人，其中一个就是你从清水夫人那里打听到的高城康之，已经去世了。所以，剩下的只有一个，就是此人。"

笔记本上记着"畑村启一"的字样。畑村这个姓氏有点眼熟，在清水夫人家看到的那本影集的备注中应该就有。我说出这一点，下条小姐点点头。

"明天快去见见吧。小金井市绿町……乘坐电车也不是那么远。"

下条小姐似乎比平时更有活力了。她为什么会对我的事如此热心呢？我至今仍一点也不清楚。

"这个人，您还记得吗？叫阿部晶子。已是几十年前的事情了，我想您或许已经忘记了……"

"先别排练了，等见了面再说。"

"好吧。"我轻轻答道。然后，我终于把一直憋在心里的一件事说了出来。

"下、下条小姐……如果阿部晶子就是我母亲，您说究竟是为什么呢？"

她似乎没听明白，没有回答，歪了歪脑袋。

"您说，我父亲为什么要使用那个女人的受精卵呢？"

"啊……"下条小姐的表情阴沉下来，视线从我的脸上移开，"是啊，为什么呢？"

"我是这么想的。当时，或许父亲还爱着那个阿部晶子，就想要一个她的孩子……"

下条小姐什么也没有回答。痛苦的沉默蔓延开来。

双叶之章　七

　　固定电话发出难听的声音。我正横卧在床上，像往常一样一面啃着柠檬，一面看着电视。是傍晚时分的儿童动画片。
　　我伸出手臂抓过话筒："喂。"
　　"是我。"是胁坂讲介的声音，"有点早，不过，你不出来吃饭吗？我好不容易搞到一点资料。"
　　"OK，知道了。"我下了床，穿上牛仔裤。今天，自从让侍应生送餐到房间，早饭和午饭一顿吃掉后，我就几乎一直待在床上。应该已休养得很充分了，可身体反倒更觉倦怠。
　　我们住在一家小小的商务酒店里，从札幌车站步行约需十分钟。酒店的建筑古旧而昏暗，侍应生也是老气横秋的中年男人，经营惨淡可见一斑。再找家稍微好点的吧，我提议道，胁坂讲介却不同意。
　　他的理由是："今后还不知要住多少晚上呢，可不能铺张浪费。并且，马上就要进入暑假，所有面向游客的酒店房间几乎全满了。"
　　准备好后，我出了房间，敲了敲斜对面房间的门。胁坂讲介应答一声就出来了，手里拿着传真纸，说是让人从杂志社发过来的。

紧靠酒店不远处有一家专做螃蟹的饭店,昨晚我就惦记上了,却被胁坂讲介淡然拒绝。

"虽说来到了北海道,可也不能乱吃那些冷冻的蟹子啊。我看还是找家能慢慢聊天的店吧。"

最终,我们进了一家招牌黯淡的咖喱屋,名曰"时计台"。里面乱七八糟地摆满了桌子,客人约坐了六成。吵嚷声不算太大,果然很适合聊天。

"关于伊原骏策的事,"他一面豪放地大嚼大碗咖喱鸡肉饭,一面说,"我让报社的一个朋友调查他的近况,得到了一个令人振奋的消息。据说,最近一两个月,一条消息正在时政记者口中广为流传,说是伊原生病了。"

"生病?"

"近来好像身体状况不佳,已经不大在外面抛头露面了。"

"可他都是个老头子了。"说着,我把咖喱虾送到嘴里,"别说是一个伊原骏策,所有政客不都有点不正常吗?如果到了七八十岁还活蹦乱跳,那才叫奇怪呢。"

"生些小毛病自然是家常便饭,但这次可不是一般程度的卧床,好像更严重。"

我停下手中的汤勺看着他。"癌症之类的?"

"有可能。"胁坂讲介飞快地吃完咖喱饭,又咕咚咕咚喝光杯子里的水,环视四周低声道,"如果是性命攸关的疾病,事情可就大了。权力结构会天翻地覆,被称为'伊原派'的那些家伙立刻就会烟消云散。"

"对日本来说这岂非好事一桩?老是由一个政客操纵,太不正常了。"

"这样只会造成伊原派消失,反伊原派登台。对国民来说,或许没什么太大的改变,但也有可能造成转机。"

"伊原骏策病了,难道策划这件事的另有其人?"我有些纳闷。

"关于这一点,我得到一些令人感兴趣的资料。伊原家代代都有一个姓大道的总管,到现在大概是第三代了,头衔似乎是首席秘书。无论筹钱还是招人,可以说几乎全由此人代行。听说最近这个大道的身影似乎在伊原官邸里消失了,平时他是绝不会离开主人身边半步的,实在不可思议。"

"你的意思是,这个大道就是这件事的主谋?"

"我想有可能,并且动机肯定与伊原骏策生病有关。正因如此,北斗医科大学才会掺和进来。"

"那又为什么非得把我卷进来不可呢?"

"不知道。他们为什么需要你,不,需要你的身体呢?"

胁坂讲介抱着胳膊咕哝了一句,叫住一个正走过来的侍应生,要了两杯咖啡。

喝完咖啡,我们出了咖喱店。马上就要八月了,空气却依然清爽,令人不禁感叹,这里终究是北海道啊。

回到酒店的房间,我试着往家里打了个电话,没人接听,于是我又打往阿裕家。第三遍铃声响到一半时,听筒里传来他的声音。

"你好,我是望月。"

"喂,是我。"

"双叶,是双叶?"阿裕兴奋地说道,"你在哪里?"他吵得我耳朵都疼了。

"在札幌。"

"札幌？为什么？为什么你忽然离开？"

"发生了很多事情，回去后我再慢慢跟你说吧。你那边怎么样？没有一点异常？"

"怎么会没有呢。简直是太有了。"阿裕进一步提高了音量，"不得了！有个和你一模一样的姑娘昨天来公寓了，而且她也正在调查自己的身世，与你相通的地方也很多——"

"等等，stop，stop！"我慌忙打断他，"别急，你慢慢说。你刚才说谁来了？"

"一个和你一模一样的姑娘。"

"和我一模一样？"

"没错。已经不是像不像的问题了，完全就是你本人。我至今还无法相信那个姑娘竟是别人呢。"他倾诉般说道。

"你不会是开玩笑吧？"

"我没开玩笑！"他的语气越发着急起来，"我真的没开玩笑啊。喂，双叶，有孪生姐妹的事，你到底听说过没有？"

"没有，怎么会呢。"我拿着听筒呆呆伫立。与我一模一样的人，那究竟是谁？不可能会有这样的人。

"她说她叫氏家鞠子。她父亲似乎也曾在北斗医科大学待过。"

"氏家……"

我的心跳加剧起来。藤村也曾说过氏家这个姓氏。他女儿为什么和我一模一样呢？种种情形在大脑里飞快地旋转，却完全沉静不下来，只有一片混乱。

"那姑娘也在调查自己的身世？"

"嗯,好像因此才得知了你的存在,前来见面。我们已说好,一和你联系上,就由我通知她。或者你自己给她打个电话试试?"

"啊,不,先算了。"

"那就让她给你打吧。告诉我你那边的号码。"

"好的。〇一一……"我读着印在旁边一张便笺上的电话号码。

"这究竟是怎么回事?"听我读完,阿裕说道。

"不知道。我也给弄糊涂了。怎么会有一个和我如此相像的姑娘呢?"

"我说过了,根本不是相像的问题。"阿裕语气强硬地说道,"根本不是你说的那回事。那个女孩就是你,是你的分身。"

我的分身?

不具现实感的一句话。仿佛向一口空井里投进一块石头一样,我心里毫无反应。

"对了,还有一件事让我放心不下。"

据阿裕描述,昨晚有一个自称警察的男子来到我家,询问我的行踪。阿裕说很可能是假冒的。的确,我住在旭川的酒店一事,东京的警察若果真早已知道,实在是怪事一件。

"喂,双叶,你还不赶紧回来啊。我觉得事情有些不妙。就算是为了见见你的那个分身,也最好返回东京。"

"谢谢。可我现在还不能回去,事情的根源还在北海道呢。"

"那倒有可能……我担心你嘛。"

"谢谢。"我再次表达心中的感激,"等这边的事处理得差不多了,我再回去。"

"你可一定得回来啊。"

"那我挂了。"

"嗯。"

"啊，等一下。"就在挂断电话之前，我又问了一句，"真的和我长得一模一样？"

"简直就像是复制的一样。"阿裕答道。

电话挂断后，我混乱的思绪仍没有平静下来。我只知道，荒唐的事情正在意想不到的地方悄然发生。

先告诉胁坂讲介再说吧，我这样想着，拨下他房间的号码。响了几次也没有接通，或许他正在淋浴。我放下了话筒，可几乎在放下的同时，电话响了。

"你好。"我说。

"这里是前台。"耳朵里传来一个男声，"和您一起的那位先生给您留了言，您不介意的话，现在就给您送过去吧？"

"一起的先生？"

胁坂讲介为什么要把给我的留言寄存在酒店职员那里？

我说"没关系"，对方撂下一句"我马上就给您送去"，就挂断了电话。

"究竟是怎么回事？"

我不由得纳闷起来，然后试着再次拨打胁坂讲介的房间的电话。仍然没人接听。难道他出去了？

敲门声响起。我应了一声，外面传来"给您送留言来了"的声音。我打开锁，开了一条门缝。

就在这时，门猛地被用力撞开，我差点被挤在门和墙壁之间。闯进来的不是服务生，而是一个身穿黑色西装的男子。一瞬间，一股强烈的柑橘系化妆品的气味扑鼻而来。接着,后面又出现了一个同样装束的男子。

我正想看清对方的面孔,口中已被塞入了什么。我想喊叫,可就在吸气的一瞬间,全身忽然瘫软,大脑的阀门被骤然切断。

耀眼的光的残片在眼前飞舞。耳鸣,发冷,目眩。

强烈的气味使我的身体慢慢有了反应。眼皮很沉重。我慢慢睁开眼睛。又一股刺激性气味扑鼻而来,脸部已经麻痹。我晃晃脑袋。

视野逐渐开阔起来。很昏暗。我正躺着。不,腿伸着,上半身似乎靠在什么东西上。

"你终于醒了。"一个声音传来,眼前出现一个模糊的身影。焦点逐渐对准,那是张男人的脸——胁坂讲介。

我正要开口,一阵剧烈的头痛袭来,伴随着恶心。我呻吟起来。

"你没事吧?"他担心地问道。

"哦……嗯。"像脉搏的律动一般,我只觉得脑袋内部一阵阵地疼痛。我忍痛再次睁开眼睛。原来是在胁坂讲介的车中。车名叫什么来着?

车内弥漫着刺鼻的气味。我不禁捂住鼻子。

"是氨水,我从药店买的。"胁坂讲介一面把一个小瓶子拿给我看,一面说道,"再喝点这个就行了。"他打开罐装咖啡,递给我。

我喝了一口咖啡,等待头痛消失。难受的感觉却没有退去。

"我究竟怎么了?"

"被绑架了。"

"绑架?啊,对了。嘴里似乎被塞进了奇怪的东西……"

"大概是甲基氯仿。"

"所以……才失去知觉？"

"好像是。差一点啊，我要是回来得再晚一点，你恐怕早已被他们带走了。"

"你当时在哪里？"

"停车场。前台给我打电话，说车好像被人做了恶作剧，希望我去看一下。我到达后却发现什么人都没有，车也没有异样。我觉得奇怪，就到前台去问，却被告知并未打过这样的电话。我顿时一愣，立刻就往你的房间打电话，发现没人接听，就径直绕到酒店后面。我的猜测完全正确。你当时正被两个男人抬着，要放进汽车。"

"你就把我救了出来？"

他有些害羞地苦笑了一下。

"如果你想象的是詹姆斯·邦德那样的身手，那你可真太高抬我了。那些人并不害怕我的身手，而是担心动静太大。一旦人群聚集过来，他们也不敢乱来。"他虽如此说，可多少还是有些恶斗的样子。他的额上还有擦伤的痕迹。

"我那儿也有一个电话打进来，说是前台的。我也一直觉得奇怪呢。"我向他说明遭遇绑架之前的经过。

胁坂讲介点点头。"看来，那也是伪装电话。"

"他们怎么知道我的下落呢？"

"我也有点纳闷。但如果真要找你，或许也不太难，只要挨个往酒店打电话就行。"

"可咱们也没使用我的名字啊。"

"现在这种时候，未经预约忽然闯来的客人本就不多，再加上有一个年轻女子，如此一调查，他们总会有办法的。今后可不能随便住酒店了。"

我喝光剩余的咖啡，头痛似乎有所缓解，可身体依然轻飘飘的。失去知觉，这还是头一次。

记忆中，那个塞住我嘴巴的男人的手臂复苏了，还有那强烈的香味……

"啊……"

"怎么了？"

"定型产品！那个让我闻甲基氯仿的男人，他抹了定型产品，柑橘系的。而且，而且，在杀害妈妈的那辆肇事车上也残留着这种气味。是那个浑蛋！就是他杀了妈妈！"我激动起来，扭着身子，"啊，畜生！我真该把他千刀万剐，这么个绝好的机会。"

"你冷静点。"胁坂讲介晃晃我的肩膀，"抹定型产品的男人有的是。就算那人是凶手，背后主使的也另有其人。如果不把背后的人挖出来，什么意义都没有。"

"这些我自然明白。"

"你还会遇到那个人的，他一会还会再来。"

我紧咬牙根，攥着咖啡罐，陷入脱离现实的空想——我一定要抓住那个人，让他供出究竟是受谁主使。

一下子回过神后，我四下张望。车似乎停在一片森林中。

"哪里？这儿是什么地方？"我问道。

"圆山公园的一边。住在酒店里太危险了，我就退了房。今晚就在这里熬一宿吧。"他拽下脏兮兮的毛毯说道。

"喂，就不能向警察求助吗？差点都让人绑架了，这不明摆着是犯罪嘛。"

"如果你真想这样做，我也不反对。但我劝你还是别去。"

"为什么？"

"一点问题都解决不了。你没有证据可以证明想绑架你的那些人与北斗医科大学或伊原骏策有关，一点也没有，反而徒然使我们的行动受到制约。"

"那倒也是……"警察根本指望不上，妈妈的案子早已使我深有同感。

"问题是，今后该怎么办？毕竟眼下就只有你这光杆司令，其他的牌一张也没有。"胁坂讲介盘腿坐在放平的车座上，咕哝道。

"对了，我怎么把这件大事忘了！"

"什么？"

"复制品。"我说，"我似乎还有一份复制品呢。"

鞠子之章　八

从位于虎之门的事务机制造商总部出来时，已过下午三点。我紧跟在下条小姐身后，没精打采地朝地铁入口走去。

我们这次见的，是下条小姐为我调查到的山步会成员之一——畑村启一。

上午我们造访了畑村的私宅，请夫人与公司方面联系。我说起是氏家清的女儿，要为父亲写一部传记时，夫人似乎深信不疑，畑村也十分爽快地答应与我见面。当他告诉我们两点钟来公司时，我和下条小姐都喜出望外，以为终于找到了清楚父亲在山步会时代情况的人。

可是，与畑村会面的结果却不甚理想。畑村清楚地记得山步会的事情，对氏家清这个名字也表示出怀念之情，对阿部晶子却几乎没有记忆。

"我记得的确不时有女子参加，至于名字和面孔就……怎么说，事情也太久了。"兴奋的神情黯淡下来，畑村索然地笑道。

"听说，父亲曾为了其中一个女子，与其他成员展开竞争。"

"嗯，这种可能性也不是没有。怎么说，为与姑娘交往而加入郊游协会的目的不纯者大有人在啊。当时似乎有好几个郊游协会之类的组织一直在争夺前来参加的女子。一个姑娘在多个郊游协会出现，这种情况极为普遍。想来，与现在的男女关系没有任何不同。当然，我与这些事情无缘。或许是我当时呆呆的或反应迟钝，总之大概属于那种喜欢与男性朋友喝酒玩闹的类型。"说罢，他张开大嘴笑了起来。仅从这个动作，便足以想象出他当时是个怎样的学生。

"当时的照片还留着吗？"我抱着一丝希望，问道。畑村的回答却让我失望了。

"倒是有过一两张，可我原本就不是那种井井有条的性格，看过一次就不知扔到哪里去了。"

总之，大概是遗失了。

"您现在还有保持联系的人吗？当时曾一起在山步会的同伴。"

"嗯，很遗憾，没有了。刚毕业那一阵子倒时有交往，可不久就疏远了。大家都被卷进了社会的波涛，从前的事情根本就无暇回忆了。想起来真是遗憾啊。好不容易成为亲密的伙伴，留下了那么多美好的回忆，现在却……"畑村深有感触地说道。此时他的表情似乎不再是事务机制造商的主要负责人，俨然已经变回了郊游协会成员。

"总之，"与畑村分别，离开公司后，下条小姐开口道，"三十年太长了。"

我只有默默点头。

乘地铁来到涩谷，再换乘电车。刚过了一站，下条小姐说想顺便去一趟大学。我自然答应。

"真有点无计可施的感觉了。"她苦笑道。

"是啊。"我也想笑,却没笑出来。

"要不,到高城家试试?"

"可他已经去世了啊……"

"那倒是……"下条小姐的声音也低下来。

或许还是直接询问父亲最为清楚,但为此就必须见上那个小林双叶一面。然后如下条小姐所说,两个人一起出现在父亲面前。

只是,现在连小林双叶究竟处于何种状况还不清楚。昨晚望月裕曾冉次打来电话,说她在札幌的酒店,可往那家酒店打去电话,对方却已退房了。再打电话询问望月,他也没有任何消息,不明就里。

究竟北海道发生了什么?与我和父亲有关系吗?正因一点信息都没有,不安的感觉就尤其强烈。

尽管已经进入暑假,帝都大学的校园里仍穿梭着不少学生模样的人。下条小姐告诉我,他们中既有参加研究班的,也有参加俱乐部活动的。我在札幌的大学里也会是这个样子吗?我今年刚入学,根本想象不出大学生们是如何度过夏季的。

穿过网球场的时候,看见上次来东京时下条小姐介绍过的那位老师今天也活跃在球场上,据说是一位经济学系的教授。

"比起站在讲台上,笠原老师追赶网球的时间似乎更多一些。"仿佛看出了我的心思,下条小姐说道。于是,我想起了笠原这个姓氏。

似乎注意到了我们的视线,笠原老师停了下来,朝这边走来。汗水不断地从下巴上滴落。

"哟,今天又凑到一块儿了?"

"老师,您练习得也太多了吧。"

"你最好也稍微练练啊，否则，不久就跟不上我的 Serve and Volley① 了。"

"眼下还没问题。"下条小姐的表情忽然认真起来，"老师，您上大学时曾加入过郊游协会吧？"

"嗯，但好像不是你们说的那个兴趣小组。"

"小组里全是男生？"

"当然。那时大学里面还没有女生。"

"有没有把其他大学的女生邀请到郊游协会之类的事情呢？"

一瞬间，笠原老师愣住了，接着又恢复了笑容。

"好像你曾亲眼见过似的。从哪里听来的？不错，当时的确经常召集一些姑娘，还经常钻进其他大学，高举标语牌召集女生呢。幼稚至极吧。"

跟畑村先生所说无异。

"都邀请什么样的姑娘，您还有记忆吗？"

"啊？呀，这倒不记得了。怎么说也是很久以前的事了。"

"身为花花公子的笠原老师，居然……"

"我可是认真正经的人。你们似乎误解我了。你们的问题可真奇怪，究竟是怎么回事？"

"是这样，我们想调查点事情。"下条小姐飞快地瞥了我一眼，"我们正在寻找一个当时曾参加过这所大学的郊游兴趣小组的女子。"

"哦？"笠原老师现出不解的神色，却没有询问理由，"那么或许看看相册就明白了。"

---

① 即发球上网，指发球后即刻来到网前截击回球。

"您有相册？"

笠原老师的胸脯立刻挺了起来。

"你似乎以为我只会打网球。现在看起来是这样，但我也有过喜欢摄影的时代。加入郊游兴趣小组之类，原本也是出于想用相机拍下大自然的美好愿望。"

"这么说，一起活动的女生也拍过照片喽？"

"你也不想想，和姑娘同行却不拍人家的照片，那还是我吗？"

"看看，果然是花花公子吧。顺便再把人家的电话也打听来，对吧？"

"嗯，这个嘛，"笠原老师挠了挠胡子拉碴的下巴，"电话号码姑且不说，但名字之类的或许还是要记在相册里的。你们找的人叫什么名字？"

"阿部晶子。"

"阿部晶子？"念叨了几遍之后，老师忽然若有所思地看着我，随即又恢复了玩笑的表情，说道，"明白了。今天回去后给你找找。"

"拜托您了。"我低头致谢。

跟老师分别，前往医学院的途中，下条小姐说道："虽然指望不上，但眼下能打的牌也都得打出来才是啊。"

"非常感谢。"

下条小姐办完事情后，我们出了大学，在上次去过的那家餐馆吃了晚餐，然后一面喝咖啡一面商量今后该怎么做，可怎么也想不出好主意。一想到给下条小姐添了那么多麻烦，我更是连积极提出建议的勇气都没有了。下条小姐似乎看穿了我的心思，说道："你不用在意我。"她为什么会对我如此热情呢？真是不可思议。

回到房间，电话答录机的指示灯正在闪烁。回放的磁带中传出的是望月裕的声音，大意是希望尽快联系。下条小姐拨起电话。

"喂，你好，我是下条。什么……啊，是吗？好极了。那么……好，好的。"说了几句，她捂住话筒看着我。"说是与小林小姐联系上了。现在在函馆。"

"函馆？"

"具体情况不明，似乎遇到了不少麻烦，还说现在已经不住酒店了，一直待在车里。还有，她似乎也很想与你见一面，说想知道你什么时候返回北海道。"

我咽了口唾沫。"小林双叶小姐……是这样啊？"

"怎么办？你暂且回去一趟？"

我低下头，略一思考。并非在犹豫不决，我早已决心要见见自己的分身了。

"我回去。"我抬起头，望着下条小姐答道，"与小林双叶见面。"

她向我点点头，拿开捂住话筒的手。"喂，鞠子小姐说要回去……嗯，对。可不知道能不能订上机票……嗯，知道了。订下航班后再通知你吧。"

她挂断电话，望着我，再次使劲点点头。"明天挨个给航空公司打电话试试吧。毕竟是暑假时期，估计不容易订上。"

"真对不起，又给您添麻烦了。"

"你怎么又来了。对了，你能否满足我一个愿望？"下条小姐一面略带害羞地说着，一面在沙发上坐下。这种表情我还是头一次见到。

"什么啊？"我问道。

"我想和你一起去北海道,你看合适吗?"

我吃惊地睁大了眼睛。"您也要去?"

"好不容易掺和到这时候,我也想见见她,见一见你那个分身。不行吗?"她向我投来真挚的眼神。

我的表情放松下来,摇摇头。"我没有理由拒绝。如果您也能来,我就有底气了。但这样行吗,大学那边?"

"总会有办法的。你不用担心。"

"好的。"我的声音中充满了力量。说实在的,一想到必须独自与小林双叶见面,我心里就不禁发慌。再说,到北海道那么远的路程,我也不想一个人闷闷不乐地度过。

"与她见面很重要,但最好能多有些自由时间。怎么说,我也是第一次去北海道呢。"下条小姐诙谐地说道。

正在这时,电话响了。下条小姐迅速接起,以清脆的声音应道:"啊,是老师啊。刚才打搅您了。"似乎是笠原老师。

"哎……啊,是吗?啊……那太好了。现在?知道了。那就在站前的咖啡店见面。"她的声音一点点降低。挂断电话后,她有些犹疑地望着我。"是笠原老师,说找到相册了,一定要给我们看一下,现在就见面。"

"莫非找到阿部晶子的照片了?"

"或许是吧,倒是没有明说。反正先去一趟再说吧。"

我紧跟着下条小姐站了起来。

走进站前的咖啡店,我们在靠里的座位并肩坐下等待。几分钟后,笠原老师出现了。他换了件颜色土气的衬衫,与刚才打网球时的英姿相比，似乎一下子老了十多岁。

"等很久了？"

"不，刚到。"下条小姐答道。

点完饮料，目送着女招待远去，老师才把夹在腋下的相册放到桌上。"在给你们看之前，我想先问一件事。"

"什么？"

"你要找的女子是不是与她有关？"老师盯着我，对下条小姐说道。

"老师为什么要问这些呢？"

"问话的可是我哦。"老师的嘴角放松下来，表情变得像玩具熊一样可爱，"怎样？"

"到底有没有关系，现在还不清楚。"下条小姐再次飞快地瞥了我一眼，"正在调查。"

"果然。刚才我为什么这样说，估计你们看看这个就明白了。"笠原老师打开相册，朝着我们。"此人就是阿部晶子。"他指着其中一张照片说道。

看到这张照片的一瞬间，一股逼人的寒意袭遍我全身。

照片上站着四个年轻人，两个男子分站两侧，两个女子居中。他们好像是在个低矮的山丘上，四个人都是西裤搭配夹克衫的轻装打扮。

我的眼睛被钉在了靠右的那个女子身上。下条小姐一定也在凝视此人。

她大概二十岁，留着齐肩鬈发。

她的脸——

正冲着我微笑的脸，分明就是我的脸！三十年前的老照片中，竟然有我！

回到下条小姐的寓所，时针已快指向十点。我们沉默着坐在客厅的沙发上。下条小姐打开空调，把照片放在桌上——从笠原老师那里要来的照片。

我们一起凝视照片。

上面的人是我。

容貌、体形、所有一切，就连嘴唇右端微微上翘这一点都可以说与我毫无两样。在这里，甚至连"相似"这种表达方式都已不合适。我想起看过的一部关于时空机的电影。电影主人公是一名少年，他与时空机的发明者一起去了过去和未来，在过去拍摄了照片，返回现代。结果，他在从前的照片中找到了自己的身影。看那部电影时，我还曾拍手大笑呢，可现在看着眼前的照片，我才觉得那种说明是最有说服力的。

"第一次看到你，我就说似乎曾在什么地方见过。想来，我对这个女子还是隐约有点印象的。实际上，听到阿部晶子这个名字时，我也有这种感觉。哎呀，实在是太像了，简直就是你本人。"笠原老师也这么说。

可是，这自然不可能是我。

那究竟是谁呢？

"现在终于明白了。"我打破沉默，开了口。下条小姐也缓缓朝我转过脸来。

我打开手提箱，取出从札幌带来的照片。那个脸部被抹去的女人的照片。

"这里也应该是一个面孔和我一样的女人。一定是母亲从父亲的旧相册或别的东西中发现了这张照片,她一定大吃一惊。女儿一点不像自己,却与丈夫从前的知己长相酷似。她恐怕立刻就意识到,她通过体外受精接受的受精卵并不是自己的卵子,而是这个女人的。母亲自然想更多地了解这个女人。"

"于是她来东京……"下条小姐点点头,"我想是这样的。那为什么不直接问你的父亲呢?"

"恐怕是没法问吧。母亲是一个自尊心极强的人,并且,"我深呼吸了一下,继续说道,"只怕她心存恐惧。"

"或许。"下条小姐垂下眼帘。

"得知照片是父亲在参加山步会时留下的东西,恐怕母亲立刻就与清水宏久取得了联系。于是,她看到了清水先生的那本相册,得知那个女子叫阿部晶子,并且是父亲曾深爱的女子。同时,她一下明白了丈夫对自己究竟做了些什么。他没有得到深爱的女人,便决定弄一个她的孩子作为补偿,因此利用了我母亲。"难以抑制的冲动从体内摇晃着我。我的身体在颤抖,泪水簌簌落下,"我想,母亲把那个阿部晶子的照片从相册里撕下来,或许是因为不想让这个事实留下来。这个残忍的事实……下条小姐,我似乎明白了母亲没有选择其他方法,而是用烧掉一切的方式来自杀的理由。母亲发现一切都是谎言!幸福的家庭,善良的丈夫,就连自己生下的女儿都是假的!啊,啊,多么可怜的母亲!看着我的脸,她不知会有多么愤怒,多么痛苦!"

等我平静下来,身体像虚脱般瘫软时,下条小姐把手放在我的后背上，安慰着我。

"这不是你的错，"她说道，"你只是被生下来了。"

"我恨父亲，一辈子都恨！"

"鞠子……"下条小姐移动着手，开始抚摸我的头发。

我抬起头，望着桌子上的照片——只怕是我遗传学意义上的母亲的照片。

"下条小姐。"

"什么？"她的手停了。

我把照片拿在手里，说道："就算是真正的母亲，您觉得会如此相像吗？这个人，怎么看都不像是除我之外的第二个人。"

下条小姐沉默了一会儿，说道："明天去趟高城康之家再说吧。"

我翻过照片，背面是笠原老师三十年前写的备注："左起分别是笠原、上田俊代（帝都女短）、阿部晶子（帝都女大）、高城（经济）。"

与父亲同在山步会的高城康之赫然在列。

双叶之章　八

　　车载音响上的数字时钟显示九点整。胁坂讲介正坐在驾驶席上与地图做着对眼游戏。这种情形今天已多次出现。
　　也不知是美术馆还是资料馆，反正我们就在这种建筑的停车场里。五棱郭①就在附近，准确地说是一个标着五棱郭的牌子。光线昏暗，看不清里面的情形。仅从外观来看，似乎只是一个平常的庭院。
　　进入函馆是在今天傍晚时分。从札幌到这里我们花了将近七个小时，一路风平浪静，几乎没高山险谷，车子只是在弯道极少的柏油路上匀速前进。
　　见氏家清是我们来函馆的理由。从姓氏来看，阿裕见到的那个叫氏家鞠子的姑娘，大概就是氏家清的女儿。不清楚氏家的住址，可我记得藤村说过，他正在函馆理工大学执教。在北斗医科大学藤村的房间，我曾隐约听到藤村和人通话时说，氏家似乎还在东京。如果真是这样，他或许还没有回来。

---

① 日本江户时代建造的城郭，位于今北海道函馆市，外观呈五角星状。

为什么氏家的女儿会与我一模一样呢？

我的想象最终停留在一个最为稳妥的猜测上——或许我也是氏家的女儿。

或许还不是一般的女儿。我是一个试管婴儿，而且是双胞胎之一，另一个则被植入氏家妻子的肚子，那大概就是氏家鞠子。体外受精的时候，让人分别产下双胞胎是可能的，这种新闻我在报纸上多次读到。如此考虑也十分符合逻辑。

"或许吧。"胁坂讲介对此也表示同意，"在这种情况下，母亲究竟是谁呢？"

"可能不是妈妈。"我说道，"因为我和妈妈一点都不像。看来，或许鞠子的母亲就是我的母亲。"

胁坂讲介什么也没说。

来函馆的路上，我整理了一下思路：妈妈被杀一事与伊原骏策有关；那个伊原骏策正在生病；他或者是他的部下正盯着我的身体；我或许是试管婴儿；还有一个同我一模一样的姑娘存在，她似乎是曾在北斗医科大学与妈妈一起工作过的氏家的女儿……

越思索，我越觉得似乎不可能找到答案。自己仿佛正在根本没有答案的迷茫的混沌中彷徨。这种混沌绝不可能毫无来由地降临到我身边，答案一定隐藏在某个地方。

思来想去，我决定与鞠子见面。我觉得，如果与她见了面，就像拼图被拼起来一样，一定会有新发现。

抵达函馆之后，我给阿裕打了电话，说明我的意图，请他问清鞠子究竟什么时候回北海道。我实在无法直接给她打电话。

我打电话时，胁坂讲介也在往公司打电话，称已查明氏家清的住址。

"你可真会调查。"我感慨道。

"不是已经知道他是函馆理工大学的教授了嘛，嗯，还是网络的威力大。"他若无其事地答道。我恍然大悟。

我们比照着行车图寻找那个住址，却怎么也找不到，车不断地走走停停。

"明白了。我们把方向搞错了。"胁坂讲介把地图放在膝盖上，发动了引擎。

"这次该不会有问题了吧？"

"绝对不会。离这里并不是很远。"他驱车前行。

或许因为已入夜，函馆的街道没有我想象中那样时尚。到处都是小街。电视旅行节目中展示的那种充满异国情调的地方究竟在哪里呢？

最终，胁坂讲介将车停在一栋三层公寓旁边。周围是极普通的住宅区，挤满了与东京毫无二致的狭小房子。

"就在三楼。"胁坂讲介用拇指指指上面，说道。

沿楼梯来到氏家家旁边，眼前的房门忽然打开，一个胖胖的中年女子走了出来。看到我们，她似乎吓了一跳，不知为何，脸色剧变。

"啊，吓我一跳。回来了？"她非常亲昵地对我说道。

尽管迷惘，我还是含糊地应了一声"是"。

"嗯……"她一面上下打量胁坂讲介，一面从我们身边穿过，向楼梯走去。

我回过头来问他："怎么回事？"

"一定是认错人了。把你当成了氏家鞠子。"

我抱着胳膊，使劲咽了口唾沫。"完全没有怀疑。"

"是啊。"

我心一横，按响了氏家家的门铃，里面却毫无反应。

"看来还没有从东京回来。"

"大概是，再来吧。"

"嗯。"

下到一楼正要出去，胁坂讲介忽然止住脚步，眼睛一下子盯住了并排的信箱。在三〇五室的信箱上有一个牌子，上面写着"氏家"。邮件已经塞满，从投递口挤了出来。

他忽然抽出一个信封，看了看正反两面，递给了我。一个白色的信封，上面印着寄信人名称，一看便知是天主教会女校宿舍。收信人是氏家鞠子。

"看来，她住过宿舍。"胁坂讲介说道。

"是啊，完全是那种贵族小姐学校的感觉。"

"父亲是大学教授，在教育方面一定花了不少脑筋。"

"和我可大不一样。"

"进了贵族小姐学校未必就一定幸福。"

"那倒也是。"

我再次看了看氏家鞠子这几个字。还真是个不错的名字，我想。

离开公寓后，我又给阿裕打了电话。他说氏家鞠子打算在明天前后返回北海道，他让我明天再打一次电话询问情况。

当晚，我们把车停在码头附近的仓库背后，打算在这里熬一夜。尽管觉得伊原的网不可能撒到函馆，我们还是决定避免入住旅馆。从昨夜起就一直睡在车里，我已习惯那难闻的毛毯和车子的气味。

胁坂讲介与昨晚一样，拿着睡袋寻找自己的窝去了。尽管觉得他有些可怜，可我还没有大度到让他挤在这狭窄的车里一起睡的地步。虽说是北海道，可眼下的季节，他应该还不至于会感冒。

我打开天窗，仰望着夜空睡下。星星并没有出来。

第二天清晨，在附近的公园洗把脸，在饮食店吃了早餐，我们立刻朝氏家的公寓奔去。

"真想刮刮胡子。"胁坂讲介右手握着方向盘，左手蹭着下巴说道，"头也痒，全身黏糊糊的。"

"你就忍一下吧。我也很久没有连着两天不洗头了。"

"至少也要找个地方买条内裤什么的。"他咕哝着。我皱起眉，挪挪身子离他稍微远一点。

我们把车停在公寓前的路上，等待氏家出现。说是等待，我们并不知道他的长相。胁坂讲介只好使出最笨的办法，一看到年龄相仿的男人进入公寓，就急忙跟上，查看对方究竟进入了哪一家。我们守候了约一个小时，共有两个男人进了公寓，可似乎都不是氏家。

"会不会从东京直接返回北斗医科大学了？"

"有这种可能。"胁坂讲介赞同我的看法，"或许去一下函馆理工大学还能发现点什么。要不去一趟？"

"让我想想……"我抓起白色信封，昨日从氏家的信箱里抽出来的那个。

"啊，这个，你怎么还没还回去？这是犯罪。"

"抽出来的人可是你啊。"我抖了抖信封，"喂，要不要去这里看看？"

"啊？"他呆呆地望着我的眼睛，"真的？"

"真的。我想了解一些这姑娘的情况。她是个什么样的孩子，曾过着什么样的生活之类。既然她住过宿舍，去那里问一下岂不是更好？"

胁坂讲介咚咚咚地敲打起方向盘。接着，在确认了印刷在信封上的学校地址后，他默默地展开了行车地图。

"好像在大山深处。兜一下风或许感觉也不错。"

"那就这么定了。"我拽过安全带。

"只是，"他的眼神忽然认真起来，"别忘了你长着一张与氏家鞠子一样的脸。"

"我当然知道。"我咔嚓一声扣上安全带。

车子在沿海公路上绕函馆湾行驶了一阵子，右拐进入一条狭窄的小路。刚越过一个小小的铁路道口，道路一下子变成了上坡，民房也不太多。不久，周围就被树林包围了。刚才还迎面扑来阵阵海潮气息，现在却满鼻都是绿叶的味道。

不久，车子进入一条仿佛用直尺所画一般笔直的道路，没有铺柏油，两道清晰的车辙远远地往我们视野的前方延伸。道路两侧等距离地栽种着挺拔的树木，树木之间则是辽阔的草原。车子又行驶了一会儿，景色仍没有改变。

或许，这条路没有尽头吧——当我开始抱有一丝不安时，远远的前方出现了一幢茶色建筑。

"太好了！"驾车的胁坂讲介喃喃道，"我刚才还以为，这条路看起来是直线，可实际上我们正绕着同一个地方打转呢。"

那幢茶色建筑其实是一座砖结构的旧教堂。教堂前面是同样用砖块建起的围墙，上面嵌着黑色的铁门。胁坂讲介把 MPV 停在门前。

下了车，空气很冷。我正不停地搓着双手，"哎！"胁坂讲介扔过一件夹克，他则穿上了一件厚厚的运动服。

披上肥大的夹克，我窥探着院内的情形。透过铁门能看见的只有那座教堂，周围是沉沉的雾霭，一片静寂，让人甚至怀疑耳朵是否出了问题。

大门一旁有一扇便门，再旁边则是一栋同为砖墙结构的漂亮小屋，镶着窗户，现在却紧闭着，内侧挂着白色窗帘。凑过去一看，窗下挂着一个牌子，上面写着："访客请按此键"。牌子旁边果然有一个小小的按键。我毫不犹豫地按了下去。

等了一会儿，白色帘子晃动了一下，一张女人的面孔露了出来。是个中年女子，但看上去似乎更老一些，皱纹中透着温和。她微笑着打开窗户。

"我们想去一下宿舍。"我说道。

"在里面。"她面带微笑，却一副警惕的样子，"有什么事吗？"

"这个……"

"我们想询问一些有关毕业生的事情。"不知何时来到我身后的胁坂讲介说道，"我们不是可疑的人。"他递过名片。

女人端详了一阵子，把名片还给他。"虽然您大老远跑一趟，可非相关人士要想入内必须持有介绍信。在这里寄宿的孩子可都是家长的宝贝。"她语气平和，却透着一股坚毅。

"能否见一下宿舍的负责人呢？"他仍不肯罢休。

"这样也……"女人现出为难的神情。

就在这时，脚踩沙砾的声音传来。一扭头，个身穿黑衣、腰系围裙的女人正慢吞吞地走过来。这名圆滚滚的女子不禁使人联想起《乱世佳人》中的那位黑妈妈。

"馅饼煎好了,我给你带来了。"胖女人朝小屋中的女人微笑了一下,端着一个盖着白布的银托盘。当她的脸扭向这边时,笑容顿时消失了。

"哎呀呀,嬷嬷,总是这么麻烦您,真是不好意思。"接过托盘,小屋里的女人喜笑颜开,"实际上,嬷嬷,这两位想去宿舍——"

"啊呀!"不待她说完,胖女人已经张开那张与脸十分相称的大嘴,"这不是鞠子小姐吗?啊呀呀,啊呀呀,差点都认不出来了。可是,那个,"她瞅了一眼我的装束,"打扮得这么……这么有朝气啊,以前的你可连件西裤都不敢穿呢。"

"咦,嬷嬷,您认识他们?"

"是毕业生。鞠子小姐,氏家鞠子小姐。好久不见了。"胖女人满面堆笑,"你还好吗?"

"啊。"我不由得应了一声,又慌忙摆手,"呃,您弄错了。"

"什么?"

"我,不是氏家鞠子小姐。"

胖女人一下子愣住了,不知为何,她望了望胁坂讲介,忽然睁大了眼睛。

"不是氏家小姐?啊,你结婚了?"

我差点一个趔趄。"您错了。我叫小林双叶,与氏家鞠子小姐不是同一个人。"

"啊?"胖女人连连摇头,"你不是在开玩笑吧?"

"是真的。"

"可你……"胖女人眨眨圆眼睛,"就是氏家小姐。"

"不,事实上,"胁坂讲介走到我们中间,"这位小林小姐是鞠子小姐的双胞胎姐姐,出于某种原因离开了生身父母被人养大。这次来这里,就是想看看妹妹曾经住过的宿舍。"

听到这大胆的谎言,我的表情僵硬了,胖修女却似乎信以为真。

"是这样啊。"她现出一副恍然大悟的神情,使劲点点头,"那么相似也就在情理之中了。啊,原来如此。嘿,这些事,我可从来都没有听鞠子小姐谈起过呢。"

"我想,大概是鞠子的父母不让在外面随便说吧。"没办法,我决定干脆把谎撒到底。虽然刚才我说到鞠子时,在后面加了一个"小姐",可胖修女大大咧咧的,似乎没怎么注意,十分爽快地答应领我们去宿舍。

"非常感谢。"我说。胁坂讲介也低下了头。

"只是,"修女竖起了食指,"男人只能进入这教堂为止。"

"啊?"一手拿着便笺正要前行的他停下脚步。

"这是规定。"修女把手搭在我肩上,"那就走吧。"

我回头望了胁坂讲介一眼,说了一句"再见"。

宿舍简直是古董一样的木造建筑。眼前是宽广的牧场,牛群或悠然漫步,或趴着休憩。这光景不禁使人忘记这里竟然是日本。

一进宿舍楼,门口处摆着长长的一排鞋盒。我换上拖鞋,朝里面走去。这栋楼外观陈旧,里面却很新,走廊里铺着地毯。四下很寂静,因为住宿的学生都去了学校,胖女人如此告诉我。看来,这里的初中部和高中部暑假开始得都很晚。

我被领进一个名为"谈话室"的地方,里面有大屏幕电视和几张圆桌,每张圆桌都配有四把椅子。我在其中一把上坐下。

胖女人自称姓细野,长年担任这里的舍监。她离开了一会儿,拿了两人份苹果汁返回。

细野修女对我讲述了很多关于氏家鞠子的故事。鞠子的直率、勤奋、诚实,她都一一用具体的例子加以说明。她把我当成了氏家鞠子的亲人,自然不会说坏话,但她的话还是有凭有据的。她过于夸奖氏家鞠子了,我不禁觉得有些无聊,原因连我自己都不清楚。

"真的是一个好孩子,活泼开朗。可是,自从那场大火以后,她不舒心的时候就多了起来。"细野修女的表情阴郁起来。

"大火?"

细野修女愣了一下。看来我失言了,我有些后悔。

"就是……烧毁氏家小姐家的那场大火,"细野修女惊讶地说道,"因此她才失去了母亲……"

我只觉得心脏猛地收缩了一下。她就是这样失去了母亲?

"你不知道吗?"细野修女带着难以置信的表情问道。

"啊,倒是听说过,只是具体的情形……"一时想不起得体的谎言,我心里不免有些发慌。不过,看到我的样子,细野修女却适当地给出了解释。

"看来是周围的人也都有所顾虑,不愿多说吧。"她露出怜悯的眼神,看着我说道。看来是在同情我,我含糊地应了一声"啊"。

就在这时,出现了一个年轻的女子,一个身穿长裙、气质纯洁的女子。

"嬷嬷,来客人了?"女子一面说一面看了看我,接着,眼睛和嘴巴同时慢慢张大了,"鞠子……"

又来了。说实话,我有些厌倦了。

"春子,你和鞠子小姐同年级?"细野修女有些意外地说道。

"不,嬷嬷。鞠子比我低两届呢,但倒是同住一个房间。对吧?"被唤为春子的姑娘朝我微笑起来。我挠着头望了望细野修女。

细野修女圆圆的脸上现出一丝苦笑。"其实啊,春子,这位并不是鞠子小姐,虽然长得十分相像。"

"啊?啊?"春子小姐连连眨着眼睛,"不会吧……"

"我姓小林。多谢你对我妹妹的照顾。"我干脆自暴自弃地说道。

"你说的妹妹是……"

"她是姐姐,双胞胎姐姐。"细野修女重复着胁坂讲介刚才的假话。春子小姐似乎也毫不怀疑,用力点点头。

"啊,怪不得呢。真的很像哦,简直就是鞠子本人。"说完,她又道起歉来,"真是太失礼了,刚才一直那样盯着您看。"

"没关系。"

年龄相仿的女子以如此恭谨的敬语对我说话,还是头一次呢,我觉得非常新鲜。氏家鞠子一定也是这样。我想象着,倘若我进了这所学校,结果也会这样吗?如果我也以这种口吻说话,乐队的那几个伙伴一定会笑掉大牙。

原来,春子小姐正就读于这里的大学,因为已经放暑假,就过来帮帮忙。她说读的是教育学系,如果顺利,将来也会在这里生活。倘若真是这样,不就无法交男朋友了吗?我心里这样想,可眼前的气氛似乎并不适合开这种玩笑,于是我把话咽了下去。

春子又谈了一会儿对氏家鞠子的回忆,其中既有与细野修女所述重叠之处,也有瞒着舍监秘密举行的几次活动,今天在这里披露

247

出来，应该算是首次公开了。其实只是些在房间里做一些时装模仿秀、联名给喜欢的明星发仰慕信之类。怎么说氏家鞠子当时才读初中一年级，充其量也就闹到这种程度。

后来终于谈到了我自己。无论春子小姐还是细野修女，都没有刨根问底地询问我是如何牵涉进来的，她们更关心我和氏家鞠子被分别收养这一点。想起来，这也毫不奇怪。

"有很多内情，"我搪塞着，"由于我养母去世，我们这次就会面了。"

"哦。"细野修女点点头，脸上写满无限的想象。她们大概觉得不便胡乱询问吧。多亏这二人很有修养，我才得以解围。

"那，我想只问一件事，你不会介意吧？"仿佛下了很大决心，春子小姐问道。

"好的。"

"小林小姐你真正的父母自然是氏家夫妇，也就是鞠子的父亲和母亲……"

"是的。"鉴于目前的情势，我只能如此回答。否则，她们一定会陷入混乱吧。尽管如此，春子仍一副阴郁的表情。

"怎么？"我试探着问道。

"这个,哎,或许说出来非常失礼，"她反复打量着我和细野修女，忸怩不安，欲言又止，"以前，我听鞠子说过一些令人忧虑的话。"

"什么？"

"这个……"她顿了顿方道，"鞠子说，她或许不是父母真正的孩子。"

"啊？"我顿时不禁伸出脖子。

"喂，春子，这种话可不能轻易说。"细野修女以极其威严的声音责备道，恐怕，她平时就是这样对待住宿的学生。

"对不起。"春子条件反射一样立刻低下了头，"可她的确为此烦恼过，尤其是对长相不像母亲这一点。她一直担心或许就是因为这一点才被母亲厌弃。"

"真是荒唐！孩子不像父母的，天底下到处都是。"

"是啊。我们也这么劝鞠子，可她似乎听不进去。不久就发生了那场大火，这些事也就无法再谈了……"春子小姐垂下了眼帘。

我陷入了沉思。氏家鞠子正在调查自己的身世，这一点已从阿裕的来电中听说了。没想到，令她产生疑问的竟是她长得不像母亲这一点。

即便我和她都是试管婴儿，可若我们都不像母亲，那真正的母亲又是谁呢？

"抱歉。都怪我，净说些无聊的事情。"或许是见我陷入了沉默，春子几乎要哭出来了，连连道歉。

"没事。我一点都不在意。"我强作欢颜，言不由衷地说道。

被她们领着参观了一圈宿舍之后，我决定告辞。细野修女把我送到大门。

"代我向鞠子小姐问好。"临别时细野修女说道。

"好的。"我点点头。如果知道我与氏家鞠子的真正关系，不知这位胖女子会呈现出怎样的表情。

出了门，MPV 就停在一棵大树的树荫里，胁坂讲介正在里面午睡。我叫醒他，把听来的那些有关氏家鞠子的事情告诉了他。得知她也不像母亲，胁坂讲介抱起胳膊咕哝起来。

249

"那么，可能性就只有一个。你们俩是双胞胎试管婴儿，并且分别以不同的女子为代孕母亲。"

"代孕母亲……"

听起来着实令人不快。我实在不想如此定义妈妈的存在。

"喂，我想起来了。"回望来路，我说道。这样望过去，那条路也没有多大改变。"说不定，我和氏家鞠子拥有同一个身体。"

沉默了一会儿，胁坂讲介问道："什么意思？"

"既然脸一样，那身体一定一样。对了，双胞胎可不这样。"

"然后呢？"

"我不是早就说了吗？我的身体里隐藏着某种秘密，伊原骏策等人一直觊觎的秘密。这秘密是否在氏家鞠子身上也同样存在呢？"

"或许吧。"

"不好。"我的心急跳起来，"如果不赶快把这件事通知氏家鞠子，下一个被瞄准的目标就将是她。"

鞠子之章　九

从笠原老师那里看到阿部晶子照片的第二天早晨，下条小姐便通过 NTT 的电话查询查到了高城家的电话号码。很幸运，高城家的住址未变，电话也依旧如故。下条小姐立刻记了下来。

"这次得打这个试试了。"

"拜托了。"我微一低头。

关于高城出现在照片上一事，笠原老师称并不清楚。他似乎不认识高城。

"照片上是四个人，可并非只有他们参加了郊游。一般情况下都是成群结队一起去的，只不过这四人经常凑在一起照相而已。比如我们，最起码得凑十个人才行。"笠原老师如是说。

"女生的事暂且不说，有没有非小组成员的男生混进来的情况？"下条小姐问道。

"这种情况只有一种可能性，即通过该男生来吸引其他大学女生。比如，请那些正在恋爱的男生介绍其女友的朋友，鉴于具体情况，有时那个男生也会与女友参加郊游。"

"看来，阿部晶子与高城是恋人……"

"有可能，极有可能。或许社团成员中有人与高城关系很好，求他把阿部小姐的朋友带来。"笠原老师说道。

我认为这种推理无疑是准确的。父亲深爱着这个叫阿部晶子的女子，并与山步会中的一个同伴成了情敌，此人便是高城康之。

于是，我决心探访高城家。究竟能否如愿获得一点答案，我也抱有疑问，因为高城毕竟已不在人世。

下条小姐小心地按下号码。她舔了舔嘴唇，等待电话接通。看来她也很紧张。

她的脸颊微微颤动了一下，看得出，电话接通了。

"啊，喂，是高城先生府上吗……啊，我是帝都大学事务局的，高城康之先生在家吗……咦，是吗？夫人呢？哦，什么时候能回来？是吗？嗯？是这样的，我们要制作一个同窗会名录，想询问一下工作单位什么的。啊？不，不是那种人。啊？哎……那个，喂喂，啊——"下条小姐半张着嘴巴停了下来，之后才缓缓挂断了电话，然后看着我苦笑一下，"难道是问法不当？似乎被误会了。刚才接电话的似乎是个女佣，看来是挺大的一个家呢。"

"夫人也出去了？"

"嗯，说不知道干什么去了。但是，"下条小姐用指尖砰砰地敲着桌子，说道，"她提到了一个聪明社，说如果有事找老爷或夫人，可以到聪明社问问。"

"聪明社？是出版社？"

"估计是吧。"

"在那家公司上班？"

"或许。还有，一听到这个社名，我倒是想起来了，高城这个姓氏似乎和聪明社有关。"

"什么关系？"

"等一下，好像有一本书来着。"下条小姐起身朝书房走去，在塞满书的书架前停下，飞快地扫了一眼，抽出一本硬皮的书，似乎是有关公害问题的。她从后面翻开。

"啊，果然。说起这个高城……"下条小姐忽然停了下来，仿佛按下了录像机的暂停键一样，身子未完全转过来便静止不动。不久，她抬起脸，一副百思不得其解的神情。

"怎么了？"我问道。

下条小姐默默地走近，将书出示给我。最后一页已翻开。她指着版权页的一栏。

那里写着"发行方：聪明社株式会社"，旁边则是"发行人：高城晶子"。

文京区，即使有人告诉我这个地名，我对此也一无所知。但从今往后，我大概终生不会忘记这个地方。

我不知道去高城家究竟合不合适。高城晶子无疑就是我遗传学意义上的母亲，如果这一点得到确认，我剩下的选择或许就是静静地离去。只是，我还有一些事情想知道。究竟为什么会出现这样的结果？为什么高城晶子的孩子必须由别的女子生下来？

电车抵达离高城家最近的车站，我和下条小姐一起出了站。下条小姐穿着夏季套装。毕竟要拜访聪明社社长的家嘛，她如此解释道。我却选择了所带服装中最朴素的裙子和衬衫。

我们一面查看贴在电线杆等处的住址显示牌,一面走在夏季的骄阳下。途中还有详细说明住址的地图,我们在里面找到了高城这个姓氏。从地图上看,似乎是一栋巨大的豪宅。

"好像就在前面。"下条小姐说道。

离目的地越来越近,我的心也逐渐悸动起来。我知道血液已涌上头顶,脸颊也已潮红。住宅区异常寂静,唯独自己的脚步声听起来那样响。

拐过这个街角就是她家了。想到这些,我不禁止住了脚步。

"怎么了?"下条小姐回过头来,接着似乎立刻就明白了,微微一笑,"还没弄清真相就想回去?"

我摇摇头。

"那就好。"她说。

我深呼吸了两三下,努力静下心来。无论结果如何都不能慌乱,无论得知什么真相都不要惊慌。我反复安慰自己。

我迈出一步,朝那家的方向望去。

一堵白色围墙映入眼帘,不禁使人联想起武家府邸。几株大树从院内伸出枝叶,覆盖了围墙。

我又往前走了几步。高城家似乎是颇有历史积淀的大户人家,这一点仅从大门和对面灰色屋顶的恢宏气势中就不难看出。在东京市中心,居然还存在如此传统的和式房屋,这着实令我吃惊。

究竟该如何拜访呢?此时我仍在思考。我太愚蠢了,什么主意都想不出来。高城家的大门也仿佛在断然拒绝我的优柔寡断,紧紧地闭着。我既没有前进的决心,也没有逃跑的勇气,再次不知所措地呆呆伫立。

"快走啊。"下条小姐催促道。

"可是……"

"没事的。"我的后背被她轻轻推了一下。

门柱上镶嵌着门铃。在按下之前，下条小姐打量了一下门的整体构造。

"太遗憾了，似乎不带摄像头，不然讲话就方便了。"

我一时没听明白。

她的胸脯一起一伏，调整了一下呼吸之后，按下门铃。接入的声音传来，扬声器中有了回应。"哪位？"

"我们是从帝都大学来的，有重要的事要找夫人。能不能见一下面？"大概是为了不让对方插嘴，下条小姐一口气把话说完。

"是刚才打电话的人吧？夫人外出了。"一个年长女子不快的声音传来。

"能否让我们等到她回来呢？实在不行的话，见见其他家庭成员也行。"

"现在家里没人。如果有事，请去公司吧。"嗒的一声，电话被挂断了。

下条小姐再次按响了门铃，却没有任何反应，她连续按着。"喂！"那名女子愤怒的声音传来。

"无论如何请先开一下门吧。"下条小姐说道，"请让我们进去。我希望你能看看我同伴。"

"你乱七八糟的究竟在说什么？"

"拜托了。既然没有其他人，那你也行。你一看就会明白。"

"我没那闲工夫。"通话再次切断了。

下条小姐毫不气馁，再次按下门铃。

"下条小姐，算了吧。"

"你说什么？好不容易才来到这里。"她继续按着门铃。

门内传来了狗叫声。下条小姐停止按铃。大门左侧的便门开了。

"你真啰唆！我要喊警察了。"出来了一个腰系围裙的胖女人，牵着一只毛色黑亮的狗。

女人歪着头盯着我们。就在看到我的那一瞬间，她脸色大变。更确切地说，她的表情完全消失了。她呆立在便门前，僵住般一动不动。

"这个……"她开口了。

仿佛在示意她看一样，下条小姐拍了拍我的肩膀，向她走去。

"所以我才说希望见一下面。"下条小姐说道。

女佣眼睛滴溜溜地在我和下条小姐之间转来转去。"这个人究竟是……你们到底是什么人？"

"我们正是想来说这些的。夫人真的出去了？"

"去旅行了……"

"其他人呢？"

"哦……老太爷倒是在。"

"难道我们就不能见一下吗？"

女佣望着我的脸，略一思索，说了句"我去问一下"，就穿过便门消失了。门扉就那样敞着。见此情形，下条小姐说了句"走"，也走了进去。我跟了上去。

围墙里面空气清冷，大概是树木遮住阳光的缘故。透下的阳光落在石子路上，错落有致的石子路伸向前方的一处宅院。

在那里站了一会儿,旁边传来响声。那名女佣和一个身穿茶色和服的老人出现在眼前。老人手里拿着花剪。

"这到底是怎么……"一看到我的脸,老人凹陷的眼睛睁大了,从皱纹下喉结的移动中不难看出,他使劲咽下一口唾沫。

下条小姐朝老人走近几步。

"她正在调查自己的身世。"下条小姐回头看了我一眼,说道,"经过种种调查,得知了这里的夫人的事。于是前来拜会一下。"

仅靠这些说明,老人似乎仍一头雾水,但他还是吩咐旁边的女佣:"把她们请到客厅里去。"

宅子的外观是纯和风的,我们被领进的房间里却摆放着皮沙发和西式茶几。装饰架上放着一把壶,旁边放着一个相框。里面的照片上是一名和服打扮的女性,打着一把西式阳伞。女人与和服的不相称似乎远远超过了与阳伞的不和谐。由于是黑白照片,无法分辨眼睛和头发的颜色,但那分明是一张西方人的面孔。

"不知道这位是什么人。"下条小姐说道。我也有些纳闷。

女佣端过茶来,不一会儿,老人出现了。他戴上了眼镜。老人透过眼镜盯着我,在我们对面坐下。

我首先简单地自我介绍。听到我的名字,仿佛在念诵咒语一样,老人反复念了几遍,似乎以前从未听过。然后,他报出姓氏:"我姓高城。"大概是高城康之的父亲。

下条小姐说明了此前的经过,但很简略,只说我从父亲的相册中发现了一张与自己一模一样的女子的照片,后来得知便是高城晶子夫人,云云。她的叙述清楚完整,流畅可信。

"听不懂。究竟是怎么回事?"老人抬抬眼镜,仔细端详下条小姐递过的照片——从笠原老师那里要来的那张,"你的确长得酷似晶子。哎呀,远不是一句酷似那么简单。一样,完全一样。虽然她现在上了年纪,可我还是觉得一样。怎么回事?莫非晶子在外面生了孩子?"老人望着我,"你父母是怎么对你说的?"

"母亲去世了,父亲什么也不肯说。"

"她想在询问父亲之前,先自己调查一下。"下条小姐插道。

"你父亲是做什么的?"

"在函馆理工大学教书。"

老人摇摇头,似乎没有一点印象。

"户籍上是怎么写的?"

"只说是父母的长女。"我答道。

老人把照片还给下条小姐,咕哝道:"不问问晶子,什么都不好说。你大概是晶子的女儿,也不知是如何被你父母收养的。"说完,他忽然凝望着远处,喃喃道:"究竟是什么时候出生的呢?"

"她今年十八岁。"下条小姐说道,"二十多年前,尊府的夫人有没有长期住院之类的经历?是在北海道的医院。"

她提问的意图我也明白。她大概想印证高城晶子的卵子是否曾被用来进行过体外受精。

老人深吸一口气,靠在沙发上,然后吐出来,点了点头。

"有。"他说道,"对了,正好是在二十年前。两个人一起去的,好像的确去了北海道。"

"两个人?"下条小姐问道。

"嗯。康之与晶子,两个人。"

"康之先生也去了?"

"当然。既然是以生孩子为目的,不两个人一起去怎么像话?"

我和下条小姐对视一眼。

"为生孩子特意去了北海道?"

下条小姐的提问让老人的脸阴沉下来,紧绷的嘴角分明在告诉我们,此事一定蕴含复杂的内情。

"到底有什么内情?如果您不告诉我们,我想什么也不会解决。"下条小姐继续说道。

老人再次重重叹了口气。"康之的身体不能要孩子,嗯,应该说是不允许生孩子。"

"怎么回事?"

"有病。"老人摸了摸下巴,"一种不能要孩子的病。在这一点上,我也有责任。"老人眨着眼睛说道。

"呃……"我翻着眼珠望着老人,怯生生地开口说道,"有这种病吗?"

他有些悲哀地盯了我一会儿,将右手伸向装饰架。"镜框里是我妻子的照片。"

我一愣,随即点点头。"很漂亮。"

"她是一个住在横滨的英国教师的女儿。我到她家学习英语,和她产生了感情,不久就结婚了。周围的人都反对,可我并不在乎。"老人呷了一口碗中的茶。

虽不知这些是如何与康之的病联系在一起的,我还是决定静静听下去。下条小姐似乎也没有催促的意思。

"我们结婚后,很快就生下一个孩子,就是康之。康之健康地成长。我继承了父亲开创的出版社,一心想把公司做大,一切都进行得非常顺利。当时的遗憾就是只有这一个孩子。后来才知道，这正是不幸中的万幸。"老人清了清嗓子，"康之长大成人，进入我的公司，并与一个从学生时代就相恋的姑娘结了婚。"

"就是阿部晶子小姐吧？"下条小姐确认道。

高城老人点点头。"家世不错，头脑聪明，做事也干练，作为康之的伴侣真是无可挑剔。这样我也什么心事都没有了。刚舒了一口气，忽然发生了意想不到的事情。"他朝镜框望去，"我妻子患病了，一种十分奇怪的病。"

"奇怪？"下条小姐问道。

"先是身体活动出现异常，手脚似乎不听使唤了。不久，衰弱和消耗愈发严重，明明还不到那种年纪就陷入痴呆状态，心脏功能也出现明显异常。诊断结果是患了亨廷顿舞蹈症。舞蹈会的舞蹈。据说，一旦发病，手脚就无法保持平衡，走路的姿势看起来像舞蹈一样，所以有了这样的名字。"

"亨廷顿舞蹈症……果然。"似乎领悟到了什么，下条小姐频频点头。

"我没听说过。"我说道。

"在日本这种病不为人熟知，可在美国和英国，据称约有近十万人有发病的危险。"

"哦。"高城老人露出意外的神情，"你很清楚啊。"

下条小姐亮明自己医学院学生的身份，老人似乎恍然了。

"这种疾病的发源地好像是南美。"

"源头据说是委内瑞拉的一个部落。"

"病毒是从那里产生的吗？"我问道。

老人接过了我的问题。"亨廷顿舞蹈症是一种典型的遗传病。据说,遗传给孩子的概率非常高。并且,一旦遗传,发病率很高,就这样快速传播。是吧?"他向下条小姐求证。她点点头。

"不能治吗?"

"现在能不能治就不知道了——"

"现在也无法治。"下条小姐当即答道,"前几天在美国发现了致病的遗传基因,估计能为今后的医治开创一条路径。"

"真希望能早日实现啊!"老人感慨道,"患上那种病太悲惨了,像跳舞一样摇晃、衰弱、痴呆、二次感染,最后死去。我的妻子就是这样。"

"可是,"我说道,"如果罹患那种不治之症,后代不就越来越少了吗?"

"这就是这种疾病的可恶之处。年轻时不发病。一般说来,都是四十多岁时忽然发病,而此时人大多已毫不知情地结婚生子了。"

"我妻子的情形也正是如此。"老人懊悔地用拳头捶打着膝盖,"什么征兆都没有。如果我对疾病的知识丰富一点,在得知家族中有这种患者的时候,或许也能采取放弃婚姻的手段。可我们结婚时,对这种疾病的报告只是一些奇怪的症状,其他的一无所知。我对这种病的了解,也是在从妻子发病时开始的。"

"那,康之先生也……"我没有说完,但意思似乎仍传递给了老人。

"遗传给康之的可能性当然很高了。我也早已做好这种思想准备了。"

"现在能用读取遗传基因的手段来判定是否为阳性,当时却还

261

没有发达到这一步。"下条小姐说道。

"想起当时孩子的苦恼，我至今还在心痛。"高城老人一脸痛苦，深埋在皱纹里的眼睛凝望着远处，"康之似乎已知道死亡会在什么时候来临，于是日复一日地消沉下去，经常把自己关在屋子里，几个小时都不出来。每当这时，我们都担心他会自杀，经常让人去喊两声，幸好每次都能听到回应，当然，也是那种忧郁、愤怒、总之无法用语言表达的复杂声音。"

这也难怪。得知死亡已经进入读秒阶段，谁还能心平气和地活着呢？

"不久，康之得出了结论，向晶子提出离婚。他说，在明知将来发生不幸的概率很高的情况下，他不想连累妻子。"

我点点头。如果高城康之真的深爱晶子，自然会如此考虑。

"可晶子不同意，说因为对方将来或许会生病就离婚，这种荒唐事简直闻所未闻。她还鼓励康之，不要再提这种荒唐事，两个人要共同努力，渡过苦难。"

"真是一个坚强的女子。"下条小姐说道。

"实在是一个坚强的女子。"老人仿佛在确认着这句话的意思般重重点了点头，"心里一定和康之一样绝望至极，但她没有让自己沉沦，并且大概也采取了这样的态度。在她的鼓励下，康之也坚定了重新出发的决心——已经预知死亡的重新出发。但是，出现了一个重要的问题，即高城家后代的问题。听了刚才的叙述就会明白，康之是不能要孩子的。"

"于是去了北海道？"下条小姐问道。

"具体情况我就不清楚了。"老人伸手拿过茶杯，润了润喉咙后再次开口说道,"据康之说,他有一个大学时代的朋友正从事多项划时代的研究,想去求他,看看能不能避开亨廷顿舞蹈症的遗传,生一个孩子。"

"大学时代的朋友?"我看了一眼下条小姐。她也望向我,轻轻点点头。

一定是父亲。高城夫妻为了向供职于北斗医科大学的父亲求助,才去了北海道。

"结果呢?"下条小姐追问道。

老人无力地摇摇头。

"说是要在母体方面下一些功夫,他们就在那边待了将近一年,但最终好像还是不行。究竟都做了些什么,如何不行,我也没有问,也没法问啊。"

"后来他们又怎样了呢?"

"毫无办法,只好放弃了。有一次,康之到我这里来,说非常遗憾,他想放弃要孩子。我也没有资格说三道四,只是回答了一句'只有这样了'。"

我再次与下条小姐对视一眼。如果真是一无所获,至少高城晶子夫人也应从北海道返回啊。真是难以置信。

"这些已是二十多年前的事了,我正要淡忘,"老人盯着我,"可一看到你,却不得不再次回忆起来。无论是谁,肯定都会说你是晶子的孩子。那么,当时没能生出孩子一说自然就是谎言。可是,有必要撒这样的谎吗?或者,是晶子与别人生下的孩子?不,她不是那种人。首先,如果真有这种事,康之不可能发现不了。"老人似乎不是在对我们说话,而是在自言自语。

"问一下本人不就什么都清楚了？"下条小姐说道。

"或许。我也想听听事情的真相。说不定，这位小姐真的是我孙女呢。"老人微微摇了摇头，"可怎么说呢？看上去全然没有康之的影子。更准确地说，你就是晶子，就是晶子本人,完全不像其他人。"

"夫人什么时候能回来？"

"说是去疗养了，大约要一个星期，再过几天大概就回来了。当然，联系还是可以的。我跟她说说，让她立刻回来。"

老人缓缓起身，拿起一个挂在门一侧墙壁上的电话机。原以为他会立刻拨打电话，可并非如此。"绢惠，把记着疗养院号码的电话本给我拿过来。"绢惠看来就是那个女佣。

他坐下之后，下条小姐问道："公司由夫人继承了？"

"嗯，十多年前康之去世，不久她就继承了。"

"最终还是因为亨廷顿舞蹈症去世的吗？"我问道。

"对，比预计发病时间还要早。他终究还是陷入郁闷，沉溺于酒精。一旦患上那种病，连精神都崩溃了，日益憔悴，脸色越来越难看，并发症一个接着一个。我只能眼睁睁地看着干着急。早在发病前，晶子等人就从全世界收集信息，寻求治疗办法，却没有找到一份有希望的材料。研究者充其量也只明白遗传基因在哪里而已，说是在一种什么染色体里面。"

"是在第四染色体的短臂部分。"下条小姐补充道，"马萨诸塞州综合医院的古斯勒医生发现的。"

"尽管是一个划时代的发现，可要运用到临床上还要很长时间。不久，康之就衰弱下去。就这样，在一个早晨，他的身体在床上变冷了，据说是心脏功能障碍造成的猝死。最后只剩下了皮包骨，简直比我这个老头还要干枯。"

我忍不住把目光从淡然回忆的老人的脸上移开。他一定很多年都没这样讲过了。

"对夫人的打击也非常大吧？"下条小姐说道。

"那还用说！"老人毋庸置疑地说着，使劲叹了口气，"伴侣生病死去，光是这一点一般人的精神也就崩溃了。她却忍着精神上的痛苦，成功完成了工作的交接，简直毫不畏惧，真是个坚强的人。康之刚去世时，还是由我担任社长，可不久我就发现，把公司交给晶子毫无问题。讽刺的是，公司没有交给康之而是交给了晶子，这对公司来说，反倒成了一件幸事。"

"今后您打算怎么办呢？又没有孩子。"

"这一点已经解决了。刚才我忘了说，康之还在世时，就从亲戚家收养了一个健康的孩子，现在已经长大成人，正在帮晶子做事。"

"养子？现在在哪里？"

"这一阵子一直不在家，大概是为采访之类的事去海外了。"

敲门声传来。绢惠走了进来，递给老人一个很薄的小本子。

"哎，晶子去了哪个疗养院来着？"老人正了正眼镜问道。

"千岁。"绢惠答道。

咦？三个人同时叫了起来。绢惠一怔，以为自己说错了话。

"你说的千岁，是北海道的那个吗？"

"是……"

老人看着我。"是偶然吗？"

我说不出话来，望向下条小姐。她紧锁的眉头告诉我，这绝非偶然。

高城老人当即拨打电话。晶子夫人似乎不在,说是外出了,晚上才回来。

"你在这边要待到什么时候?"老人挂断电话,问道。

"我想可能今夜就回北海道。"

"哦?既然这样,与其等晶子回来,或许还不如在那边见面更省事呢。那好,你到了那里之后再和我联系一下。在此之前我会跟晶子说好的。对了,麻烦你再说一遍名字……"

"氏家,氏家鞠子。"

"氏家小姐,知道了。"

"氏家……"在一旁聆听的绢惠的表情不禁有些异样。

高城老人也注意到了。"怎么了?"

"没,那个……"

"怎么回事?快说!"

"是。就在夫人去北海道之前,有一位姓氏家的男子打来电话。然后,夫人立刻就出去了。"

"去见那个姓氏家的人了?"

"这,这些我就不……"绢惠像受到了训斥一样蜷缩着身子。

"大概是你父亲吧?"高城老人问我。我低下头。大概是父亲。前几天不是刚来过吗,难道他又一次来到了东京?就为了见高城晶子?究竟是怎么回事?

"看来,这件事有必要同时问一下晶子和你父亲,十分紧急。"老人沉吟道。

离开高城家时,老人把我们送到了庭院。最后告别时,那只黑狗从树间冲了出来,俨然要向我扑来。我不禁尖叫起来。"巴克斯!"

老人厉声喝道。

可是，被唤作巴克斯的狗并没有向我扑来，而是嗅起我脚底的气味。它没有狂吠，十分温顺地仰视着我。

"啊呀呀，"绢惠连忙拿来狗绳，拴在项圈上，"对不起，刚才忘了拴起来。"

"小心点。这条狗倒是好久没这么听话了，说不定把你当成晶子了。"老人开玩笑般说道。

出了高城家，前往地铁站的途中，下条小姐说："回房间后立刻准备一下，去羽田。或许还能弄到两张退票呢。"

"高城晶子夫人去北海道一事，与小林双叶小姐有关吗？"

"我认为有。你想，世上哪有如此巧合的事。"

"是啊，父亲也来见过晶子夫人了。"

的确，事情正在我不知道的地方悄然发生。

上了地铁列车，我们并排坐下。对面的座位上，一个上班族模样的男子正满脸疲倦地打盹，汗水正在短袖衬衫的腋窝处慢慢地绘制地图。在东京，一脸疲倦的人太多了，或许这不是一个能让人的心灵得到休息的城市。我想起父亲强烈反对我到东京上大学的话。父亲一定是害怕我得知高城晶子的存在，才坚决反对。出版社的女社长说不定什么时候就会出现在媒体上，我未必就会一直看不到。

"亨廷顿舞蹈症……"下条小姐喃喃道，"终于明白一点了。"

"我从来都不知道居然还有这种病。"

"我也是头一次在身边听到这种病例。"

"难道，我果然是高城夫妻去北海道时生下的？"

"当时的确创造了你出生的因素,这是事实。"

"可到底是怎么……"

"这个嘛,不继续调查是无法明白的。"

从涩谷站乘上返回的电车后,下条小姐说要顺便去一趟大学,说是好久没有到研究室了,怎么也得去打个招呼。

"你可以先回去,提前准备一下。"

"不用,也没有多少行李。"我也在大学前那一站下了车。

和昨天一样,我们从车站步行至正门,穿过宽阔的校园。究竟是第几次到这里来了呢?次数并不很多,可我觉得这里像是个来惯了的地方。

"你在这里等一下,我马上就好。"下条小姐把我留在一幢四层白色建筑前面,独自走了进去。这里就是我第一次来时,她让我等候的地方。感觉从那以后似乎已过了很久,实际上却不过三周。

说不定,自己再也不会回到这里了。如果回到北海道,真能得到某种答案,恐怕就没有再回来的必要了。

我忽然想起该去和梅津教授打个招呼。他是为数不多的了解父亲过去的人之一。正是在见到这位教授之后,我才明白了许多事情。

暑假已至,也不知教授会不会在房间里,我还是走进了这栋建筑。我记得房间的位置。

我轻轻地走在木地板走廊里,凭记忆找到了那个写着"第十研究室教授室"的牌子。我正要敲门,里面传来了声音。

"我不会放过这个机会。"

是下条小姐的声音。我慢慢松开为敲门而握紧的拳头。她的声音里分明带着急切。

"可仅凭面孔相似这一点……"是梅津教授的声音。

"不是相似,是相同。长着同一张脸,而且,中间隔着三十岁的年龄差。"

我的心剧烈跳动起来。下条小姐似乎正在对教授说着我的事情。

"难以置信。久能老师的确曾执着于那个实验,可还不至于到实践的地步。"

"她和那个叫小林双叶的人,还有那个叫高城晶子的人外貌完全相同一事,除此之外还能说明什么呢?"

"你说的外貌相同只是主观猜测。"

"可无论谁看到他们都非常吃惊。就连老师您,在看到小林双叶的照片时,不也惊叹不已吗?"

"嗯,那照片的确是酷似……"教授含糊地应道。

究竟是什么事情呢?这二人究竟在谈论什么?

"一旦三人的存在公开,世间一定会一片哗然。到那时,我们再想出手恐怕也晚了。所以,我想应趁着现在接近核心的机会,详细调查研究内容和实验详情才是。如果进展顺利,或许还能弄到数据呢。"

"你弄这些做什么?"

"当然作为大学的财产啊。"

"这些东西成不了大学的财产。"

"为什么?这可是谁都不曾做过的实验记录,今后也不会有。如果有了这些,发生学和遗传学都会产生飞跃性的进步。"

"我可不这么认为。如果照你所说,北斗医科大学早就该创造出某些实绩了,可他们却连老鼠的核移植都还需要艰苦奋斗呢。"

"我想这主要是由于久能老师去世造成的。失去了智囊顾问，北斗医科大学再也无法让这颗好不容易得来的珍珠发光了。"

"这根本就不是什么珍珠，"梅津教授语带不快，"简直就是未回收的化学武器。"

"即使如此，那不也需要回收吗？"

"这也用不着你来做。"

"我来做有什么不好？再说，我现在正处在最近的位置。"

"总之我不赞成。那种研究是危险思想的产物。掺和进去，对你的将来也没有好处。"

"现在让我撒手是不可能的。氏家鞠子这个实验结果就在我的眼前。"

实验结果？我？

"那不是还没有确定吗？趁现在撒手还来得及。"

"确定了，至少我坚信如此。"下条小姐的声音越发大了起来，又道，"她是克隆人。"

一瞬间，我什么都听不见了，仿佛在这极短的时间里失去了意识。或许是一种防御本能在无意间发生了作用，阻止后面的话传入我的耳朵。

猛地回过神来时，我已瘫软在地，手放在门上。听觉恢复了，室内的声音却听不到了，同时脚步声越来越近。看来是我发出了什么声音。

我慌忙站起来，想赶紧离去，脚却不听使唤。正在走廊里彷徨，背后传来开门的声音。我呆呆伫立，慢慢回过头来。下条小姐正站在那里看着我，后面还有梅津教授的身影。

"你都听见了？"下条小姐铁青着脸问道。

我点点头。可就连这个小动作，我都感觉做起来那么生硬，仿佛脖子就要发出吱嘎声一样。

"你听我说——"

教授刚要上前，下条小姐伸手阻止了他，说道："还是由我来解释吧。这是我的责任。"

"可是……"

"求您了。"

教授思索了一会儿，点了点头。"好，那就用我的房间吧。"他朝走廊那端走去。

下条小姐走过来，手搭在我的肩上。"听我解释。你也不希望就这么半途而废吧？"

我抬头看了她一眼，随即垂下视线，走进房间。

和上次一样，我在黑色待客沙发上坐下，只是对面的人换成了下条小姐。

"我不怎么读科幻小说，可刚才那句还是听说过的。您刚才说什么克隆……"我低着头说道，"是复制人类的意思吧？制造很多相同的人……我就是那种东西？"

"等等，你等一下。求你了，抬起头来。"她的声音尖厉起来。我稍微抬了抬视线。她说道："的确，克隆这个词经常在科幻小说中出现，但我们使用它的时候意思略有不同。在科幻小说中，这个词指的是取出一个人的细胞，经过培养将其制成相同的人。在现实中这是不可能的。所以，你根本不是那样的克隆人。"

"那究竟是什么？"

"这……说来话长。"

"请说吧,我会努力去理解。"

下条小姐一会儿磨蹭着手指,一会儿又把双手交叠在膝上。"核移植这个词你听说过吧?"

"刚才你们的谈话中提到过。以前在父亲的书房里,也发现过一份写这些东西的文件。"

我一下想了起来,当时偷听到的父亲的通话中似乎也出现过核移植这个词!

"意思你不明白吧?"

"不知道。"

"那我先给你上一节生物课吧。细胞里有细胞核,这一点你知道吧?"

"知道。在生物课上学过。"

"卵子也是一种细胞,拥有核,核里面存在着作为遗传根源的遗传基因。只是光靠这些,染色体的数量才只有一半,只能成为半个人,还需要与只有半人份遗传基因的精子结合才能成为一人份的细胞,这便是受精。通过这种方式产生的细胞继续分裂,不久就成长为一个个体了。这样,这些细胞的核里面就拥有了分别从父亲和母亲那里获得的遗传基因。这些你能明白吧?"

"明白。"

"所谓核移植,就是指一种用受精以外的方法使卵子成为一个人的细胞的手段。其原理并不难。剔除卵子中原本具有的半人份的核,放入一个已经是一人份细胞的核就行了。这个细胞既可以是生成毛发的细胞,也可以是构成内脏的细胞,因为生成一个个体的细胞从理论上讲都应具有相同的遗传基因。"

"这么做，结果会如何呢？"

"经过如此处理的核移植卵，就会接受后来被植入的核的遗传基因。比如，从雌白鼠的卵子中剔除核，植入黑鼠的细胞核。这时，成长起来的将不是白鼠，而是黑鼠。由于这只老鼠拥有与提供细胞的黑鼠完全相同的遗传基因信息，它们的体形当然也完美地相同了。那么，通过这种方法生出来的生物就叫克隆体。"

"我也是这种东西？"

"这一点还不清楚……"

"不用骗我了！您刚才不是对梅津教授说您敢确认吗？"我禁不住抬高了声音，不知为什么，这声音连自己听起来都那么悲哀。我低下头，视线落在膝上。

下条小姐长出一口气。

"上次你回到北海道之后，我忽然来了兴趣，对你的父亲，还有你父亲师从的久能教授做了调查。我走访调查了很多人，发现久能老师几乎是以被驱逐的方式离开这所大学的。那时他似乎就致力哺乳动物的克隆研究了，而他的终极目标却是制造克隆人。关于其理论和方法，据说也曾在教授会上发表过。"

"后来呢？"我仍低着头，催促道。荧光灯吱吱的声音实在令人心烦。

"不久，久能老师就实际开始了使用人类卵子的实验。但在那个连体外受精都只停留在创想阶段的时代，人的卵子哪能么容易就弄到手。于是，久能老师考虑让妇产科的副教授帮忙，从那些出于医疗理由需要切去一部分卵巢的患者身上采集卵子。可是，通过这种方式很难适时得到适度成熟的卵子。久能老师一方面进行用培养液培育未成熟卵子的研究，一方面央求妇产科的医生朋友操控卵巢切除手术的时间等。可是，这些事被校方知道了。其他教授自然严厉指责久能老师，有的攻击他违反道德，有的嘲笑他的理论本身就是痴人妄想。总之，这种主导性的气氛使久能老师无法再在大学里待下去。"

"于是去了北斗医科大学？"

"我想是这样的。"

"我父亲一直在帮他做这项研究？"

"不大清楚，但大概是这样。在这所大学发表的论文应该都收进了缩微胶卷，可我找遍了所有地方，唯独没有找到久能老师和你父亲的论文。"

我微微抬了抬头，但仍保持在看不到下条小姐脸庞的程度。

"这些事情，为什么您没有顺便告诉我一声呢？"

"最初想说给你听，可在看了她的照片之后……"

"她……您是指小林双叶小姐？"

下条小姐似乎点了点头。

"连我都难以置信，当时我还想大概也就是双胞胎吧。可久能老师的研究内容一直萦绕在脑海里。万一，如果真的出现万一，我就无法告诉你了。"

"究竟是什么时候确认的，关于我是克隆人一事？"

"说不清楚。在调查的过程中，我逐渐觉得这才是最稳妥的答案。看到高城晶子夫人的照片，我更加确定了。"

"还有高城老人的话……"

"没错。"大概觉得无法继续隐瞒下去了，下条小姐的语气中透出放弃的意味，"我想，高城夫妻是为了制造晶子夫人的克隆体才去了北海道。这样，就与高城康之的遗传基因没有关系了。只是，明明已经成功了，高城夫妻为何不知道呢？为什么会有你和小林双叶呢？为什么你们分别有代孕母亲呢？这些还都是谜。"

可是，对于这个谜，下条小姐大概不怎么关心。她想要的，无非只是如何制造克隆人而已。我只是她为了得到这个结果的一个实验品，她刚才不也是这么对梅津教授说的吗？

我们沉默了一会儿。下条小姐头脑极聪明，一定连我正想着什么都猜得出来。

"我，非常感谢您。"我注视着自己的指尖，说道，"帮我调查了那么多事，甚至连我一个人不能去的地方都陪着，真是帮了我大忙。若没有您，我恐怕现在还什么都不知道呢。所以……"我咽了口唾沫。强忍着身体的颤抖，"所以，即使您是抱着其他目的来帮我，我也不会介意。这理所当然。因为，如果只是调查我的身世，您根本不会得到什么好处。"

"不是那样的。求求你，理解我。"她站起来，走到我旁边坐下，抓住我的右手，"其实，这里面的确有一种探究未知研究的想法，这一点无可否认。可我帮你到现在，主要还是因为喜欢你这个人。"

"谢谢……"

"不要那么悲伤嘛，让我怎么说好呢……"下条小姐一只手握着我的手，另一只手按在自己的额头上。

我推开她的手。

"我理解您的心情。我一点也不生您的气，非常感谢。真的，从心底里感谢。"

　　下条小姐沉默不语,闭目静坐。我站起身。这时她问道:"一个人回北海道?"

　　"对。"我答道。荧光灯的噪音依然那么令人心烦意乱。

双叶之章　九

离开氏家鞠子住过六年的宿舍，我们决定赶往札幌。氏家鞠子现在住在那里，所以她从东京回北海道，应该会选择飞千岁的班机。打电话问了阿裕，得知她还没有决定动身日期。我们把夜里抵达札幌的行程告诉了他。

"附近就是函馆理工大学，顺便去看看吧。"从函馆进入国道五号线，北行不久后，胁坂讲介提议道。函馆理工大学就是氏家清现在执教的那所大学。"氏家很可能不在，但说不定能获取点信息。"

"好啊，走。"

"好。"胁坂讲介转动方向盘。

大学建在一处劈开的斜坡上，一座砖结构钟楼首先映入眼帘，围墙也同样呈现出砖块的颜色，让我不禁联想起刚才逗留的宿舍。走近一看，这里的建筑却格外新，砖也全是仿制的瓷砖，亮闪闪的，有些庸俗。

我们把车停在校内空旷的停车场里，研究着立在旁边的一幅校内地图，地图上涂满了红色蓝色等色彩，丝毫没有高雅的感觉。据胁坂讲介说，氏家清似乎是理学院生物学系的教授。

确认了位置后，我们朝理学院的教学楼走去。或许是暑假已至或将至的缘故，学生的身影并不多，稀稀拉拉的。四名男生从对面摇摇晃晃地走过来，每张脸上都挂着昏昏欲睡的表情。就要擦肩而过的时候，他们死命地盯着我的脸。可当眼神碰到一起时，他们却都成了慌不择路的胆小鬼。

"看来好像没怎么见过年轻女人啊。"胁坂讲介嘻嘻一笑，"毕竟是理工大学，恐怕大半是男生吧。"

"怪不得我觉得整个大学都臭烘烘的。"

虽然找到了目标中的建筑物，可还是摸不清氏家的房间究竟在哪里。正当我们在光亮的亚麻油毡走廊里徘徊时，旁边的一扇门开了，一个身穿工作服的小个子男人现出身来。一看到我们，他似乎立刻警惕起来。"你们找谁？"他锐利的眼睛在镜片后发着光。

"我们想见氏家教授。"胁坂讲介答道。

"氏家老师今天休息。"

果然没有来。

"那能联系上吗？似乎也不在家中。"

"这个嘛，"小个男人用食指往上推推眼镜，"你们是谁？"

"她是氏家教授的女儿。"胁坂讲介把手搭在我肩上，"我是她的朋友。"

"老师的……"他眨眨眼睛，打量了一下我们，说了句"请稍等"，消失在门后。

"我这么说，你不介意吧？"

"没事。如果不那么说，或许反倒会平添许多麻烦。"

不久，门开了，小个子男人和一个苍白柔弱的清瘦男人出现了。瘦男人一看到我便大惊失色。

"呀，是你啊。我是山本。"

"啊？"

"你不记得我了？也难怪。上次见面的时候，你还是初中生呢。呀，差点认不出来了。"山本一口气说完，看到胁坂讲介，略一踌躇后闭了嘴，接着再次把视线转回我的脸上，"氏家老师没在家吗？"

"好像出门了。"

"是吗？"山本用干瘦的手指挠了挠下巴，"他只跟我们说要出去旅行，一时半会儿不上班，有急事可以给他打电话留言。他没告诉你吗？"

"是啊。"我答道。

"她现在不和氏家教授住在一起。"胁坂讲介插上一句。山本点着头，眉头紧皱，看来分明对他充满了猜疑。

"那么我爸爸这一阵子不会来这里了？"说到"爸爸"这个词时，我的舌头有些打卷。

"是啊，目前这几天是这样。"

"不，那个……"一直沉默的小个子男人犹豫了一下，插话道，"昨天似乎回来了。"

"咦？"山本圆睁双眼，"什么时候？"

"好像是傍晚。"

"好像？"

"啊，那个，今天早上听学生说，昨天傍晚看见氏家老师从药品室出来，所以我想大概回来了。"

"奇怪，这件事我一点都没听说。你赶紧去氏家老师的房间看下，还有，药品室也要查看。捣什么鬼，这些事怎么不早点告诉我？"山本的眼神里分明现出不快。像是助手的小个子男人匆匆离去。

山本仍一脸悻悻对我说道："就是这样，我至少好几天没有看到老师的身影了。"

"我明白。"我说道。

"您是山本先生，是吧？"胁坂讲介说道，"与氏家先生在同一个研究室工作吗？"

"研究的课题并不一样，但在研究会等场合倒是经常受到氏家老师关照。他毕竟是发生学的权威。"

"氏家先生是从北斗医科大学来的吧？至今还与那所大学保持联系吗？"

"最近多次打来电话，详细情况我并不清楚。"

"北斗医科大学的藤村教授，您认识吗？"

"藤村老师？嗯，很熟。听说曾与氏家老师在同一个研究室。和氏家老师一样，他在动物克隆方面也很有成绩。"

"克隆？"我问道。

"对，发生学领域一项划时期的研究。"山本的眼中放出光彩。

"关于北斗医科大学，氏家先生最近说过什么没有？"胁坂讲介单刀直入。

"这个，不记得。"山本有些纳闷。大概是觉得老是被动回答有些不妥，他满脸堆笑，主动询问起来："不好意思，请问您与氏家老师是什么关系？"

"目前我与氏家老师还没有任何关系。有关系的，只是与他的女儿。我与她的关系可以任您想象。"胁坂讲介面不改色地说道。我暗暗吓了一跳。

也不知山本对此是如何理解的。"原来如此,所以才来与氏家老师打声招呼,是吧?"山本说道,"可为什么会说起北斗医科大学呢?"

"我哥哥在那边做助手。"

"啊,哦。"山本似乎放松了一丝警惕。

那个助手回来了,似乎有些慌张。他对山本耳语了几句,山本也脸色大变。"真的?"

"真的,昨天刚检查过。"

"知道了,马上就去。"山本面色凝重地望着我说:"出了一点事,请恕我失陪了。"

"啊,请便。非常感谢。"

"还有,"他又说道,"我们也想与老师取得联系,如果你们知道老师的下落,能否顺便通知我们?"

"好的。"既然事情发展到这份上,也只能如此回答了。

"出什么事了?"胁坂讲介问山本。

"没,没什么,是我们这边的一点小事。再见。"山本略显慌乱地离去。走到楼梯前面时,脚步明显加快了,几乎是跑着上了楼梯。

胁坂讲介用指尖戳了戳我的肩膀。"去看看?"

我同意了。

我们悄悄爬上那道楼梯,进入走廊放眼一望,一个房间的门敞开着,挂着"药品室"的牌子。

我们蹑手蹑脚地靠近,里面忽然有人出来。是那个一直彷徨不安的助手。看到我们，他惊呆了。

胁坂讲介一只手竖在嘴上示意他噤声，另一只手向他招了招。他有些为难，一面注意着背后的动静一面靠了过来。胁坂讲介抓住他的胳膊，拉到楼梯的角落。

"究竟发生了什么事？快告诉我！"

"这个，不好说啊。"小个子男人挠挠头。

"是不是与氏家先生有关？"

"不，现在还不清楚。"

"那就是药品室发生异常了？"

"哎，啊。"助手频频留意着身后。在这种地方磨磨蹭蹭，一旦被发现恐怕要遭到斥责。或许是想尽早解脱吧，他舔了舔嘴唇，小声说道："硝基不见了。"

"硝基？是不是硝化甘油？"

助手轻轻点点头。"保管库丢了一部分。"

"是不是搞错了？"

"不是，因为硝基是一种严格管理的药品。那个，行了吧？我还有地方要去呢。"

胁坂讲介一松手，助手逃也似的下了楼梯。

我们对视一眼。

"他说的硝化甘油是爆炸物吗？"

"的确因此而出名，但也可以作为心脏病的药物。氏家为什么要……莫非心脏不好？"

走廊里传来声音。我们慌忙下了楼梯。

出了函馆理工大学，我们直奔札幌。沿着穿梭在森林中的国道五号线北上，不久便来到大沼公园。从森林的尽头不时可以看见函馆本线的铁轨。本线有一条支线通往砂原，两条线路在海边汇合，这片海岸便是内浦湾。驶入这里，我们一面欣赏着右面的海岸线，一面驱车沿弧形滨海公路前行。

"我怎么也不明白。"我远眺着右面辽阔的牧场，说道，"不清楚是不是为给伊原骏策治病，总之，北斗医科大学的藤村他们需要我的身体。氏家清似乎也加入了他们，他女儿大概与我是双胞胎，应该有着与我相同的身体。既然这样，他们从一开始就用不着觊觎我的身体，光用氏家鞠子的不就行了？"

"或许，氏家向藤村他们隐瞒了女儿的存在。"

"为什么？氏家为什么一开始要把她作为自己的女儿呢？"

"这只有问他本人才能知道。"

车子几乎没有改变速度，平稳地行驶着。右边依然是海，左边是草原，偶尔还能看见牧场上牛的影子。牛身上黑白相间，但每头的斑纹都不一样，它们都拥有自己的个性。

"喂，克隆动物究竟是什么？"

"啊？"

"刚才那个山本先生不是说过吗？藤村在克隆动物方面很有成就。"

"啊……"

"克隆这个词，不时会听见。准确地说，它究竟是什么意思呢？"

"这个嘛……你怎么问起这些来了？"

"嗯，也没什么特别的理由。"我摇摇头。

接近长万部町时,路边出人意料地出现了几家装饰豪华的餐馆。我们去了其中之一,简单吃了饭。我顺便给阿裕打了个电话。

"你打得太及时了。"阿裕的声音很兴奋,"已经与氏家鞠子取得了联系,她似乎要搭乘今晚六点的飞机。算起来,抵达千岁应该是七点半左右。"

"我们正往那里赶的事,你告诉她了吗?"

"告诉了。她说会在到达大厅里等你。对了,双叶,"阿裕有些支吾地说道,"你要多加小心。"

"嗯,谢谢。"

出了电话亭,我把情况告诉了胁坂讲介。

"好的,从现在就开始赶一定来得及。我也得给公司打个电话,之后咱们就马不停蹄地赶路。"

看着他进入电话亭,我把目光投向微呈弧形的道路的前方。再过几个小时就能与她见面了。

鞠子之章　十

　　下午六点多，我搭乘的波音飞机从羽田机场起飞。如果顺利，约一个半小时就可以抵达新千岁机场。如果我的话通过望月先生得以顺利转达，就能在那里见到小林双叶了。
　　双叶小姐。我的另一个分身。她为什么会存在，我还一无所知，正如我并不知道自己为什么会存在一样。
　　我把视线从只能看见云的窗上收回来，注视着双手。从拇指开始，一根接着一根地把十指蜷曲下去。没有丝毫奇异之处，完全是正常的人。我既会思考问题，也能读书并为之感动。
　　可是，我在这世上并非独一无二的存在，是一个叫高城晶子的女子的复制品。那么，这种人的存在究竟有什么价值呢？就像被甩卖的路易·威登的仿制品，无论多么重要的文件，一旦被复印后就可以轻易地被废弃，又如伪钞无法作为货币流通一样，我的存在只怕也没什么价值。如果说有，顶多只是作为一项珍贵的实验结果。
　　正因如此，下条小姐才会对我那么亲热。
　　我的"妈妈"无非只是一个制造分身的装置，至少父亲是如此对待她的。同样，父亲大概也只是把我看作他曾深爱的女子的复制品。对他来说，我既不会超过它，也不会低于它。对，我就是个复制品。

不可否认，憎恨父亲的心情正在我体内蔓延。为了自己的欲望而利用母亲的身体轻易操纵人的降生，这种罪很重。

可是，如果父亲不犯这种罪，结果又如何呢？一想到这些，我的大脑就混乱起来。因为那样我就不会存在于这个世上。不存在又能怎样？倘若真的如此问我，我真想难过得大哭一场。如果真的必须承受这种痛苦，那还不如不降生到这个人世。这种想法我的确有，可另一方面，我又沮丧地摇摇头。哪怕是非常卑微的，对他人来说甚至不值一提，可我还是对自己度过的时光视若珍宝。

我努力尝试让自己不在乎分身这种说法，努力使自己更轻松地接受它，尽量使自己坚信它与什么酷似的母女、姐妹、双胞胎等是一回事。可是，无论我如何带着善意去解释它，都与那些情况存在根本的区别。他们都是带着各自的目的降生到这个世上来的，作为结果，他们无非偶尔具有"分身"的性质，并非从一开始就是作为"分身"生下来的。

也可以认为，这只是生物学上的问题。就算每一个遗传基因或细胞都相同，却无法决定人格的全部。而事实上，我经历的人生也不可能与"高城晶子"这个"原版"的人生完全相同，今后也可能会以不同的方式过着不同的人生。

可我还是深陷在自己出生的理由里不能自拔。作为"分身"而出生，正因是"分身"而被父亲所爱，正因是"分身"才失去了母亲，我只能是一个分身，想成为分身以外的任何东西都只能是痴心妄想。

思考了一会儿，我最终得出一个结论：我是一个不该存在于这个世上的人。任何地方都没有我的存身之所。我尝试着把这种念头说出来："没有我的椅子。"

"啊？"一个坐在旁边的上班族模样的男子扭过头来，然后再次把视线落在报纸上。

我的确不应该存在。

想到这里，我感到了一种按住疼痛的臼齿一般的快感，心情也不可思议地轻松起来。

七点三十七分，飞机抵达千岁。取完随身行李走向出口的时候，一种奇怪的情绪支配了我。与小林双叶见面时，我该带着什么样的表情，该怎么开口呢？

害怕，这是事实，可想见面的心情也的确存在，甚至有一种少小离别老大重逢的怀念。而这种心情，对那个叫高城晶子的女子却全然没有。

带着剧烈的心跳，我钻过出口。接机的人立刻映入眼帘。我屏住呼吸，飞快地扫了一眼，他们中或许夹杂着一张与我相同的脸。

可是，我的分身似乎并不在场。我舒了一口气，同时也感到有些沮丧。我明白既然要见面就应该尽早见面，心里却总是不安。

出口外面是一条横向的狭长地带，右面是一尊与真人等大的立像，旁边是吸烟席。再往前走一会儿便被礼品店和成组排列的柜台夹了起来，摆放着禁烟席的长椅。这里便是我们约定的地点。

我在最前面的椅子上坐下，又看了一眼狭长地带。心跳得依然很快。我从包里拿出一本文库本小说——我最爱读的《红发安妮》。外出旅行时，我总喜欢把这本书装在包里，至今已不知读了多少遍。

可唯独今日，我一点都读不进去，索性收了起来，拿出离开东京时买的柠檬。发现了一些看似不错的国产柠檬，我便买了两个。

我只想拿出一个，另一个却从包里掉了出来，滚落在地板上。

"啊……"我连忙弯腰去捡。

这时，一个人影出现在眼前，黑色皮鞋和笔挺的藏青色西裤映入眼帘。我吓了一跳，连忙抬起头来。一个身材矮小却肩膀宽阔的男子正俯视着我。此人约四十五六岁，戴着淡茶色眼镜，薄薄的嘴唇边浮出一丝微笑。

"氏家鞠子小姐吧？"男子说道。

"是啊。您是哪位？"

"您父亲的朋友，来接您的。"

"爸爸的……"

我还没说完，男子便用右手拇指指了指身后。大厅出入口站着两个男人，一个是从未见过面的高个子，另一个则是父亲。父亲正看着这边，似乎想倾诉什么，可一碰到我的视线，却又尴尬地扭过脸去。

"爸爸……"我呆呆伫立，说不出话来。

"请跟我们来吧，有重要的话要告诉您。"男子刻意强调了"重要"二字，接着，不等我回答便提起了我的包。

"请等一下。究竟是什么事？"

"这些过会儿再告诉您，没时间了。"男子把手绕到我背后。

"请先让我跟爸爸说几句话。"

"这些以后再慢慢谈。"

"等一下……我在这里是要与人会面的。"

"没事。"男子推了下我的后背,"我们会与小林双叶小姐联系。"

我吃了一惊,望着他的脸。他怎么知道我要和她会面?不对,他怎么知道我会到这里?

在男人的推搡下,我向父亲等人走去。父亲皱着眉,垂头丧气。

"爸爸,为什么——"

小个子立刻打断了我:"有话以后再说!"与父亲待在一起的年轻男子带着父亲走向出口,我们跟在后面。

机场外有两辆车停在路上。父亲等人上了前面那辆,我被推向后面的车子。

"我要与爸爸乘同一部车子。"我对小个子说道。

"就一会儿。"他把我推搡进车内。

司机早已坐进车内,手搭在方向盘上。是个体格健壮的男子,似乎涂抹了柑橘系的化妆品,发出刺鼻的气味。

出了机场,车子立刻驶入道央高速公路,我知道车正向北进发。

"到底是去哪里?札幌?"我问坐在旁边的小个子。

"不,还要过去一点,到了您就明白了,一个好地方。现在天色晚了,看不见景色,真遗憾。"他微笑道。

"您刚才说有重要的话,到底是什么?快点说啊。"

"不要那么着急,凡事总得有个顺序嘛。"男子略微朝我斜了斜身子,倚在靠背上,跷起二郎腿,"我说的重要的话,指的是想请您救一个人。"

我一愣,答不上话来,盯着男子的脸。我万万没有想到会这样,所以,这几个字在我的大脑里空转了好几圈。

"有个人现在正忍受着病痛的折磨。"恐怖的笑容从脸上消失,男子换了一副真挚的表情，"一旦置之不理，就活不长了。治疗还在继续，但只是安慰罢了。要进行根本治疗，必须满足极难的条件。"

"这和我有什么关系？"

"要满足这极难的条件，就需要您的合作。坦率说，是需要您的身体。您的身体有一种特殊性，利用这种特殊性就能克服病魔。"

"特殊性……"

"这些氏家先生都已经知道。看到他跟我们一起来接您，想必您也明白了。不过，说是合作，却不是要求您做多大的事情，只请您在医院的床上躺两三天就行，一点都不用担心。我会仔细安排，绝不会让您不快。"男子声音洪亮，说话流畅，虽不知是从事什么工作的，却给人一种习惯与人打交道的印象。对我这种年轻人，他也毫不摒弃礼貌的措辞，但这反倒使我愈发警惕起来。

"那个人究竟是谁呢？您刚才说的那个正忍受病痛折磨的人。"我问道。

男子皱起眉，摇了摇头。"抱歉，这些我还不能告诉您。我现在只能说这么多。这个人，对日本来说非常重要。一旦这个人现在就死去，恐怕整个日本都会迷失前进的方向。能够拯救如此重要人物的，小姐，只有您一个人。"

虽然能够明白他强调的意思，可我无论如何也不能与现实联系起来。我的大脑里什么感觉都没有，空空如也。

"我只想问一件事，可以吗？"我说。

他的表情有些不快。我想他心里一定在咒骂"你真啰唆"之类吧。

"什么事？只要与那个人没有关系，我都会尽力回答。"

"与那个人没有直接关系。我只想确认一下。"

"确认？"

"有关您刚才所说我的身体的特殊性……"我直直盯着男子。我想调整一下呼吸，却似乎很难做到，声音也有些颤抖。我咬牙说道："您说的特殊性，是否与我是克隆人有关？"

一瞬间，男子神色大变，外观上并无明显变化，可无形的面具似乎陡然脱落，露出一张令人胆寒的冰冷的脸。

"既然您连这些都知道了，那话说起来就简单了。"冷酷无情的目光蕴含在他眼底。

双叶之章 十

抵达新千岁机场是在七点五十分左右。我和胁坂讲介把车停在路上，直奔机场出口。似乎正好有一趟航班到港，大量乘客正从出口涌出。我一面抑制着不断加快的心跳，一面搜寻着女子的脸，一一确认。可是，没有一张面孔与我相同。

人群离去后，我们赶到约定地点，也没有氏家鞠子的身影。

"还有其他出口，或许是弄错了。你留在这里。我到那边看看。"

胁坂讲介边说边跑开，可不一会儿便歪着头返回。"奇怪，哪里都没有。"

"是不是飞机晚点了？"

"不，早就该到了。难道去厕所了？"他东张西望地说着。

我们决定先等一会儿，于是坐在了附近的椅子上，环视着周围。

一个男孩正站着望向这里。他身穿牛仔裤和宽松的T恤，剃着光头，看上去刚上小学一二年级。他分明在看着我。

"你们认识？"胁坂讲介问道。

"我对小孩子可没兴趣。"

说话间，男孩朝这边走了过来，盯着我的脸说道："换衣服了？"他一口关西口音。

"啊？你说什么？"我问道。

"你换了衣服吧？刚才可不是这身打扮。"

我与胁坂讲介面面相觑，然后把视线转回少年的脸上。"我刚才在这儿？你看到我穿着不同的衣服坐在这里？"

男孩怯生生地点点头。

"那个姐姐去哪里了？"胁坂讲介蹲下身来向少年问道。

"这里。"男孩指着我。

"我知道现在在这里。我问的是刚才去哪里了，你有没有看到？"

"跟一个叔叔到那边去了。"男孩指着出入口方向。

"叔叔？"

胁坂讲介顿时脸色大变，向男孩指的方向奔去。我也追了过去，衬衫的袖子却被男孩揪住了。

"给你。"男孩伸出手来，亮出一个尚留有一点绿色的柠檬。

一看到柠檬，我只觉得仿佛有一种东西在心中崩裂开来。我接过柠檬，问道："这是怎么回事？"

"刚才捡的。姐姐，是你掉的吧？"说完，男孩转过身，跑了起来。前方站着一名女子，看来是他的祖母。

我望向柠檬。或许是被男孩攥过的缘故，柠檬还带着一点余温。

这个柠檬是氏家鞠子带的。

虽然还不清楚我与她究竟是什么关系。可就在这一瞬，我体内起了一种感应。我握着柠檬，环视四周。眼前的情景，刚才氏家鞠子大概也看到了。她一定焦急等待着我的到来。

胁坂讲介回来了,失望感充满了全身。

"哪里也找不到。"他说道,"消失了。"

"为什么?"我问道,"为什么她不等我们?究竟是谁把他带走了?"忽然,我倒吸了一口凉气。"莫非是……"

"我也在考虑这一点。也许是想绑架你的那伙人。"

"可是,她出现在这里一事,除了我们没有人会知道啊。"

胁坂讲介顿时垂下眼帘,闭上了嘴。他分明在咬牙,从他下巴的动作不难看出。如此苦闷的神色出现在他脸上,还是第一次。

他抬起脸,望着我,眼角竟已红了。

"我领你去一个地方,跟我来。"他的声音中透着一股倔强。

"什么?去哪里啊?"

"别说话,跟着我就是了,什么也别问。"他向右一转,大步前行。我急忙追了过去。

究竟是怎么了?我真想问他。可一看到他的后背,我就什么也说不出来了。他宛如闭上了的石门,拒绝我的一切呼唤。

鞠子之章 十一

"正如小姐所言,"男子低声说道,"我们需要您,其实正因为您是一个克隆人。我还想说一句,我们都在很大程度上参与了您的出生,所以对您的情况非常了解。从某种意义上说,甚至超过了您自己的了解。"

男子的话压迫着我的身体,同时,悲哀和绝望再次袭来。尽管我已做好思想准备,可这股看不见的力量还是击垮了我。我终于意识到,原来自己一直希望有人能否认我是克隆人,尽管自己也觉得几乎没有怀疑的余地。我一直梦想着这一切完全是某种错误。

泪水就要夺眶而出了。我慌忙把脸扭向窗户,用指尖拭去眼泪。

"小林双叶小姐也是如此吗?"

"嗯,她也是克隆人。"他淡然答道。

"高城晶子女士的?"

男子似乎有些语塞,然后低声笑道:

"真吓了我一跳。居然连这些都知道了,您可真能调查!"

我望着他的脸。

"您刚才说，对于我的出生了解得比我还多？"

"说过。"

"那么请告诉我，我究竟是怎么被生下来的？我，还有小林双叶小姐出生的背后，究竟都藏着哪些秘密？"

男子缓缓闭上眼睛，然后再次睁开。

"您知道这些后，想怎么样呢？"

"我想知道，只是想知道。"

他叹了一口气，似乎已无可奈何。

"总之，这是一个错误。"

"错误？"

"嗯，犯下这个错误的就是小林双叶小姐的母亲和氏家先生，是他们的轻率行为酿成了现在的后果。而我们，为防止出现这种结局，本来已制订了周密的计划，可……不过，"说着，他换了一下交叠的二郎腿，"多亏了这一错误，我们这次才得以获救。多亏了您的存在。"

男子的话咕咚一下沉入我心底。他的说明并没能使我明白任何事情，我却不忍继续问下去。了解得越多，我就越会跌入无底的深渊。

总之，这是一个错误。

只有这一句话永远永远地贴在我耳边。

车子并没有在札幌下道央高速公路，而是直奔旭川方向而去。这一点也并非完全出乎我的意料。我想，目的地一定就是父亲和久能教授共同进行恶魔研究的地方，也是我被制造出来的地方——北斗医科大学。

可是，车子并没有行驶到高速公路的终点旭川鹰栖，中途在泷川便下了高速公路，驶入普通公路。我看了看男子。"不是去北斗医科大学吗？"

"是啊。"

"可这条路……"

"这您就别管了，老老实实坐着。"男子露出一丝恐怖的微笑。

我转过身，回头望着车后。一辆车如影随形般紧跟在后面，一定是父亲他们乘坐的那辆。

"到了那边，能否让我和父亲说句话？"我问男子。

"这个嘛，得看具体情况。怎么说呢，我们时间很紧张。"

"只一点时间就行，我想单独和父亲谈一下。"

我一再恳求，男子的表情却消失了，只留给我一张如人偶般的侧脸，凝视着远方的黑暗。

"我考虑一下。"男子用毫无感情的声音回答道，显然是在拒绝。

我盯着他的侧脸。"我还没有答应要与你们合作呢。如果不答应让我和父亲谈话的条件——"我还没说完，话语就被他射来的可怕眼神切断。我吓得一哆嗦。

"我看，您似乎还不清楚目前的处境。"男子仍没有摒弃礼貌的语气，这却愈发使我恐惧，"刚才已经跟您说过，我们在很大程度上参与了您的出生。可以说，我，还有您，都是一条绳上的蚂蚱。不可能出现只有一方幸福，或只有一方不幸的结局。可以说，您与我们合作，也是为了您自己。"

"可是……"

"您只需老老实实地照我们说的做就行了。"接着，男子又补充

299

了一句，"如果您今后也想作为一个正常人生活。"

他刻意强调"正常"二字。看来，他完全没有把我当成一个正常人来看待，因而觉得伤害一下也没什么关系，所以才脱口说出这句话。

我知道他想说什么。他真正的意思是：如果你不想暴露克隆人的身份，就乖乖地听话。

我再次朝车后望去。父亲也一定是被这句话束缚住了。

车子继续奔驰。四面黑魆魆的，什么也看不清楚，道路两侧也没什么建筑物，只有空旷的原野不断延伸，可我还是大致确定了位置。车是朝旭川偏南方向行驶的，所以这里应该是富良野一带。

不知又走了多久，或许是长时间紧张的缘故，困意向我袭来。我的确累了，这是事实。今天经历的事情太多了。与高城老人会面是在今天，得知自己是克隆人也是在今天。可是，这一切都仿佛是很久以前的事情，我完全无法将其与现实联系在一起，就像做了一个漫长的梦。

身体忽然摇晃了一下，我睁开眼睛。原来不知不觉中我早已闭上眼睛。看看周围，道路的宽度似乎与刚才不一样了，简直像乡间道路一样窄。

"再过一会儿就到了。"男子说道。

果然，不久便看见一幢建筑出现在前方。那是幢白色的四方建筑，四周被树林包围。车子放缓了速度，吱嘎吱嘎地碾过沙砾，停下了。

司机麻利地跳下车子，打开我那侧的车门。一到外面，清冷的空气扑在脸上。我再次真切地感受到自己已回到北海道。

不一会儿，另一辆车也开了进来。几乎在停下的同时，车门已被打开，父亲等人走了下来。

"爸爸！"我刚想跑过去，手臂却被司机死死抓住，动弹不得。声音似乎还是传到了父亲的耳朵里，他扭过头来。可是，他也被一个人限制了行动自由，被强行带走，消失在建筑物后面。

"小姐，您请到这边。"小个子对我说着，用手掌示意旁边的入口。司机推搡起我的后背，强烈的柑橘系香味再次扑鼻而来。

我似乎觉得有一道视线正从上面看着我，便抬起头来。一名女子正从二楼的窗户朝这边观望，长长的头发扎成一根辫子垂在右肩前面。目光甫接，她立刻把头缩了回去，拉上了窗帘。

"那个人是谁？"我问司机。他不答，只是用力推着我。

和普通医院一样，建筑物里面弥漫着药品的气味，却没有候诊室和前台之类的设施。走廊两侧便是排列整齐的房间。

不知从何处传来拖鞋的趿拉声。定睛一看，两个白色的身影出现在昏暗的走廊深处，一个身穿白衣的年长男子和一个瘦得吓人的男子走了过来。

"辛苦了。"白衣人对小个子打着招呼。

"这位就是期待已久的贵客。"小个子应道。

"果然，真是一个奇迹。难以置信。"

"先生与小林双叶也见过面吧？"

"嗯。与那个孩子见面的时候也非常吃惊，这次的冲击堪比上次。"白衣人上下打量起我。

"我们在车里已经谈过，她很痛快便答应与我们合作。"小个子把手搭在我的肩上。

"太好了,明天早晨就赶紧进行吧。"

"那就拜托了。毕竟我们已经没有时间了。"

"我知道。"白衣人回头吩咐瘦男人道:"尾崎,把这位小姐带到病房。"

尾崎上前一步冲我点点头,示意我跟他走。没办法,我只好服从。这时,小个子说了句"保管一下行李",司机麻利地从我手中夺过旅行箱。

我跟在尾崎身后,朝无人的走廊走去,上了一道楼梯,然后继续沿走廊前行。

"这里是什么地方?"我试探着问道,可尾崎并不回答。

走到一处挂着写有"三"字的门牌前,他停了下来,开锁,开门,然后努努嘴示意我进去。

这是一个约十叠大小的房间,窗边放着床,此外只有一张铁桌和一把铁椅,外加一个简陋的橱柜。

尾崎指了指安装在床头附近的一个小开关,以沙哑难辨的声音说道:"有事就按这个。还有没有其他不明白的地方?"

"呃……我想穿睡袍,能否把行李还给我?"

男子思考了一会儿,说:"如果上头许可,待会儿给你拿来。"接着又问道:"还有其他问题吗?"

"现在没有。"

男子点点头,出了房间。房门关闭的那一瞬间,我觉得自己仿佛被遗弃在世界尽头。

双叶之章　十一

胁坂讲介默默地驱车驰骋。出了新千岁机场约十分钟，车子进入千岁市区，在千岁川附近左转，径直穿过市区。不久，前方便出现一处树林，树林前面有栋发白的建筑。他把车停在了那里的停车场。

"这是哪里？"我问道。

"待会儿再告诉你。"胁坂讲介头也不回地说道，"我只希望你默默地跟着我。"完全是不容反驳的语气。

建筑物看起来像是酒店或宾馆，但他并未绕到正面的大门，而是径直走进一扇面对停车场的便门。我也跟着进去。

不一会儿便来到一处电梯旁，前面站着两个身穿浴衣的中年男子，一个拿着一瓶三得利老牌威士忌，另一个则提着盛有冰块的桶。看见我们从奇怪的方向出现，二人显得很惊讶。尽管低着头，我还是隐约感到他们忽然间神色大变。我侧目一看，只见手拿威士忌的那个正对另一个耳语着什么。他们的视线似乎正投向等待电梯的胁坂讲介的侧脸。

电梯到了，我们四人走了进去。奇怪的气氛依然没有改变。那两人奇怪地板着脸，一言不发。胁坂讲介也故意无视他们的存在似的，一味仰视着楼层指示灯。

他们在三楼离去。胁坂讲介立刻按下关门键。

"刚才的人是谁？"

"这个……"

"他们一直盯着你上下打量。"

"或许因为我长得英俊吧。"他冷冷地答道。还会和我开玩笑是件好事，可他紧绷的面孔让我无法回答。

电梯升到四楼。他打开门，伸手做了个"请"的姿势。我一步跨出，不禁看了看脚下。地毯踩上去的感觉明显不一样。

胁坂讲介皱了皱眉。"这是特意接待用的，可你似乎不喜欢。"

"接待谁？"

"呃，各种各样的人。"他在灰色的地毯上无声地向前走去。

走廊尽头有两扇并排的门，胁坂讲介在靠前的一扇门前止住脚步。房间号是"一"。他从牛仔裤兜里取出钱包，抽出一张卡。门把手稍靠上的地方有一道卡槽，他把卡塞了进去。蓝光一闪，咔嚓一声，传来开启的声音。

他扭着门把手一推，门乖乖地开了。他努努嘴，示意我进去，然后轻轻关上门。

里面不算明亮。和普通酒店房间一样，进门后旁边就是一间浴室，再往里是双人间，途中的墙壁上还有一扇门。看来，这里与隔壁房间相通。

胁坂讲介把右手食指竖在嘴唇上，左掌朝下，示意我在这里静静等候。我默默点点头。

他敲了两下门,没等听到应答就开门走了进去。

隔壁没有任何声音。据此,我推测室内大概没有人,可事实并非如此。很快便传来了女人的声音。

"吓死我了……"由于门半开着,声音听得很清楚,分明是吐出压抑的气息般的声音。那个声音继续说道:"你怎么忽然回来了?也不事先说一声。"

很奇怪,这声音竟对我的耳朵产生了一种特殊的感应。一种莫名的不安包围了我的全身。这种奇妙的感觉究竟是怎么回事?这个人是谁?

"在此之前请先回答我的问题。妈妈您打算如何处置她们?"

妈妈?对方竟是胁坂讲介的母亲?他的母亲为什么会在这里?

"这你就别管了。"

"为什么?为什么不告诉我?我本以为能拯救她们,所以一直在照您所说的去做。究竟有什么不能告诉我的?莫非,妈妈有什么事情瞒着我?"

"你只要照着我说的去做就行了。"

"我好不容易才做到这一步,可现在没法做下去了。正是因为照着妈妈的指示,氏家鞠子才落到了他们手里。"

对话中断了。二人对话的意思,还有此时二人正以何种表情相向,我全然不解。

"你似乎有点误解。"女子说道,"看来有必要谈谈。可今天已经晚了,明天再谈吧。这样也能让你冷静一下。"

"妈,"胁坂讲介盖住她的声音,说道,"有个人,我想让您见一下。"

我吓了一跳。一定是在说我。

隔壁再次陷入沉默。数秒钟后,女子问道:"你,该不会把那个孩子……"

"没错。"他答道,"我已经把她带来了。"

"不行!我不想见!"她立刻拒绝。

"不,请一定见一下。见一下面,由妈妈亲口向她解释。"

"啊,等等,讲介……"

门被用力打开,胁坂讲介走了出来。他眼神真挚,在微弱的室内灯光下也看得出来。

"你来一下。"他说道。

我如同梦游一般笨手笨脚地走着,穿过他按着的门,走进里面的房间。

房间中央摆着茶几和沙发,里面是一张大办公桌。一名女子正站在桌子和窗子之间望着我。她身穿白色衬衫。

她的长相,我却没能立刻识别出来。或许,我体内的某种东西在拒绝这种识别。正如看着没有对准焦点的望远镜,或在查看抖得厉害的照片似的,费了很大功夫,我的眼睛才捕捉到她的面孔。

她的脸跟我的完全一样,但也是一张几十年之后的脸。在这个世界上,我本来不可能遇见的一个人,现在正冷眼望着我。

我轻呼一声,身子不由得向后急退,后背差点撞上墙壁。我无法抑制地颤抖起来,全身起满鸡皮疙瘩,一种东西涌上胸膛,压迫着心口,连呼吸都痛苦起来。

胁坂讲介来到我身边,扶着我的双肩。"坚强些。"

我看看他，想说点什么，却发不出声音。"她……是……谁？"我艰难地挤出这几个字。

他一脸愁容，望了她一眼，然后又看向我。

"她，就是你的原版。"

"原版……"

我没大听明白，再次把目光投向站在窗边的女子。她也和我一样，呆呆伫立，可突然间，她像是一下意识到什么似的慌乱起来，慌忙戴上桌上的眼镜，那是一副淡紫色镜片的大眼镜。接着，她又关掉旁边的台灯。于是，她四周的光线稍微黯淡下来。

"现在就对你解释，把一切都告诉你。"胁坂讲介引我坐到沙发上，接着，他对窗边的女子说道："妈妈也过来吧。"

"我待在这里就行。"她在桌子对面的椅子上坐下，身体略微靠向窗子。我只能看到她斜着的身姿。她右耳垂上的耳环熠熠生辉。看到她的发型，我忽然产生一种与现在的心理状态完全不符的奇怪想法：如果我上了年纪，或许也会留一头那样的短发。

"还有，能不能请你也把灯光调暗一下？"她又道。

胁坂讲介调节着墙壁上的开关，让吊灯暗了下来。半明半暗中，我们三人陷入了短暂的沉默。

"先说说父亲的事情吧。"胁坂讲介首先打破沉默说了起来，"其实不是我真正的父亲。我是养子。"

茶几上放着一个带有便笺纸的笔筒。他从上面取下一张纸，用附带的圆珠笔写下"高城康之"四个字。

"这个名字你听说过没有？聪明社的原社长。"

我摇了摇头。他点点头，又写下"高城晶子"几个字。

"这个名字见过吗？"

"没有。"我答道。不知是不是喉咙干渴的缘故，我声音沙哑，像患了感冒一样。

他用拇指指了指身后，指向窗边那名女子。"她就是高城晶子。"

我再次审视着她。昏暗中，她简直像人偶般一动不动。

"他们是夫妇，聪明社的年轻社长和夫人。在周围的人看来，他们一定是一对幸福的夫妇。可他们不能生孩子。因为高城康之，也就是我父亲，带有一种遗传病的基因。这种病致死率极高，患者一旦生小孩，病就会遗传给孩子，是一种令人头疼的疑难病症。"

他一口气说到这里，然后看看我，似乎在问我听明白没有。我不清楚他究竟想说什么，可还是点了点头。

"作为解决的办法，最稳妥的就是 AID，即用非配偶间人工授精的方法，把他人的精子用器具直接注入子宫。这样，就不用担心会继承父亲的遗传基因了，还能勉强与母亲保持血脉联系，对父母来说，这比从别处抱养来的孩子更容易倾注爱意。可是，正要实施这种办法的时候，母亲一方却又发现了缺陷。由于年轻时受到感染，左右两条输卵管完全堵塞。如果进行输卵管重建手术，倒是还有生孩子的可能性，可成功率据说只有约百分之五，主治医生也反对进行手术。简直是祸不单行。"

"于是收你做养子？"

"不，在此之前还有一个选择。当时，医生说国内有几所大学正在进行体外受精研究，如果能将其实际应用，或许可以解决这个问题。于是父母决定赌一把。父亲想起的正是考入北斗医科大学的氏家清。父亲与他在帝都大学的兴趣小组一起待过。"

"氏家……"忽然听到这个耳熟的姓氏,"你是不是从一开始就知道氏家的事情?"

"这么说有点残忍,请先让我说完。父亲想起氏家其实是有理由的。氏家正从事体外受精研究一事,其实父亲很早以前就听说过。"

"可即使是体外受精……"

"对。使用父亲的精子毫无意义,只能使用其他男子的,让妈妈怀孕。父亲把想法告诉了氏家。可是,氏家与校方商量之后,给出的回复是 NO。"

"NO?"

"虽然人工授精中使用他人的精子是允许的,可体外受精还需要进一步讨论。在日本,这种情况至今仍没有改变。"

"那么,最终什么也没有做?"

"不,并非如此。氏家提出了一个方案,称使用的精子必须是丈夫一方的,但其遗传基因未必就一定会传给孩子。通过体外受精,有办法切断来自丈夫的遗传,他问究竟想不想试试。"

"这能做到吗?"

"氏家说能做到。简单说来,其原理就是这么回事:作为遗传根源的染色体,人类共有四十六个。本来,孩子从母亲那里接受二十三个,其余二十三个则来自父亲。氏家提议的方案是,受精后,把来自父亲的染色体剔除,利用特殊的方法使母亲一方的染色体加倍。这样,孩子就无法继承来自父亲的遗传信息了。"

我的脑海里浮现出从前在生物课上学过的"细胞的结构"图。胁坂讲介所言我大致可以理解,但果真能如此简单地对上号吗?

"他们答应了?"

"答应了。他们原本就对使用他人的精子存在抵触情绪，如果真有办法可以避免，当然求之不得，没有理由不答应。就这样，父母来到了北海道。这已是距今约二十年的事情了，对吧？"胁坂讲介望了高城晶子一眼。她不可能没听见，可仍一动不动地凝视窗外。胁坂讲介似乎放弃了，转过身来。

"实验进行了？"我问道。

"嗯，似乎是进行了，但失败了。"

"为什么？"

"的确怀孕了，后来却流产了。虽说如此，就算在体外受精技术已很先进的今天，这种情况都很常见。在研究者几乎毫无经验的当时，这也无能为力。反倒是作为研究人员，光是能实现怀孕这一点似乎就非常满足了。"

"那你父母怎么办？"

"只好放弃了。"胁坂讲介舒了一口气，"听母亲说，为了那个实验，她在肉体和精神上都经受了很大的痛苦。因而，父亲也再无勇气说继续挑战。或许把母亲一个人放在旭川那么遥远的地方，他心里也不安吧。一年后，他们得到了一个养子，是亲戚家的儿子。那家有五个男孩，家计艰难，就高兴地把六岁的幼子送了出来。"

"就是你？"

"没错。"胁坂讲介亲昵地笑笑。似乎很久没有看到他的笑容了。

"从那以后，你父母与氏家等人的交往……"

"就断了。就这样，几年过去了。父亲最终因病去世，高城家却总算安定下来了。对过去这段噩梦般的故事，母亲也已逐渐淡忘。可就在这时，竟发生了一件荒唐事。"他指着我，"罪魁就是你！"

"我？我怎么了？"

"你上电视了，对吧？"

"啊！"我不禁惊叫一声，"是上过……"

"看了那期节目的员工都骚动起来，纷纷猜测是不是社长的私生女。我没有看到，但由于大家一片哗然，便从电视台借来带子与母亲一起看，然后我们都惊呆了，怪不得会如此哗然。"

我再次看着高城晶子。利用当今的化妆技术，即使把长相全然不同的两个人变得很像也不难。可是，一种完全不同于这种相似的酷似性却存在于我和她身上。她比我年长很多，化妆方式也截然不同。尽管如此，我们二人身上却共有一种让人只能认为是同一个人的东西。

不，我重新思考起来。恐怕氏家鞠子也是如此。

胁坂讲介在继续。

"我自然责问母亲，难道在别的地方生过孩子？母亲予以否认，但同时告诉了我二十多年前曾在旭川接受那个特殊实验的往事。在此之前，母亲从未对别人提起过，就连祖父都不知道。听了这些我顿时明白了，你大概就是当时的孩子。"

"可实验时孩子不是流产了吗？"

"那个在母亲的子宫里孕育的胎儿的确流产了，可实验用的卵子不止一个，说不定在其他地方还存在着，并通过研究者之手在母亲全然不知的地方被培育出来。"

"你是说，那就是我？"我咽了口唾沫。

"大概谁都会这么想吧。只有一个疑问，即过于相似这一点。就算是当时的实验成功了，并且情况也特殊，只继承了母亲的遗传基因,也不至于如此相似。总之,我决定先调查你的身世。这也是母亲的命令。"

"我……"高城晶子竟然忽然开口了,"想知道二十年前的事情真相。"

"这不是一回事吗?因此必须弄清她的身世。"胁坂讲介从沙发上起身,几乎站在我和高城晶子的中间。他对我说道:"我很快就查出你便是小林志保女士的女儿。这个名字母亲也有印象。母亲为实验而住院时,在身边照顾的人似乎就是小林志保女士。"说着,他转过身子朝着母亲:"对吧?"

这一次高城晶子并没有立刻给出反应。她轻轻叹了口气,才略微有些粗鲁地答道:"是的。"

"这样,当时的实验中隐藏着某种秘密已经毋庸置疑。我决定继续对你的身世进行调查。此时,我并没有打算直接出现在你面前。可是,小林志保女士却离奇死去,事件背后还有一些奇怪的影子在蠢蠢欲动。判明这些以后,情况陡然发生了变化,我决定与你接触,以查清幕后黑手。不料你却忽然说要去北海道,而且是旭川。我想,这一定与你的身世有关,于是急忙跟踪过去。"

怪不得他动作这么快。我心中的许多疑惑顿时也解开了。我一直都在纳闷胁坂讲介为什么会如此热心。他说曾受过妈妈的照顾,可仅凭这一点怎么会帮我到那种地步?

"那,你说给出版社打电话,其实频频找的是……"

"我妈妈。这也不见得完全就是谎言,毕竟,妈妈是聪明社的社长。"

"原来如此。那么……"我问道,"你都查清了些什么?"

胁坂讲介看了看高城晶子。"听到她的质问了吧？请回答她吧，都查清了些什么？"

她微微朝这边扭过头来。"你来说明就行。此前不是一直都是由你讲的吗？"

"这以后的事情，我想最好请妈妈来解释。我不清楚的地方也很多。"

但高城晶子仍然不愿开口。胁坂讲介冲我叹了口气。

"没办法，那我就先讲讲自己听来的内容。你去藤村的研究室时，他似乎在电话里提到氏家清正在东京。"见我点头，他也点了点头，继续说道，"当时，氏家正在与我妈妈会面。"

"啊？"

"是妈妈叫他去的，谈的是获悉你存在的事，要求他解释真相。"

这的确是一条了解真相的捷径。

"那么，对于我的情况，氏家怎么说？"

"是当时通过实验生出来的孩子——他如此交代。并且，"他舔舔嘴唇，略微低下头，"是通过一个更特殊的实验制造出来的。"

"更特殊？"

我一问，胁坂讲介有些为难，或者说有些迷茫地垂下眉毛两端，反复眨着眼睛。他望了高城晶子一眼，又看看我，长叹一声。

"是克隆。"他说道。

"克隆……"

这个词我并非今天才第一次听到，在函馆理工大学也听说藤村和氏家在克隆动物研究方面很有成就。

"在科幻漫画上看到过。"我说道，"让细胞分裂，甚至可以用一根头发来制造人类。我……就是那种东西？"

他摇摇头。"没有那么简单。"

"本质上就是这样？"

"虽然使用了克隆的字眼，但和正常人没有任何差异。"

"那我为什么与那个人长着同一张脸？"我站起来，扯着嗓子指着高城晶子说道，"正常人为什么会出现这种结果？你解释啊！我是不是用她身体的一部分制造出来的妖怪？是不是？"

"你冷静点！"他抓住我的双臂，使劲摇晃。

"我究竟是什么？你说啊！"

"别吵了！"

砰！一股冲击波直奔我的头部。我的脖子仿佛被生生折断了一样，身体摇摇摆摆地向沙发上倒去。胁坂讲介扶住了我。左脸似乎失去了知觉，接着又渐渐发热起来，继之钝痛袭来。我这才明白自己被打了。

"抱歉。"他说道，"上次我挨了你一耳光，这下算是扯平了。"

我轻轻捂住挨了打的脸颊，热乎乎的，似乎肿了。泪水滚落下来，想止也止不住。

醒过神来的时候，高城晶子也站了起来，正看着我。她不会也感受到我的疼痛了吧，竟也轻轻捂着左脸颊。大概是意识到了这种奇怪的动作，一碰到我的视线，她连忙把手放了下来。

胁坂讲介回过头，对她说道："请对她解释一下，由妈妈亲口告诉她。"

高城晶子轻轻摇头。"这并非我的错误。"

"那究竟是谁的错误？"我反问道。

"很多人都牵涉进来了。"她答道,"生下你的小林志保女士也是,也可以说是她的错误。"

"为什么?"

"难道不是她生下了你?"

我顿时哑口无言。的确。我今天在这里表现出的义愤填膺,其实,最终针对的还是我的存在本身。

"这里有一盘我与氏家先生会面时的磁带。"说着,高城晶子打开办公桌的抽屉,拿出一台小型录音机,"每当进行重要谈话,我都会录下来。听听这个,或许你就能明白二十年前究竟发生了什么。"

她把磁带快进了一会儿,又倒回来一点,接着按下播放键。不久,低沉的声音传来,是个上了年纪的声音。想必是氏家清。

……那时,我正在久能教授手下进行核移植研究。从在帝都大学的时候起,久能教授就是核移植研究的第一人。国外有蝌蚪的成功案例,可多数意见认为,哺乳类动物几乎不可能,尤其是利用成熟的哺乳类体细胞进行克隆之类更是不在人们的讨论范围之内。久能教授却运用独特的方法,使高等动物的克隆不再是梦想。一天,校长请久能教授磋商制造克隆人的计划。使用人类进行这种研究,在今天仍被学界完全禁止,当时在道德伦理方面面临的压力自然更大,这是显而易见的,很可能出现即使成功也无法公布的窘境。尽管如此,校长还是强烈要求推进这项研究。

为什么要发出这种指示呢?

不清楚,恐怕是受到了某种庞大势力的驱使。至于这势力的真面目，以我们的地位无从得知。

　　现在该知道了吧？

　　不，现在也还不清楚。

　　真的吗？我很难相信。

　　可这是事实，我也无能为力。

二人沉默了片刻，或许在彼此对视。

　　知道了。于是，久能教授答应了？

　　是的。虽然很难说能否得到荣誉，可作为一个纯粹的科学家，他大概也想尝试一下人类的克隆。这是教授的终极梦想，这是事实。

　　此时，我真不希望听到梦想之类的辞藻。只能让人认为是疯了。

胁坂讲介也在一旁点点头。

　　的确如你所说。不光久能教授，那时的我们都疯了。在埋头于生物发生学的研究过程中，我们恍惚觉得自己也成了神仙。所以，加入以久能教授为中心的研究团队时，我们甚至高兴得手舞足蹈。

磁带中的氏家也予以了承认。

我听过这样一句话：一旦成为一个集团，其疯狂就会倍增。

团队主要由两个小组构成，体外受精研究小组和我们的核移植研究小组。扎实的实验夜以继日进行，每天都在操作着卵子，守望其成长。但实际上这也是一种卑劣的作业。毕竟，实验使用的卵子，都是从一些可怜的女人身上私下摘取的，她们把当时尚处于研究阶段的体外受精视为解决不孕症的最后梦想，前来大学医院咨询，结果竟遭遇这种命运。
　　你是说随意把患者的卵子用作实验材料？
　　正是。提取卵子的过程想必你也还有印象。在肚脐下切开三处地方，一面用腹腔镜观察体内情况，一面用钳子寻找卵巢，再用中空的针在卵胞上开孔，用泵吸出卵胞液。当时，我的团队已经确立用药物克罗米芬提取数个卵子的方法，多的时候能够获得五个以上的卵子，因此就把多余的卵子用于实验了。

光是这么听着，我似乎就已觉得下腹疼痛起来。
磁带再次陷入沉默。二人谈话的地方或许是酒店房间之类，一点杂音都听不到。
高城晶子的声音响起。

　　这完全不是人干的事情。
　　你说得没错。
　　于是逐步确立了克隆的技术？
　　这个，我也不清楚能否称得上逐步确立。研究遇到了困难。进行了核移植的卵子无法在培养液中很好地分裂。即使开始分裂了，不久却又停止了。这种情况反复持续。在为提取移植用的核而进行的体细胞选择上遇到了麻烦，在确立从核中剥夺特定机能，同时令细胞核恢复创造新生命个体的能力的处理方法上遇到了困难。还有，我们还必须把注意力投向卵子本身具有的性质。因为我们知道，不同的卵子在细胞核移植后的处置存在微妙的差别。总感觉渡过一道难关之后，一座更高的山峰却又矗立在眼前。我们还面临着一个巨大的障碍——即使核移植卵始终分裂得很好，也无法进行让其在子宫着床并观察其生长的实验。究竟做谁的克隆实验？以哪个人为母体呢？没有人能回答这个问题。恰巧在这时，你们夫妇前来找我。

我们是想要孩子才找你商量的。

我知道。可你们的登场对我们来说是一个福音。你们已经做好了接受特殊实验的思想准备，无论我们如何操作卵子，都不必担心你们会慌乱。我们还估计，既然已经说好只保留母亲的遗传基因，那么，即使生出了酷似母亲的女儿也解释得过去。

于是你们就使用我的身体进行了克隆实验……

声音有些颤抖。是愤怒，还是悲哀？不清楚。
接着，是氏家的声音，听上去很痛苦。

是的，使用你的卵子和体细胞，制造出克隆的母体核移植卵之后，那卵竟然顺利地分裂成长起来，这实在幸运至极。我刚才也说过，核移植卵究竟能否成长，这简直如同求神拜佛一样无从把握。我们把这个胚胎——分裂后的卵称为胚胎——着床在你的子宫里。这里我不得不再加上一句,这又是一个奇迹。因为即使是单纯的体外受精,最难的也是着床阶段。就这样,你创造了一个个奇迹后终于怀孕了。

那么当时……

数秒钟的沉寂。

当时在我肚子里的并不是我的孩子,而是我的克隆人?我把我的分身怀在了肚子里?

正是。

多么……

无声的状态持续了一会儿。我看了看高城晶子。她闭着眼睛,手按太阳穴,似乎在抑制着头痛。

她的声音再次传来。

可是,我流产了。

对。你遗憾,我们也沮丧。这些发生得太早了,我们连数据都没有采集完。

之后你就劝我们再挑战一次试试,对吧?

是的。但你们拒绝了。

流产时我们就放弃了,我们认为这是命运。现在想来,却十分庆幸。

磁带中又听不见任何声音了。

我们也沉默不语。房间里的气氛越来越沉重。

那么，之后你们又做了些什么？我们返回东京之后。

虽然没有通知你，可是当时我们从你身上提取的卵子并不止一个。由于使用了排卵诱发剂，我们一下子得到了三个卵子。核移植也全部实施在它们之上，植入你体内的，只是其中之一。

那剩下的两个呢？

冷冻保存了。虽说如此，究竟能否安全冷冻保存，我们也没有信心。当时全世界范围内还没有胚胎冷冻实验成功的例子。冷冻要用到液态氮，但冰的结晶会使细胞遭到破坏，这个问题无法解决。可碰巧，北斗医科大学的家畜改良研究小组却成功实现了牛胚胎的冷冻保存，用冷冻前将胚胎在特殊溶液里过一下的方式。于是我们也用这种方式把那两个核移植胚胎冷冻了起来。

你们没有一直就那样保存，对吧？

我好像已经说过好几次，即使在核移植之后，也几乎没有卵子会顺利地分裂，所以你留下的冷冻胚胎对我们来说简直就是宝贝。为实现克隆计划，我们决定将冷冻胚胎解冻。我们不清楚胚胎还能否继续生存，可一旦进展顺利，就必须要使其在一个女人的子宫里着床。我们找不到愿意接受的女子。如果随便找一个代孕母亲，事后一旦闹出麻烦来也不好。

听到这里，我脑中忽然闪过一个念头，而听这些话时的高城晶子也似乎想起了同样的事情。

难道是小林女士……

没错。小林女士提出愿意提供自己的身体。

不会吧？只是为了研究，竟然……

高城晶子道出了我心声。

在这一点上，小林女士是一个特别的女子。她非常厌恶把妊娠和分娩看作女人一生的全部。于是，她想通过把自己变成实验台的方式，来表达对这种世俗观点的蔑视。对于她的申请，我们当然异常兴奋，因为她完全可以信赖。于是研究计划被制订出来，实验得以实施。解冻成功了，胚胎仍平安地活着，被植入她的子宫。只是，在这种情况下，我们并不需要进行到分娩的时候，在采集到一定程度的数据之后就要中止妊娠。小林女士也是这么打算的。连婚都没结就生出个孩子，只会给她带来不幸，我们也都这么想。

可是人工流产并没有实现，对吧？

克隆体在小林女士的身体里顺利发育。不久，中止妊娠的日子临近了。正当我们要着手进行时，唉……小林女士逃出了研究所。

该不会是……为了逃避人工流产？

大概是这样吧。事实上我们也隐约察觉到母性本能在她体内逐步苏醒，因为她不时会说漏嘴，说出一些想避免中止妊娠之类的想法。对于这种心境的变化，她恐怕比任何人都要震惊。她有时甚至非常烦恼，说什么此前的想法大概错了之类。总之，如果她拒绝中止妊娠，会给我们带来麻烦，所以我们努力劝说她。可最终，她似乎还是决定在做一个研究者之前要先做一个母亲。

说不出的悲哀攫住了我。是妈妈救了我！假如当时她不逃走，这世上就不会有"我"这个存在了。

对于小林女士失踪一事，在久能教授的授意下，我们并没怎么声张。根据她的户籍变更记录判断，她回家了。于是，教授去了东京，似乎见到了小林女士，并试图说服她。

可是没能说服？

看来是的。最终没能如愿。可久能教授从东京回来后，却对我们说，他已经设法说服了她，让她流产了。只是，由于小林女士说今后不想再从事这种研究，就核准了她的辞职，等等。

为什么要撒这种谎……

大概是久能教授与小林女士之间达成了某种约定。或许，教授无法说服她，就以绝不让孩子在自己等人面前出现为条件，对此事不再追究。

于是，小林女士生下了女婴，就是那个上了电视的姑娘？

对，名字似乎叫双叶。

泪水从我眼中夺眶而出。妈妈仅仅因为用自己的肚子培育了与她毫无关系的我，仅仅因为这么简单的理由就如此深爱着我。对于这样的妈妈，我究竟又回报了她什么呢？我连她一个小小的要求都没遵守，结果害死了她。

我蹲下身子捂住脸，失声痛哭。我再也无法控制自己。

哭了一阵子，我站了起来，拿出手帕擤了擤鼻子。回过神来，发现录音机已经关上了。

"不好意思，我没事了。"我对高城晶子说道，"那么，后来的克隆计划究竟怎样了？"

"据氏家先生说，之后就立刻中断了，但详细情形他没有讲。"

"她……关于氏家鞠子，也不知怎么样了。她也和我一样，是你的克隆体吧？"

"我想大概也是。氏家先生究竟是如何把我的克隆体认作女儿的，我也不清楚。与氏家先生会面时，我根本就不知道竟然还有另一个分身存在，所以就没问。"

"那么……那些人究竟打算干什么？"

"这一点我也问了氏家先生。我说照这样下去，真相迟早会大白于天下。我还告诉他，事实上，我公司的员工就已经因为看到酷似社长的姑娘上了电视而一片哗然了。氏家先生说会想办法的，还说，他们得知当时那个克隆人还活着的消息，也都慌了。"

"会想办法的，究竟是什么办法呢……"我喃喃道。

"这件事就交给我们吧，这是氏家先生的回答。于是我问，小林志保女士遭遇车祸，是不是与你们有关系。'我本人并不知道'——这是他的原话。"

"本人……并没有确定没有关系。"既然是这样,就不可能没关系了。

"实际上,前面这些我也听了。"胁坂讲介辩解似的说道,"之后,母亲便命我继续跟踪你,期望查出克隆计划的主谋和藤村等人的目的。关于主谋,已经能大致做出某种推测了。从北斗医科大学联想到伊原骏策,单是从两者的关系来考虑,也毫不奇怪。这种推测是正确的,你给我看的小林志保女士留下的那本剪贴簿已予以确认。"

"那本剪贴簿里贴的全是有关伊原骏策的孩子的报道……"

"是啊,而且,那孩子也与伊原一模一样。"

"那个孩子也是克隆人?"

"恐怕是。我想伊原是为了制造自己的分身,才去策动北斗医科大学,并且,在有了你这一成功经验之后,久能教授等人制出了伊原的分身。"说着,胁坂讲介朝高城晶子的方向迈出一步,"得知伊原牵涉其中之后,妈妈就来到这边吧?妈妈对我解释说,她在近处,万一发生紧急情况,可以随时出面。我一面与双叶共同行动,一面把情况通知妈妈,还时时接受指示。可当我明白氏家鞠子是在新千岁机场被人带走时,我就不得不怀疑起妈妈您了。知道她今晚将在那个时刻抵达千岁的,除我们之外,就只有您了。"

高城晶子一语不发,只是站着凝视窗户。

"这么说,我在札幌的酒店遭袭也是……"

"一定也是妈妈告诉那些人的。"胁坂讲介说道,"为什么?为什么要和那些人合伙?妈妈是不是与他们达成了某种秘密协议?"

高城晶子捏住窗帘的一端,轻轻拉上。室内越发昏暗了。

"我想和你单独谈谈,请那个孩子出去一下。"

她说的"那个孩子"似乎指的是我。

"为什么？她有听的权利！"胁坂语带愤怒地说。

"我不想看到那个孩子，也不想被那个孩子看到。拜托，请你理解我。"她坐在椅子上，手指伸到镜片后面，拭着眼角。

我站了起来。"我待在哪儿合适呢？"

胁坂讲介现出意外的神情。"可……"

"没事。"我说，"我心情也不好。"

他面露难色，却立刻点了点头。"那你到一楼的大厅等候吧。"

"嗯，就这样。"

刚才是从卧室进来的，但这个房间也有一个门直接连着走廊。胁坂讲介为我打开门。

"你可以喝点咖啡什么的，我请客。"他拿出一张折叠的千元钞。

"用不着这样。"

"没事，拿着吧。"他硬塞过来。一看那张千元钞，我愣住了。他刚才用来开门的那张卡夹在里面。

"那我就不客气了。"我接过纸币和卡。

门关上后，我立刻向旁边那扇门走去，如他刚才那样开了锁，悄无声息地开门进去，然后再次小心地关上。

不知旁边房间里的对话是否已经开始，我把耳朵贴在门上。

"到底还是年轻啊。"隔壁传来高城晶子的声音，"就像根本没化过妆似的，皮肤那么有弹性，眼角没有一点皱纹，下巴上的肉也不下垂。与我完全不一样。"

"时间流逝，谁都会上年纪的。"

"是啊……"吱嘎一声，传来家具响动的声音，大概是在挪动椅子。她继续说道,"来到这里后,我立刻见了北斗医科大学的藤村教授,然后问出了实情。"

"藤村这么痛快就交代了?看来妈妈一定打出了一张强有力的王牌。"胁坂讲介语带讽刺,高城晶子沉默了。"算了,这些过会儿再问吧。"他继续说道,"藤村都讲了些什么?"

"首先谈的是有关克隆计划开始的契机。下令的果然是伊原骏策,因为他的精子存有缺陷,不能生孩子。可他似乎无法忍受像AID那样使用他人精子的方法,说无论通过什么手段也想要一个继承自己遗传基因的后代。"

"于是想克隆?从伊原的性格来看,这倒完全有可能。"

"久能教授他们成功了,完美地制造出一个伊原的分身。当然,是在伊原年轻的太太肚子里长成的,虽然她不怎么情愿。"

"课题团队后来怎样了?"

"似乎被解散了,大家也都得到了相当丰厚的报酬,有很多人飞黄腾达了。可按照藤村的说法,最大的报酬便是通过研究获得的核心技术。当然,关于克隆的事情是只字不能外传的,但除此之外,多项划时代的技术也被开发出来。在刚才的磁带中也曾提到,光是其中一个胚胎的冻结方法就已经轰动世界了。据说还有几个人跳槽到了在体外受精研究方面取得积极成果的英国和澳大利亚的研究机构。只是,据藤村教授讲,唯有久能教授似乎为无法将克隆技术发表到任何地方而深感遗憾,于是开始秘密游说美国的大学,策划以自己的克隆研究成果为诱饵,使对方邀请自己去做教授。"

"可教授……"

"对,不久便死去了。这究竟是单纯的事故,还是受到了某种势力的掌控，至今依然不明朗，估计今后也无法查明。只是，原课题组的成员感受到了再次在幕后活动起来的势力有多么巨大，却是事实。"

"从伊原的角度来看，既然目的已经达到，久能教授就没用了，完全有这种可能性。"胁坂讲介说道。

"或许。"高城晶子同意，"但事实上伊原并没有达到目的，他本以为会顺利成长的克隆人出现了异常——免疫机能出现了缺陷，开始接连发病。藤村说，大概是选择核移植体细胞时出了差错。尽管伊原震怒，责令医院千方百计救治，然而最终还是无力回天，孩子死了。"

我想起了妈妈的剪贴簿中也贴着伊原的儿子死时的报道。

"伊原没有再次制造自己的克隆人吧？"

"或许是不敢再试了，并且再试一次也无法保证成功。"

"可这次不是时隔二十年又要实行吗？"

"没错。"传来高城晶子的声音，同时还有轻轻的脚步声，"伊原患上了骨髓性白血病。"

"白血病……真的？"

"看来是真的。于是，为了治疗，听说伊原的部下在绞尽脑汁到处寻找移植用的骨髓。"

"要骨髓移植？"

"咱们的杂志上不是也出过一次专刊吗？骨髓这种东西，除了家人之外几乎不可能找到合适的配对者。严重时，听说配对的成功率还不到百万分之一。所以，对于没有亲人的伊原来说，结果完全是绝望的。"

"于是想再克隆一次……"

"没错。"高城晶子说道,"我记得,以前外国曾有过为拯救得白血病的女儿,夫妇再生一个孩子的报道。对于为了这种目的而要孩子的做法,赞成和反对的意见满天飞。这一次则把这种情况发挥到了极致。使用伊原的细胞制造一个克隆婴儿,再把其骨髓用作移植。前面那种情况下,还完全不清楚生下来的孩子的骨髓是否适合患者。可如果是克隆人,则必然一致。想到这一点的便是伊原的首席秘书——曾知悉那个克隆计划的大道庸平。他数月前就开始接触当时的课题组成员,核心人物便是现在仍在进行哺乳动物克隆研究的藤村,和函馆理工大学的氏家教授。氏家先生起初似乎不大愿意参加,可最终好像还是同意了。"

"原来是出于这种目的。可是,他们为什么又盯上氏家鞠子和小林双叶呢?难道需要她们的什么东西?"

"……她们的卵子。"

我的心刹那间悬了起来。我的卵子!

"为什么?"胁坂讲介问道。

"比起那时,尽管各方面的技术都取得了进步,克隆技术却没有进展。听说这次原本想使用的,似乎是大道带来的女子的卵子,可试了多次,核移植卵都无法正常生长。至于原因,藤村教授等人似乎也清楚。刚才在磁带中氏家先生也提及,说是由于使用的卵子的特性不同,核移植后的处置中也存在微妙的差异。掌握这部分核心技术的只有久能教授一人,数据也几乎没有留下,所以光凭他们这些人自然无能为力。"

"看来,除掉久能教授一事这下遭到报应了。"

"藤村等人掌握的，只有关于两个成功个案的数据——克隆我和最初克隆伊原。可是，这些数据也只有在使用保持同一性质的卵子的时候才用得上。但是，十七年前制造伊原的克隆人时提供卵子的女子现在已进入更年期。顺便说一句，我也是一样。"

"原来如此……如果是双叶小姐或氏家鞠子，就可以提供与妈妈同一性质的卵子，二十年前的数据就能完全派上用场。"

"可是，直到最近藤村等人才获知这两人的存在，氏家先生又不可能说出自己女儿的事情。结果，就在研究遇到困难时，因学会活动去东京的藤村教授碰巧在酒店的电视上看到了那荒唐的一幕。"

"他……看到了双叶小姐？"

"据说他清楚地记得我的长相，于是立刻明白了事情的真相。小林志保女士并没有接受人工流产，而是生下了当时的克隆儿。"

"于是，他去见了小林志保女士？"

"对，为了求她合作。藤村教授含糊其词，但大概还是使用了胁迫之类的说法，比如，如果不想让女儿是克隆人的秘密让世人知道云云。"

我渐渐不快起来，藤村那道貌岸然的嘴脸浮现在脑海里。

"小林女士并没有答应吧？"

"是啊。"高城晶子说道，"据说小林女士是这么对藤村教授说的。只要碰她女儿一根手指头，她就会把克隆计划和幕后主谋公之于众。她似乎还给他看了那本剪贴簿。她做助手的时候就知道伊原是幕后主谋，因此才收集有关伊原孩子的报道。"

"大道听了藤村的报告，觉得如此下去事情不妙，就除掉了小林志保女士？"

"……藤村教授称什么也不知道。"

"这可能吗？"胁坂讲介犀利地说。高城晶子没有回答。我咬着嘴唇，悲哀和愤怒同时复苏。

"大致情况已经明白了。"他恢复了平静的语调说道，"妈妈与大道庸平见面了吗？"

"见了。"

"还答应与他们合作？"

"只是通知了他们你们的落脚点。"

"这不是很好的合作吗？妈妈做的事情远不止这些吧？从我这里得知氏家鞠子的存在后，就立刻通知了他们，对吗？于是，他们的目标就由双叶小姐转移到了更容易逼其就范的氏家鞠子身上。"

高城晶子没有回答。那一定是肯定意味的沉默。

"我再问您一次，为什么？"胁坂讲介问道，"为什么决定帮他们？把她们送入虎口，到底以什么为补偿？"

高城晶子仍不回答。这一次，胁坂似乎也打算在她开口之前保持沉默。

我只觉呼吸困难，连站着都觉得辛苦。

"你们看着办吧，我只说了这么一句。"终于，她冒出这么一句。

"什么意思？"

"把那两个人……那两个违背我的意志私自生下的人，你们看着办吧，我只是这么说。既然是你们播下的种子，就请你们再来割掉。这就是我提出的交换条件。"

"看着办？妈妈，就是说……"似乎在调整着紊乱的呼吸，胁坂讲介停下了，又道，"就是说，要他们杀掉她们俩？"

我感到阵阵寒气，全身仿佛冻僵了似的，汗却冒了出来。我拼命忍住大叫的冲动。

"我怎么会说出这种话呢？"高城晶子用毫无感情的声音答道，"我只是说看着办而已。我说，如果任由她们继续像从前一样活下去，迟早会在世上酿成轩然大波，到时恐怕连你们也难以应付。"

"说是看着办，可除了杀掉哪里还有办法？"

"大道庸平说有一个办法，就是给她们整容。如果把脸整到与我略微相似的程度，自然就不会引起任何问题了。"

我不由得用左手摸摸脸颊。要改变我这张脸？

"这怎么能让人接受呢？她们有她们的人权。"

"也只有这么做，那些孩子才会幸福。这毋庸置疑。"

"我不这么认为。妈妈，难道您的基本理念不是报道真相吗？我一直尊敬妈妈的这一原则。我认为，您选择的道路应该是将克隆计划全部曝光。"

"别说傻话了。如果真那么做了，世人会怎么看我？对你的将来也会产生很大的负面影响。"

"我没有关系。妈妈不也是受害者吗？完全没必要感到内疚。"

"你什么都不懂。现在的问题并不是孰是孰非，尤其是对世人来说，一旦克隆计划被公开，周围人看我的目光就会完全改变。看啊，这就是那些分身的原版之类，妈妈也将永远与她们绑在一起成为笑柄。拥有无限可能的年轻姑娘们与她们三十年之后的样子，使用前与使用后，啊……"

呜咽的声音传来。

"他们想说什么就由他们说吧。"胁坂讲介说。可是，这番安慰似乎并无效果。

"亏你还说得出来！那我倒是问你，你自己又怎么样？她和我在一起，你敢说就没比较过我们？你敢发誓说没有意识到我的衰老？"

听到高城晶子的质问，胁坂讲介沉默了。

"不可能做到吧？"她平静地继续说道，"算了，你当然也会这样。我刚才说害怕别人的目光，但说真的，我最害怕的还是自己的眼睛。一想到她们的存在，我就连镜子前面都不敢站了。刚才你也说过，时间流逝，谁都会衰老。唉，没错。大家都会上年纪的。人们只好在心灰意冷中逐渐面对现实。我也一样，直到最近我也没有为自己的衰老而感到悲观。既然三十年前有一个二十岁的我，那么现在有一个五十岁的我也没有办法。我甚至还为自己活到现在而感到欣喜，就连对眼角的一根皱纹都感到自豪。可现在却不同了，一切似乎都碎了。我只觉得衰老无非是凄惨的事情，而当死亡就在眼前的时候，这种凄惨就越发明显了。"

"一看到年轻人就会意识到自己的衰老，这种意识谁都多少会有一点。"

"可两者是不一样的，完全不一样。你大概不会明白。你年轻，也没有被私自制造过分身。三十年之后，当你开始感到大限将至时，一个模样和你现在完全相同的男子忽然出现在你面前。我敢打赌，你一定会异常怨恨这个年轻男子，或许也可以称为忌妒。如果你有相应的权力，或许也会考虑将其杀了。"

"妈妈怨恨她们吗？"

"厌恶她们，这倒是事实。我无法摆脱这种情感。我不愿看到那两个孩子，不愿承认她们的存在，我无法摆脱这种情绪。"

"你不想像爱女儿一样去爱她们吗？"

"像女儿那样？荒唐！"高城晶子的声音颤抖起来，或许身体也在颤抖。她继续说道，"我把从氏家先生那里听到克隆计划、得知存在自己的分身时的感想都告诉你吧。一句话，恐怖，简直是寒毛倒竖！"

我把耳朵从门上移开。我感到悲哀的怒涛正从远处汹涌而来。如果不赶紧离开这里，我恐怕一辈子都站不起来了，另一个我正在如此敲响警钟。

残酷的是，他们的对话却继续钻入我的耳朵。

"她们没有罪。"胁坂讲介说，"她们是普通的人。您不觉得您这种说法太残酷了吗？"

"所以我才说你什么都不懂。你想象一下一个与自己一样的人体模型被摆在橱窗里的情形吧。"

一瞬间，我身体里的某种东西破灭了。

我打开后面的门，冲出房间。身后似乎传来了胁坂讲介的声音，我头也不回，径直奔跑。

鞠子之章　十二

我不知道自己睡了多久。我躺在床上，闭着眼睛，意识却似乎一直醒着。但在这段时间里，我大概也意外地睡过去了，证据是我全然不知阳光究竟是什么时候从窗帘的缝隙里钻进来的。我下了床，打开窗帘。辽阔的碧空展现在眼前，甚至有点令人憎恶。

往下一看，树林甚至已延伸到眼皮底下。从林间的缝隙里隐约可以看到一些紫色，或许是薰衣草田。

我坐在床上，叹了口气。稀里糊涂的一天又要开始了。我究竟什么时候才能回到平静的日常生活呢？

换好衣服正在发呆的时候，传来三记不祥的敲门声。我预感到那个被称为尾崎的瘦弱男人——或许是助手——来了，心情越发沉重起来。

开门的果然是他。他站在门口，摆摆骷髅般的手。"请跟我来一下。"

我深呼吸一下，站起身来。

沿走廊前行时，我想询问父亲的情况，可最终放弃了。他不可能告诉我丝毫实情。

被带去的房间和寻常的诊室差不多，不同的是看不到护士的身影，居中摆放的桌子上放着一个电脑显示器般的东西。昨夜照过面的白衣男子正面对着它。

"坐那儿吧。"白衣人努努嘴，示意我坐在眼前的椅子上。我照做了。助手站在入口。

白衣人一面注视显示器一面敲打着键盘，间或看看旁边的文件，不久便把脸转了过来。

"请回答我的问题，要如实回答。"

"好。"我回道。我只能言听计从。

问题是从最近的健康状态和病史等一般性内容开始的，就像健康检查时的问诊，只是内容更详尽一些。不久，提问的内容忽然变了，变成了月经是否正常、最近一次是什么时候等内容，甚至还加上这么一句："有过性生活没有？"

此前的提问还都算是提问，我低着头一一作答，唯独此时，我不禁抬起了头，脸颊发烫。"难道连这种问题都必须回答吗？"

"这很重要。"男子用无机质般的声音说道，"这种经历，到底有，还是没有？"

"没有……"

男子点点头，噼里啪啦用键盘输入着什么。站在身后的助手的视线让我如芒刺在背。

"有没有定期量基础体温？"

"没有。"

"嗯。"他左手抚摸着脸，右手食指啪地敲下一个键，眼睛一时间盯住了显示器。

"请问,"我说道,"你们究竟要把我怎么样?说是要为一个对日本很重要的人物治病,可回答一下我的问题又能怎样呢?"

男子似乎没有听到,仍盯着显示器,过了一会儿才用例行公事般的语气说道:"你什么也不要考虑,只要照我们说的去做就行了。不用担心,我们做的一切不会对你的身体造成伤害。"

"可是……"

"总之,"男子又敲了一下键盘,"关于需要你合作的事情,你父亲也赞成。请相信我们。"

"我知道父亲与此事有关……"

大概是不想再听我说话了,白衣人隔着我向助手使了个眼色。助手走了过来,抓住我的胳膊。

"你要干什么?"

"不用慌,只是简单的血液检查。"白衣男一面准备注射器一面说道。

血液检查之后,我暂时被放回房间。又过了一会儿,那个助手用小推车送来了早餐。除了三明治和色拉,还有汤、盛在壶里的咖啡和橙汁,托盘上还放着一个大水瓶。助手出去后,我把它们全移到桌上,坐在椅子上吃起迟到的早餐。没有一点食欲,可我还是想尽量吃一点,以恢复日常生活的节奏。三明治、色拉和汤都是一个味道,火腿很咸,汤有点浓。我喝干了两大杯水。

吃完早餐,我坐了一会儿,似乎没有人来。我喝着咖啡,眺望窗外。

不久便感到了尿意。我推开门走进走廊,不禁愣住了。走廊里放着一把椅子,那个瘦助手居然正坐在那里看书。

"上厕所吗?"他毫无顾忌地问道。无奈之下,我只好点点头。不知为何,他竟看了看表,然后说出一句令人难以置信的话。"请稍微再忍一下。"

我以为自己听错了,问道:"什么?"

"我说,让你稍微再等一下才能去厕所。"他粗鲁地说道。

"为什么?难道有什么不合适吗?"

"因为要检查。"男子说道,"需要憋尿。"

"检查?怎么又……"

"请你右转,返回房间。"男子指指我的背后。

没办法,我只好返回房间,和刚才一样坐在桌前。看着眼前吃剩的早餐,我恍然大悟。饭菜口味浓,原来就是为了让我多喝水啊。饮料那么多,只怕也是出于同一种理由。

他们究竟想做什么检查呢……忍着下腹部的不适,我再次不安起来。

又过了约三十分钟,我再次试着打开了门。那个可憎的瘦男人的身影不见了。怎么办呢?我犹豫了一会儿,最终还是决定再等一会儿。

又过了将近十五分钟,已经无法继续忍耐,我出了房间。男子仍不在。我在走廊中走着,打算找到他,求他赶紧给我做完那所谓的检查。可是,两侧并排的房间中似乎没有一个人影,自己仿佛走在废墟里一样。拐过一个角,一个房间上有洗手间的标志。我顿时安心了,毫不犹豫地走了进去。

上完厕所返回房间的途中,我看到一个房间的门开着。经过时，里面传来了声音。

"这不是言而无信吗？"

我一哆嗦，停下脚步。那无疑是父亲的声音。

"说好不使用克罗米芬的！"

"我什么时候这么说过？我只是说不进行强制排卵。"那个白衣人答道。

"一回事。你听着，鞠子才十八岁！你知道给这么一个小姑娘使用激素会导致什么后果？"

"她年轻，没事的。克罗米芬的副作用无一例外都出现在高龄女子身上。"

"你糊弄谁？你这是哪里的数据？"

"是我自己的数据。算了，这种事情就算争论到天黑也没有结果。氏家老师，重要的是如何提高实验的成功率。"

"并不是说增加卵子的数量就一定能成功。如果能成功，就算只有一个也会成功。如果注定要失败，哪怕有三四个也照样会失败。"

"制造多个核移植卵，从中择优使其着床，这是最佳方案，这一点想必老师心里也很清楚吧？"

"有一个就足够了。反正我拒绝为她使用以克罗米芬为主的所有激素类药物。"

"真拿你没办法。我可是被全权委托……"

"氏家老师，"另一个男人的声音传来，是昨天把我带到这里的那个人，"请您遵照藤村老师的指示。如果您不想合作，是要后悔的。"

"还想胁迫我？你这个卑劣小人！"

刚听到这里，我的胳膊忽然被人抓住。我吓了一跳，回过头来。

尾崎助手那双凹陷的眼睛正俯视着我。

"你在干什么？"他问道。

"没，那个……"我支吾道。

助手似乎一下子意识到了什么，表情扭曲起来。

"你是不是小便了？"他以与表情完全一致的语气问道。

我畏缩着身子，微微点头。

"混账！我不是说让你忍着吗？"

"可是，你又不在，我已经憋不住了……"

"人的膀胱哪有那么简单就破裂的！真是……还得重来。"

我已经完全感觉不到这是谩骂，只觉得无比悲伤、可怜，泪水簌簌掉落。男子咂起嘴来。

"怎么回事？"房间内传出声音，白衣人走了出来。助手向他说明情况，仿佛我犯了何等低级的错误似的。

"哦？"白衣人叹了口气，"没办法，你没看好也有错。知道了，那就由我来解释吧。"他望着我浮起笑容。"请进吧。"

一进房间，最先映入眼帘的是父亲的面庞。他正坐在一张细长会议桌的最里面，脸色难看，憔悴得不成样子。他看了一眼我，立刻低下了头。那个小个子男人就坐在父亲旁边，再旁边则是那个司机——散发着一身刺鼻的柑橘系气味的人。这两人都不看我。

"让你如此不快，实在抱歉。"白衣人一面坐下一面说，"也怪我们事先一点都没告诉你，最起码应该告诉你检查内容之类的。"

我抬起脸看着他。

他继续说道："检查主要分为三项。首先是血液检查和尿检，这主要是以检测激素值为目的。剩下的一个则是超音波检查，这个主要是检查卵巢中卵子发育的情况。"

"卵子……你们打算把我的卵子怎么样?"

"这一点还不能告诉你。"他摇摇头,"总之,以后每天都要进行上述检查。还有,B超检查需要憋尿。否则,影像就会不清晰。明白了吧?所以今后不要随意行动,有什么困难可以呼叫我或助手。用来传呼的键已经告诉你了吧?"

"连每次上厕所都要征求你们同意吗?"

"没错。"他点点头。

我侧目望了父亲一眼。他姿势依旧。我似乎明白了白衣人把我叫进房间的目的。他分明是想让我看一下父亲的处境,威吓我对他们言听计从。

"我明白了。"我答道。

白衣人狰狞地笑笑。"好孩子。"

"可是,能否让我和爸爸单独谈谈?"

父亲痉挛了一下,这一点并没有逃脱我的眼睛。

白衣人脸上的笑容顿时消失了,歪着嘴说道:"以后会给你们安排时间。只是,现在很忙。尾崎!"

助手应声走了进来。

"把鞠子小姐带回房间。还有,把水瓶也拿过去。"

我被助手带离房间时,父亲似乎想站起来,一旁的那个小个子却抓住他的袖子阻止。

双叶之章 十二

我忍着剧烈的头痛坐在大通公园的长椅上。记不清今天是星期几,可公园里举家休闲散步的人很少,看来不是周末。当然,今天是星期几与我几乎没什么关系。

头痛得厉害。或许是喝得太多了,我想计算一下自昨夜以来摄入的酒精量,可头痛难忍,只好作罢。

我打了个大大的哈欠。从刚才就一直打哈欠。我整夜没睡,自然会哈欠连天。昨夜乘出租车从千岁赶到札幌市的薄野。我向司机打听有没有尽可能安全、尽可能便宜并一直营业到早晨的店,得知了一家位于车站南面的店。进去一看,里面正不停地播放着六十年代到八十年代的灵魂音乐,一群职员和常客正在狭小的舞池里疯狂地扭动身体。说真的,我本来想放松一下,静静地喝一点东西,可又觉得置身于此或许就不用再想多余的事情了,就在吧台的角落坐了下来。

和往常一样,想占便宜的人立刻频频过来搭讪。他们一眼就看出我来自异乡,大概是因为我身穿牛仔裤,还系着腰包。我没有完全拒绝他们，把他们当成消遣对象的同时又冷面以对，以免让他们想入非非。

"喂，是不是被男人甩了？"有人如此说道。何以见得，我一问，对方便回答："看你的脸就知道。"失恋的时候或许就是这种心情吧。迄今为止我没有经历过真正意义上的失恋。假如失恋的打击同这个一样大，我绝不轻易谈恋爱。

这家店直到早晨五点才关门。一个职员邀请我去开房间，我婉拒后，在清晨札幌的大街上散起步来。薄野街头到处残留着呕吐的痕迹。

我闲逛着消磨时间，后来走进一家七点开始营业的店，点了一套早餐。吐司面包剩下了一大半，咖啡却又添了两杯，结果弄得胃针扎般疼痛起来。出了店，自然就在大通公园里做出不雅的行为。

我靠在长椅上，望着眼前大街上来来往往的人。人流穿梭不息，仿佛在向我展示世界的生生不息。只有我一个人被遗留下来。

我尝试着思考起失恋的意味。我自然没有失恋。若说对胁坂讲介丝毫没有感觉，那完全是假话，但将来或许不会再与他见面的想法也没怎么使我沮丧。这种程度的失望如果真数起来，实在是数不完。

如果分析起我现在的心境，恐怕与失恋的状态非常接近。这又是为什么呢？

大概是期待遭到了背叛的缘故，这是我花了很长时间才得出的结论。我一直在期待。那么，究竟在期待什么呢？

初见高城晶子那一瞬间的情形依然历历在目。虽然后来由于她和胁坂讲介的种种说明，我才终于明白了自己出生的秘密，可最本质的内容却是在与她相遇的那一瞬间理解的。

这个人便是我。

同时我也如此想：我就是这个人。

期待在这一瞬间产生，并开始膨胀起来。尽管对我说了各种各样的话，可我还是在期待着，这个大概是我本体的女子一定会爱着不过是一介分身的女儿。

可是，她并不爱我，而且还表现出了憎恶，甚至恐惧。或许的确如此吧，或许厌恶是理所当然的。

我从长椅上站起，拍拍屁股出了公园，和大家一样沿大街走着。一任自己投身人潮后，我反而安心了。

我漫无目的地走了一会儿，究竟在朝哪里走，连自己都不清楚，甚至连现在的我为什么会在这里、为什么会走都不明白。我已经知道了真相，再留在这片土地上也没什么意义，但我仍不想去机场登上飞往东京的航班。一种东西正牵动着我。

走到一处时尚大厦林立的地方，我一个个观察着一楼的橱窗。里面有穿着泳装的人体模型，也有穿着秋装的人体模型，全是女子。我尝试着寻找与自己相似的人体模型，却没有找到。

为什么想得到高城晶子的爱呢？我想。是因为把她当成了母亲？不，不是。我的母亲只能是小林志保，那个坚强又冷淡的妈妈。妈妈深爱着我，所以我才会存在于这世上。

或许，我是想得到高城晶子的认可。一个违背了本体的意志而被制造出来的分身，想作为一个人被认可，得到本体的爱或许是最为便捷的方法。

我尝试着思考起双胞胎的情况，或者更单纯的普通母女的情况。

就算她们也彼此互为分身，但她们作为一个人而生存下去，完全是因为确认了彼此的爱吧。

伫立了一会儿，我决定离开。就在这时，一个牵动我心的东西映入了眼帘——装饰在橱窗里的镜子。我的脸映在镜子里面。可一瞬间我竟无法觉得那是自己的脸，我似乎觉得那是正从遥远的另一个世界注视着我的另一个自己。

另一个我……

这句话在摇晃着我身体里的什么。一种悸动般的感觉逐渐膨胀起来。

氏家鞠子。

仅仅是想起这个名字，我就觉得非常怀念，这究竟是为什么？我忽然想知道她的思想，她心灵的动摇，并且，也希望她能理解我。

这种突然的变化使我很迷茫，可这是一股的确存在的冲动。受伤，疲惫，绝望，在最后的最后我要寻找的，便是另一个与我经历着同样命运的分身。

我奔跑起来，向札幌站冲去。

鞠子之章　十三

敲门声传来。进来的依然是那个助手，抱着一个大纸箱。

"如果有其他需要的东西就说。"他冷冷地说，把箱子放在地板上。

箱子里装着崭新的针织衫和T恤等，甚至连内衣都有，这让我有点惊讶。是这个人买的吗？一想到这些，我不禁产生一种抵触感。

翻翻箱子底部，里面是我原本塞在旅行包里的替换衣物和小物件，但并非全部。

"那些我觉得不需要的东西就没往这里面放。"仿佛猜透了我的心思似的，他说道。

"其他东西呢？"

"我处理了。"助手冷冷地扔下一句，出了房间。他越发冷酷，或许是因为B超检查没能做成。刚才，就在要接受检查的时候，我来了月经。来得完全不是时候，连我自己都吓了一跳，白衣人他们也都十分沮丧。对我来说，那种忍耐憋尿的不快得以推延，我有一种获救般的感觉。

没等他的脚步声从走廊里消失,我就把纸箱里的东西全倒在了床上。这些东西到昨天为止还一直带在身边,如今一看到却觉得无比怀念,连发梳都觉得是贵重品。看到从箱底滚出在东京买的柠檬,我不禁难过起来。不知在千岁时掉在地上的那个柠檬怎样了?

最吸引我目光的是一册文库本的书,《红发安妮》。总算有点救了,我想。

我沉浸在《红发安妮》里,直到傍晚。这样,我便可以暂时忘记所处的困境了。无论什么时候,安妮的话都会令我快乐。只是每次那个助手前来,这种心情就会被打断,实在郁闷。

助手刚收拾完晚饭的残羹冷炙后出去,敲门声再次响起。我一面纳闷一面答应一声,传来的是一个女人的声音。门开了,进来了一个不曾谋面的女子。不,昨夜被带到这里时,我记得似乎就是她曾隔着窗户飞快地看了一眼。她约三十岁,身材苗条,面容姣好。

"打扰一会儿可以吗?"她问道,"想说几句话。"

"我倒是没关系……"

"不用担心那助手,他管不了我。"

"既然这样,那就请吧。"我在床上答道。

她把椅子搬到床边坐下,看着我手中的书。"在读什么呢?"

"这个。"我把封面朝向她。

她瞥了一眼,哼了一声。"有意思吗?"

"嗯,很有意思。"我又垂下眼睛,"但因人而异吧。"

"嗯,倒是没错。"她心不在焉地应了一句,叹了一口气,然后盯着我的脸,"你,不害怕吗?"

我望着她,不明白她话里的意思。

沉默了一会儿,她又问道:"不知道要被人怎样,不害怕吗?"

"害怕,非常害怕。"我坦承,又问道,"呃,你为什么在这里呢?"

"和你一样,也是为了救一个人才被带来。"

"你的身体也会被他们动吗?"

"当然,但我的作用和你不一样。"

"作用?"

"我的工作是怀孕生孩子。只是,并不是自己的孩子。"她爽快地说道。

我有些纳闷。"不是自己的……"

"是代孕母亲,就是用医学手段让一个毫不相干的受精卵在我的子宫里着床,然后忍耐十个月,平安地产下健康的婴儿。我的职责就是这些。"

"那么,是体外受精……"

"对,没错。"

"那是谁的孩子呢?"

我一问,一瞬间她差点脱口而出,可又忽然想起什么似的摇摇头。"那不能说。"

"不会是……"一个念头浮现在脑海中,可我没有勇气说出。如果说出来后她不否认,我该怎么接受这恐怖的现实呢?

我调整呼吸,再次问她:"我是被要求为治疗某个人的疾病而合作,而你做代孕母亲生孩子,和治病又有什么关系?"

她半张着嘴,略带茶色的眼睛盯着我,但最终还是和刚才一样摇了摇头。

"不好意思,他们说详细情况不能告诉你。如果现在把你吓坏了就麻烦了，肯定是这样。"

"我知道大致情况。"为放松心情，我深呼吸了好几次才说道，"将被移植到你身体里的受精卵的卵子会从我体内提取，对吧？"

她一愣，面带惊讶地端详了我一会儿，嘴角浮出一丝笑容。

"哦？你竟连这些都知道了？"

"因为除此以外别无答案。"

"是啊。这样话就好说了。"她盘坐在椅子上，"正如你所说，使用你的卵子制造受精卵，然后移植到我的肚子里。但似乎不是单纯的体外受精，详情我也不大清楚。"

并非单纯的体外受精？

"我早就想和你聊聊了。"她说道，"明明是你的东西，却由我来孕育，所以我早就想认识你。"

"我的东西……"真是奇怪！我的卵子，却与我没有关系，而是在他人的体内变成一个生命。怎么想这也不像件正常的事情。

我望着她端丽的脸庞。"这么做，你就没有抵触情绪吗？"

"抵触情绪？"她的脸有些扭曲，"岂止抵触，简直厌恶得要死！为什么我必须把一个毫不相干的孩子放进自己的肚子？我还没生过孩子呢，这种恶心的事情，当然讨厌透了！"

她怒气冲冲的样子让我有些畏缩。

"那为什么……"

"有什么办法？他们说除此之外没有办法可以救那个人，又不愿意让其他女人来做这件事。"她把手指伸进头发，拼命地挠着，"但我是自愿来的，还不算坏。你是被强行带来的吧？"

"强行？反正是不由分说地……"

"威胁你了？连这样一个年轻姑娘都……大道就是大道啊。"

"大道是谁？"

我一问，一瞬间，她露出后悔的神色，但立刻又恢复了先前的平静。

"就是带你来的那个小个子男人，我们要救的那个人的手下。"

"来这里的时候，除了他还有两个人，一个带着我爸爸，一个开我们坐的车子。"

她点点头。"带你父亲来的人不大了解情况，已经不在这里了。现在留在这里的是大道和坂卷。"

"坂卷？那个浑身柑橘系气味的人？"

"非常呛人吧？他有狐臭，为了掩盖，似乎使用了气味浓烈的香水和护发水之类。其实，还不如什么都不抹呢。"她忽然板起脸，一本正经地说道，"对那个人最好要当心。不知道是什么来头，可据说是那种为了老板随时甘愿拼命的类型。"

"老板？"

"我们要救的那个人。"

"啊……"

我的头似乎开始痛了。一切似乎都不像现实。我恐怕是被卷入了一个巨大的旋涡，并且，以我的大脑，根本无法推测出这个旋涡的大小。

"那么，"她看看表站起身来，"打扰了。和你聊了聊，心情稍微轻松点了。我得回房间了。"

我默默地送她。她抓住门把手，却又回过头。"你来月经了吧？"

我一愣。又是那个助手四处宣扬的吧？

"你那月经如果能多拖一拖，或许就得救了。"说着，她出了房间。

我呆坐了一会儿，钻进了毛毯里面。放在床边的《红发安妮》滑落到地板上，我却连捡都不想捡。

究竟打算如何处理我的卵子，白衣人并没有告诉我。可是，有一件事光是想象就让人恐惧。使用通过克隆方式降生在这个世上的我的卵子，他们做的事情能有什么呢？恐怕还是制造克隆人吧，刚才那女子所言也印证了这种想象。

无论如何都要阻止他们，我想。决不能与他们合作！那根本就不是人做的事，最主要的是，我现在正在品尝作为一个克隆人生存的艰辛。

我把目光投向窗户。这里是二楼，没有镶铁栅栏。如果想逃，并非没有可能。我认真地考虑起从这里脱逃的事情。离开这栋建筑，偷偷跑到国道，搭乘过路的车到附近的城镇……

可一想到后面的事情，我就退缩起来。我独自逃脱没用，他们立刻就会找到我的下落，一定会再度逼迫我合作。我拒绝得了吗？

还有父亲。在不知父亲现在境遇如何的情况下，我不能从这里逃走。如果见不到父亲就逃走，恐怕将永难相见。

思前想后，我最终得出的结论是只能维持现状，既无法向前，也不能后退。这大概就是我的命运。十八年前，我这个实验品通过克隆技术被制造出来，大概就是为了迎接今天。所以，我无法与这种命运抗争。为实验饲养的老鼠却不用于实验，而是放归大自然，有这种可能吗？

我趴在床上，抽泣起来。尽管如此绝望，眼泪却没有一滴。我的身体里恐怕有一个冷静的我，正在耳畔不断地低语："你是实验动物,命该如此。"也不知是第几次了,我再度意识到自己本不该降生到这个世上。

我不禁想起函馆的宿舍。我想回到那里。这样,我就无须再扩展人际关系,一个人悄悄地活下去就行了。不知细野修女怎么样了?如果是她,即使得知我是违背神的意志而出生的,也一定会和蔼地对我。我也会如安妮·雪莉那样,不在乎自己的身世,快乐地生活下去。

我拖着沉重的身体下了床,捡起那本重要的书,找寻着上次读到的地方。我想找回愉快的心情,哪怕是一点点。

我哗啦哗啦地翻着书,忽然,我的手停了下来。我发现有一页的空白处竟写着一句批注。

是用铅笔写的:"看看封面的背面。"

封面的背面?

我翻过去一看,顿时惊呆了。

那里密密麻麻地写满了字。我心跳加剧了,甚至感到了耳鸣,我飞快地读着这些字。

"致鞠子",这是标题。分明是父亲的笔迹。

  致鞠子。我知道你怀有诸多疑问,也知道你因此去了东京。我对你隐瞒了数不清的事,所以现在要把一切都向你坦白,这是我的义务。

蓝色笔迹的小字,一个个写得非常认真。我脑中浮现出父亲写这些时的样子,心头热了起来。父亲大概知道这本书是我唯一的快乐，所以想出了这种传递信息的办法。

父亲的告白是从加入那个"克隆计划"时开始的，对于高城夫妇前来、晶子夫人便是父亲学生时代深爱的女子，乃至制造她的克隆人的经过，以及冷冻保存核移植的胚胎等，都做了简要的介绍。

接下来便是关于父亲围绕着那冷冻胚胎产生的苦恼。

与你的母亲静惠经人介绍结婚五年后，我仍忘不了高城晶子。不，在我心里，她永远都是一个以阿部晶子的名字存在的独立的女子。我心仪的女子的核移植胚胎就在我手里，这个事实让我非常痛苦。我也曾多次告诫自己不要产生邪恶的想法，这让我痛苦不已。如果顺利地培育这个胚胎，就会产生一个与她一样的女人——这种想象一直占据着我的大脑。

恰在这时，我们没有孩子一事正遭受着来自双方父母的责备，我又正巧身处这样的大学，可不可以尝试着挑战体外受精呢？这个设想被提了出来。起初不情愿的静惠也似乎渐渐同意。由于尚处于研究阶段，最初我也反对，可看到静惠的决心越来越坚定，我决定实施。

此时，我还没有产生奇怪的想法，只是打算进行正常的体外受精。缜密的计划安排好后，采卵的日子也决定下来。

可或许是造物弄人，对静惠的身体实施麻醉、切开之后，主治医生发现她已排完卵。最终，他什么也没做，也没有对她做任何说明，就找到我说明了情况。当时我的任务是弄出受精用的精液，正在另外一个房间等候。

这时，一个邪恶、危险的念头在我的大脑里形成。我明知这是不允许的，却无法摆脱。一旦让那个冷冻的胚胎在静惠的身体里着床，晶子就到手了，就永远是我的了。身体里的恶魔一直在悄悄鼓动着我。

后面的事情交给我就行，我会对妻子解释，我对主治医生如此说道。于是，我把那个冷冻胚胎解了冻，瞒着所有人将其偷偷植入静惠的子宫。我祈祷着成功。静惠似乎也在祈祷，她一定是祈祷着生下她与我的孩子。

于是，她怀孕了。之后直到分娩期间的事情，在这里就无须说明了。在各种意义上，我和静惠都达到了幸福的顶峰。祝福包围了我们。

你出生后，几年时间平安地过去了。正如我期待的那样，你和我所爱的人的幼时一模一样。只要一看到你，幸福的感觉就包围了我。

当然，静惠也爱着你。这是她经历了阵痛产下的孩子，由于这种母性意识的存在，她对你长得不像她一事几乎不在意。她或许以为不久就会像了。

可是，随着你的成长，静惠的疑问似乎渐趋强烈。为什么与自己如此不像呢？她真的开始烦恼了。

另一方面，我也开始烦恼。你在日渐接近阿部晶子。一看到你，我心里就很乱。一想到有朝一日你总会长大成人，不安的感觉就超过了期待。到时自己会怎样呢，我完全无法预计，甚至对一点都不把你当成女儿看待的自己感到恐惧。

痛苦思索之后，我决定让你远离自己，就让你去了一所寄宿学校。你或许认为那是静惠提议的，其实一切都是我的决定。

我相信静惠从不曾厌弃你。她一直对总介意女儿像不像自己感到内疚，为自己作为母亲的不称职而烦恼。

这样的一个她，在我的旧相册里发现阿部晶子的照片时的惊讶和悲哀，想来一定是不同寻常。静惠一个人去了东京，调查我曾深爱的阿部晶子。她按照自己的理解来解释事态，一定认为自己通过体外受精接受的受精卵是丈夫与别的女人之间的产物。对克隆知识一无所知的她，如此理解也是理所当然。

绝望的她选择的道路无比可悲。她想把我和你都杀掉，再结束自己的生命。就这样，迎来了那个无法忘却的恐怖之夜。

那天的晚饭中加入了安眠药，我想你大概也意识到了。你陷入沉睡，不久我也困了。可是，在此之前静惠说出了她的计划和动机。她说自己被迫产下他人的孩子，又被迫养育，已经没有了活下去的勇气。她自然从心底里怨恨我。她说得一点都没错。我无力反驳，失去了意识。

醒来时，我发现自己倒在客厅的地板上。由于我经常使用安眠药，药很快就失去了效力。我立刻闻到了煤气味，于是往楼梯上跑，可爆炸随即就发生了，一瞬间整座房子都陷入火海，这些也正如你的记忆一样。

在这里，你肯定会有一个疑问——我并没有写到把你抱出屋外的情形。

事实是这样的。爆炸之前把你抱出去的并不是我。究竟是谁救了你呢？答案只有一个，静惠。是一度想连你也杀掉的静惠抱出了你。最后的时刻，她对你的爱还是复苏了。哪怕没有遗传基因这根纽带的联系，她也仍是你的母亲。

我想，这件事迟早都得告诉你。你一定怀疑那并非一次单纯的事故，而是母亲想带着全家一起自杀。我了解你的心思，所以想告诉你的念头就越发强烈。为此，我不得不连那可怕又黑暗的过去都得向你挑明。只有这个决心，我迟迟未下。

读到这里，文字已经被眼泪打湿。

妈妈!

妈妈并没有厌弃我。她时常现出的悲哀表情，并非因为我长得与她不像，而是由于她为自己总对此事耿耿于怀而自责。母亲的爱并没有改变。

哪怕没有遗传基因这根纽带的联系!

双叶之章　十三

从札幌乘上列车，抵达旭川时天已入夜。上次来这里只是在五天前，却似乎已过了很久。

出了检票口，正要前往出租车站，一个巨大的身影忽然从右面靠近，一把抓住我的手腕。我吃了一惊，抬头一看，是胁坂讲介。

"你放开。"我说。

他松了手。"我就知道你会来这里，一直在这里等着。"他说道。

"为什么要等我？不都已经没事了吗？莫非是把我交给大道或藤村他们的事还没有完？"

"我可没有那种想法，我为妈妈做的事情向你道歉。"他面露悲伤，"还有，我妈妈说的也都是些疯话。希望你能忘掉。"

"不用说了，我已经没事了。"我把视线投向远处的霓虹灯，"你没必要道歉。她说得也一点没错。所以，我希望你最好还是回到她身边。"

"我的心意并没有改变，至今仍想帮你一把。"

"多谢，没有讽刺的意思。但我真的没事了，请不要在意我。"

说着，我迈开步伐。

"等等。"他追了上来，"这样我会不安。"

"你不用在意。我不会再上电视，也不会在人前抛头露面。这样，她也就不会烦恼了，请你这样转告。"

"你们有同正常人一样生存的权利。"

"我知道。我也打算那样活下去，但谁都会多少背负一点困难和压力的。"说着，我又举步前行。

"等一下。"他再次喊道，"若是找氏家鞠子，她并不在这里。"

我止住脚步，回过头来。"什么意思？"

他走了过来。"关于体外受精的一系列研究，正在别的地方进行，一个叫北斗医科大学生物实验所的地方。"

"在哪里？"

"富良野。听妈妈说，由于工程维修，目前正处于禁止使用阶段。这正是在为秘密进行克隆研究而使用的障眼法。"

"你知道具体地点？"

"知道，车里有地图。"他指着车站正前方的环岛说道。藏青色的 MPV 正像忠实的狗一样卧在那里。

"你想干什么？"我问道，"要破坏大道和藤村他们的计划？"

"当然是这样。夺回鞠子。你也想这样吧？"

"我可没有如此狂热的想法。你说我一个弱女子能做什么？"

"那……"

"我只是想见一见氏家鞠子。我若去，他们也一定会夹道欢迎。"

"你胡说什么！如果你真这么做，岂不也被用于实验了？"

"或许吧。这样也好。"

"什么？"胁坂讲介仿佛盯着一个怪物似的望着我。

"我不想只让氏家鞠子一个人接受那种实验动物般的命运。如果说她必须遭受那种命运，那我也应该那样。让人采集卵子很痛苦吧？不是说过吗？要让人在肚脐下面切三道口子，再让人把那些乱七八糟的器具塞满肚子，是不是？"

"所以我们才决不容许这些事发生啊。"他抓住我的双肩，盯着我的眼睛，"我理解你担心氏家鞠子的心情，但我也希望你能理解我担心你的心情。我不知道自己能做些什么，但决不会眼看着他们胡来而不管。就算是为了补偿妈妈的罪过。"

我把视线从他身上移开。一辆车驶入环岛。驾车的是一个女子，下来的则是一个男人。二人正依依不舍地说着什么。在别人眼中，我们两人呈现出的恐怕也是这个样子。

"你要去富良野？"我问道。

"对。"

"把我也带去。"

"我原有此意，但听了你刚才的话，我想不能带你去了。我还没有愚蠢到眼睁睁看你跳入火坑的程度。"

我叹了口气。"你打算怎样抢走氏家鞠子？"

"不知道。看情况吧。"

我退了一步，使劲挠起头来。已经多少天没有淋浴了？

"在车里等也不行吗？"我说道，"没有你的许可，我决不外出一步。让我看看你究竟如何营救氏家鞠子。"

胁坂讲介抱起胳膊，凝视着我，分明在斟酌我这番话的真伪。

"不是撒谎吧？"他说道。

361

"嗯,不是。"

"明白。那就一起走吧。"

我跟在他身后,钻进已乘习惯的MPV。我首先寻找起研究所的位置。

"看地名大概就位于中富良野,附近应该有薰衣草农场。"他指着地图说道。

"真是个好地方。"

"嗯,是不错。"他发动起车子。

行驶了一会儿,我说:"先停一下。"他踩下刹车。

"能不能去一趟前几天我住的那家酒店?"

"酒店?干什么?"

"我的手提包放在那里了。你忘了?上次你只帮我取了大包。"

"啊,是吗?不知还在不在。预约酒店的是藤村等人吧?恐怕人家早就跟那些浑蛋联系过了。"

"或许酒店方面还在为我保管。里面装着重要的东西,我想去找找。"

"好,应该就在附近。"胁坂讲介将踩在刹车踏板上的脚换到油门踏板上,说道。

来到酒店前面,他把车停在路边。这里离闹市有一段距离,几乎没有行人。

"虽然可能性并不大,可万一被大道的手下看见就不妙了。我先去看看。"他解开安全带说道,"我会对酒店的人说,你忽然病倒,被送进了医院。"

"拜托。"我说道。

看着他的身影消失在酒店中，我移到驾驶席上。钥匙还插着，他大概非常信任我。尽管于心不忍，我还是心一横扭动了钥匙。低低的声音传来，引擎发动了。我把操纵杆扳到前进挡，拉开手刹，脚从刹车踏板上抬起。车开始缓缓前进。我踩下油门。

这时，胁坂讲介从酒店里冲了出来，面无血色。他拼命追赶的身影映入车内的后视镜。

"抱歉。"

我咕哝一句，加速离去。

鞠子之章 十四

父亲的留言是以下面的文字结束的：

　　为了你的幸福，从这里逃走吧。不能从走廊走，恐怕有助手在那里轮班监视。
　　要从窗子逃走。如果用床单或窗帘来代替绳子，总会找到办法。别忘了绳子一定要收回。不用害怕，他们做梦也不会想到你会如此大胆。在此之前他们几乎想不到你会逃走，因为他们坚信我和你不敢违逆他们。这就是我们的机会。
　　现在连守卫都没有。下去之后沿建筑物移动，绕向门右侧。那里铁丝网低，容易翻越，对他们待的房间来说也是死角。还有，希望你到时在门边的白桦树上系一条手帕，作为你已成功逃脱的标志。到外面之后什么也不要想，只管跑就行了，无论发生什么事情都不要回来。
　　后面的事情你不用担心，我会处理一切。我会收拾得干干净净，决不会让你今后再忍受这种痛苦。我对你和你的母亲犯下了不可饶恕的过错。我现在只希望你能像一个正常人一样活下去。最后,希望把这篇告白也让小林双叶看看。她和你背负着相同的命运。我也为她的幸福祈祷。

最后的落款是"氏家清"。我为落款不是"父亲"而悲伤,但也能体会父亲的心情。

父亲究竟打算做什么呢?我无法想象。我现在只能照这个指示去做。

把封面恢复成原样,我坐在椅子上发了一会儿呆。全身似乎都虚脱了。我一直想知道自己出生的秘密,答案竟以这种方式出现在了这里。可是,得到了这答案,究竟又有什么意义呢?

忽然,我把目光投向眼前的书。漫不经心地翻开的一页,上面的情节是安妮从挚友戴安娜那里收到写在卡片上的诗。诗是这样的:

正如我爱着你一样
假如你也爱着我
那么,除了死亡
没有什么能让我们分开

望着这首诗,不知为何,我回忆起一个女子。回忆这个词并不贴切,因为,那个人我甚至素未谋面。

可面孔却非常熟悉。

小林双叶!

她现在何处呢？在做些什么？她知道自己是克隆人吗？是不是也如我一样，正忍受着痛苦的煎熬？

我想着那个不曾谋面的人，不觉间，眼泪再次夺眶而出，无法遏止，接连不断地流过脸颊。

凌晨三点后，我开始行动。

首先整理行李，但无法带走那些多余的东西。我把那本书塞进装着贵重物品的小袋子，稍一思索，又把柠檬塞了进去。

我照父亲所说扯下窗帘和床单，纵着撕成两半，把两端牢牢系起，使长度加倍，把它们都接到一起，做成了一条牢靠的白色绳子。

我把床拉到窗边，调整位置使其固定，然后把绳子绕过床腿，剩下一半左右的长度，然后打开窗户。干冷的空气冲进来，抚摩着我发烫的脸颊，舒服极了。

我望向窗外。黑暗像大海一样无边无际。四下无声。下面也是深深的黑暗，如果掉下去，似乎将永远探不到底。

面对着黑暗，我把绳子扔了出去。绳子像两条白蛇一样蜿蜒落下。

我两手紧紧抓住两根绳子，小心地跨过窗框。我在那里略坐了坐，调整一下呼吸，缓缓滑下。床微动了一下，我吓了一跳。

身体完全悬在空中，全身体重都集中到双手上，我拼命抱紧绳子，但孱弱的握力还是无法继续支持我的体重。这反倒成了好事，我顺利地滑落下去。一瞬间，荷叶裙竟像降落伞一样张开，接着翻卷起来。小腿和胳膊不时地碰撞着混凝土墙壁。

即将落地时，我的脚碰到了一楼的玻璃窗，虽未打破玻璃，却发出了巨大的声响。之后，我滚落在地。

二楼的灯亮了。

我想赶紧逃走，脚踝却一阵剧痛，没能立刻站起。窗帘和玻璃窗开了。

待在那房间里的，正是那个前来做代孕母亲的女子。她发现是我，睁大了眼睛。我立刻把双手并拢在胸前，就像在读寄宿学校时每天早晨在教堂做祈祷时一样。

她俯视了我一会儿，嘴角浮出一丝微笑，接着动了动嘴，似乎小声说着什么。

再见——看起来似乎是这样，但或许是我看错了。

她拉上窗帘，然后熄了灯。

"谢谢。"我对着窗户低语。

一拽绳子的一端，绳子顺从地滑落下来。窗子就那样开着，让我有些放心不下，却没有办法。

我忍着脚痛，沿着建筑物移动起来。途经一个被丢弃的纸箱，我把绳子藏在里面。

按照父亲的指示，我来到门旁。那里果然挺立着一棵白桦树。我从小袋里拿出手帕，系在树枝上。父亲能发现它吗？

越过铁丝网，我拼命勉力前行，穿过林间，拨开草丛。自己究竟在什么地方，正在朝哪里前进？我全然不知。没有街灯。也没有人影。

不久，我才发现自己已置身意想不到的草地，左顾右盼，怎么也找不到一条像样的路。但是我不想后退。父亲的指示也是绝不要返回。

我在草丛里坐下，抱着膝盖。恐怖、紧张和孤独让我再也无力前进。我抬头望向天空。仿佛撒了水晶粉末一样，光粒散布在黑色的夜空。

有人正守望着我——这个念头一闪而过。

双叶之章 十四

　　隔着天窗望去,被切割成四方形的星空看上去像时尚的包装纸一样迷人。这样的包装纸该包些什么呢?T恤太暗淡了。八音盒?太阳镜?包上一本书如何?这样才似乎有新意。用星空包装纸包起来的书。什么书好呢?如果是《小王子》之类的就太索然无味了。
　　《红发安妮》。
　　究竟脑中为何会浮现出这个念头,连我自己都说不清楚。读这本书已是很久以前的事了。我觉得这是一个不错的创意。把《红发安妮》包起来,作为礼物。送给谁呢?想着这些漫无边际的事情也累,我看了看车里的数字时钟。已过凌晨三点,距离黎明还有一点时间。
　　从胁坂讲介手里抢来车子,我拼命赶到富良野,却无论如何都找不到那座目标中的建筑。大概不是临路而建,莫非必须要进入岔道寻找才行?黑暗让我毫无办法。转来转去,汽油也所剩不多了,缺油提示灯闪烁不停。没办法,我决定等到天亮再说。这里究竟是哪里,实际上我也不清楚。
　　我躺在放平的后排座位上眺望夜空,想着妈妈。我对妈妈的感情丝毫未变，对杀害妈妈的人的仇恨之情也没有改变。只是，要向凶手复仇的心情，不知为何却有些淡了。杀害妈妈的，不只是那个凶手。妈妈是被一群人杀害的。但也可以说，正是这一群人把我创造出来。如此说来，我岂不也成了杀死妈妈的帮凶？

我闭上眼睛，试图思索自己死去的情形。如果说我的生是一个错误，那么我死之后一切不就都回到原点了吗？正如按下电视游戏机的重置键一样，然后，一切是否都能圆满地解决呢？

可是，敢断言自己的出生毫无错误的人，这世上有吗？也可以这样想，敢断言自己绝不是某人分身的人，这世上有吗？所有的人不都是在寻找自己的分身吗？因为找不到，所以孤独。

耳边传来一声吼叫。我微微睁开眼睛，可立刻又被睡意拽了回去。我拼命驱赶着困倦。不能睡！现在不是睡的时候！

我用右手揉了揉干涩的眼睛，像吸血鬼德古拉伯爵从棺材里爬起一样直起上身。四周变亮了。我望向车窗外。烟从草原那端升了起来，一幢白色建筑在燃烧。望着望着，爆炸声传来，火柱冒了出来。

我跳出车子。那是否就是我要寻找的建筑？

我朝着直冲云霄的烟柱走去。淡紫色毛毯一般的薰衣草田在我眼前舒展开来。

前方现出一个人影。

鞠子之章　十五

地面的震动声让我睁开了眼睛。原来刚才我打了个盹儿。我循声望去。

那幢建筑已被烈焰包围。

不可思议的是，我居然没怎么吃惊，只是呆呆地望着燃烧的光景。

自己究竟有没有预料到这种结果，我说不清楚。或者，也许我把它与从前的经历重叠在了一起，产生了一种记忆幻觉。

我没有刻意去想父亲做了什么，也不愿去想父亲现在如何。关于这些，今后你应该花很长时间去思索——身体里的另一个声音在悄悄地对我如此耳语。

我呆呆地站在草原中间，凝望着火焰染红天空的情形。心中的各种幻象接连浮出，又接连破灭。我只觉得一切都消失了，最后，甚至连我的身体都没有在这里留下。

泪水缓缓地流了出来。

我始终注视着火焰。

究竟过了多久，我全然不知。我环视周围，四周被亮紫色覆盖。我正站在薰衣草田里。

找一下路吧。这么想着，我把视线投向稍远处。

一个女子站在紫色地毯前面。

不知为何，我理所当然地觉得那个人本就该站在那里。仿佛在这里如此会面，是很久以前就已定下的事情。

那个人也朝着这边。她向我走来。

我也向她走去。

像游在薰衣草的海洋里一样，我们接近了。

我正想停下时，她站定了，同时我也止住脚步。我们隔着伸手可及的距离相视而立。

"你好。"我说。

"你好。"稍晚一点，她也说道。

她的声音和我一模一样。

我们彼此注视了一会儿。整个世界似乎都为我们静止了。

"嗓子干吗？"她问。

"我有柠檬。"我答道。

"真好。"她说。

我从小袋里拿出柠檬，递到她手里。

"谢谢。"她看着柠檬说道，"我也有一样东西想给你。"

"什么？"

她从腰包里拿出的，竟是与我给她的那个酷似的柠檬。我惊讶地看着她。

"在新千岁机场捡的。"她说。

我看了看她给的柠檬，又望向她。

"平时都怎么吃柠檬？"我说。

"自然是这样。"

我眼前的另一个我在晨光中露出洁白的牙齿，啃了一口那个还微微带有绿色的柠檬。

图书在版编目（CIP）数据

分身 /（日）东野圭吾著；王维幸译. -- 3版. -- 海口：南海出版公司，2024.11
（东野圭吾作品）
ISBN 978-7-5735-0919-2

Ⅰ. ①分… Ⅱ. ①东… ②王… Ⅲ. ①长篇小说-日本-现代 Ⅳ. ①I313.45

中国国家版本馆CIP数据核字（2024）第085696号

分身
〔日〕东野圭吾 著
王维幸 译

出　　版	南海出版公司　（0898）66568511	
	海口市海秀中路51号星华大厦五楼　邮编 570206	
发　　行	新经典发行有限公司	
	电话(010)68423599　邮箱 editor@readinglife.com	
经　　销	新华书店	
责任编辑	王　雪	
营销编辑	冉雨禾	
装帧设计	韩　笑	
内文制作	王春雪	
印　　刷	河北鹏润印刷有限公司	
开　　本	880毫米×1230毫米　1/32	
印　　张	12	
字　　数	267千	
版　　次	2010年8月第1版　2024年11月第3版	
印　　次	2024年12月第3次印刷	
书　　号	ISBN 978-7-5735-0919-2	
定　　价	59.00元	

版权所有，侵权必究
如有印装质量问题，请发邮件至 zhiliang@readinglife.com

著作权合同登记号　图字：30-2016-057

BUNSHIN
by Keigo Higashino
Copyright © 1996 by Keigo Higashino
First published in Japan in 1996 by SHUEISHA Inc., Tokyo
Simplified Chinese translation rights arranged by SHUEISHA Inc.
through Japan Foreign-Rights Centre/ Bardon-Chinese Media Agency
All rights reserved.